왕자와 거지

부클래식
007

왕자와 거지

마크 트웨인

조애리 옮김

부북스

차 례

역자 서문

마크 트웨인은 미주리 주의 플로리다에서 1835년 11월 30일 일곱 명의 아이 중 여섯 번째 아이로 태어났으며 본명은 새뮤얼 랭혼 클레멘스(Samuel Langhorne Clemens)이다. 아버지는 존 마셜 클레멘스였고 어머니는 제인 램튼 클레멘스였다. 그가 네 살 때 가족이 미시시피 강의 항구 도시인 미주리 주의 한니발로 이사를 했으며 이곳은 《톰 소여의 모험》과 《허클베리 핀의 모험》에 등장하는 도시 세인트 피터스버그의 모델이 되기도 한다. 당시에 미주리 주는 노예를 인정하는 주였다. 트웨인은 이곳의 어린 시절을 통해 노예제도에 대해 잘 알게 되었으며 이것이 후에 그의 소설의 중요한 주제로 등장하게 된다. 1847년 트웨인이 열한 살에 아버지가 돌아가시고 다음 해 그는 인쇄소 견습공이 되었다. 1851년부터 정식 직원이 되었고, 동시에 그의 형 소유인 신문 《한니발 저널》에 기사와 익살스러운 짧은 글을 기고했다. 그는 열여덟 살에 한니발을 떠난 후 뉴욕, 필라델피아, 세인트루이스의 인쇄소에서 일 했으며 저녁에는 공공 도서관에서 다양한 책을 섭렵했다. 22살 때 미주리 주로 돌아왔으나, 미시시피 강을 따라서 뉴올리언스로 여행하면서 증기선 선원의 꿈을 갖게 되었다. 그 당시 증기선 선원은 보수가 좋은 직업이었으며 강에 대한 풍부한 지식을 요구했다. 그는 증기선 선원이 되기 위해 2년 이상 미시시피 강에 대해 공부하며 수련기간을 거쳐 마침내 1859년에 선원 자격증을 따게 된다. 선원 수련기간 중 동생인 헨리를 설득해 같이 수련을 받았는데 1858년 증기선 폭파로 동생이 사망했고 이 일로 트웨인은 평생 죄책감에 시달리게 된다. 1861년 남북전쟁이 터져 더 이상 미시시피 강을 오갈 수 없어질 때까지 그는 선원 생활을 계속했다.

트웨인은 그 후 형인 오리온과 함께 대평원, 로키 산맥, 솔트 레이크의 모르몬 공동체 등을 여행했으며 이는 후에 그의 소설의 제재가 되었다. 네바다 주의 은광 도시인 버지니아 시에 이르렀을 때 그는 광부가 되었으나 곧 그만 두고 버지니아 시의 신문인 《테리토리얼 엔터프라이즈》에 근무하게 되었다. 여기서 처음으로 마크 트웨인이라는 필명을 사용하게 되었다. 1863년 해학에 찬 여행기 <카슨으로 부터 온 편지>를 기고할 때 이 이름으로 서명을 했다. '마크 트웨인'은 배가 안전수역으로 들어가면, 즉 두 길 깊이로 들어가면 큰 소리로 외치는 말이다. 1864년 샌프란시스코로 이사했으며, 그곳에서 계속 기자로 일하며 여러 문인들과 교류하게 되었다. 작가로서 그의 첫 데뷔작은 1865년 11월 18일 뉴욕의 주간지인 《새터데이 프레스》에 발표한 《캘러베라스 군의 명물 뜀 뛰는 개구리》라는 유머러스한 이야기였다. 일 년 후 그는 세크라멘토 조합의 특파원으로 샌드위치 섬(현재 하와이)에 갔다. 1867년에는 지역 신문의 재정지원을 받아 지중해 여행에 나섰고, 유럽과 중동을 여행하는 동안 쓴 편지 형식의 여행기는 후에 1869년《해외로 나간 순진한 사람들》이라는 책으로 출판되었다.

이 여행에서 만난 찰스 랭돈은 그의 여동생인 올리비아의 사진을 트웨인에게 보여주었고, 트웨인은 그 사진을 보자마자 올리비아를 사모하게 된다. 두 사람은 1868년에 만나 일 년 후 약혼하고 1870년에는 뉴욕의 엘미러에서 결혼한다. 그녀는 부자이긴 하지만 자유주의 사상을 지닌 집안 출신이었고 트웨인은 그녀를 통해서 노예폐지론자들을 만나게 된다. 그 중에는《톰 아저씨의 오두막》의 작가 해리엇 비처 스토우, 프레드릭 더글러스, 윌리엄 딘 하우웰즈가 있었다. 특히 하우웰즈와는 오랫동안 친한 친구로 지냈다. 1871년 트웨인은 코네티컷 주의 하트퍼드로 이사해서 1873년 집을 지었으며 이 집이 후에 트웨인 박물관이 되었다. 이 집에서 그의 세 딸인 수지, 클라라, 진이 태어났으며 1904년 부인 올리비아가 죽을 때까지 34년 동안 행복한 결혼 생활을 하였다.

트웨인은 경제적으로도 성공했으나 잘못된 투자 특히 새로운 발명품에 투자하여 큰 손해를 보았다. 특히 인쇄소용 식자기에 투자한 것이 그랬다. 트웨인은 1880년에서 1894년 사이에 30만 불(현재 750만 불)을 투자하였으나 그 기계가 완성되기도 전에 더 뛰어난 리노타이프라는 자동 주조 식자기가 나오는 바람에 자신이 책에서 번 돈 뿐 아니라 아내의 유산까지 대부분 잃게 되었다. 그는 또한 출판사를 열었으나 이 역시 도산하였다. 이런 재정적인 문제를 해결하기 위해 강연과 저작에 몰두했으며 특히 스탠더드 석유회사의 사장이자 한때는 그의 채권자였던 헨리 허틀슨 로저의 도움을 받게 된다. 트웨인은 1894년 채무를 완전히 청산하기 위해서 세계 순회강연에 나섰다. 1900년 런던 북부 돌리스 힐 하우스에서 신문사 사주인 휴 라이트의 손님으로 머물게 된 그는 이곳에 대해서 이렇게 말했다. "이렇게 마음에 드는 곳은 처음이다. 품격 있는 나무들과 시골이 바로 눈앞에 펼쳐지고 삶을 즐겁게 해주는 게 모두 있으면서도 세계의 중심도시가 바로 코앞에 있다." 빚을 갚을 만큼 충분히 돈을 번 후 그는 1900년 미국으로 돌아왔다.

삶의 후반부에 트웨인은 심한 우울증을 앓기도 했다. 1896년 딸 수지가 수막염으로 죽자 시작된 우울증이 1904년 올리비아의 죽음과 1909년 진의 죽음으로 악화되었다. 1906년에는 《북미 리뷰》에 자서전을 쓰기 시작했고, 그는 1910년 4월21일 심장마비로 사망했다. 그의 죽음 소식에 대통령이던 윌리엄 하워드 태프트는 이렇게 말했다. "마크 트웨인은 수백만 사람들에게 기쁨을, 진정한 지적 즐거움을 주었습니다. 그의 작품은 미래에 올 수많은 사람들에게도 그런 기쁨을 줄 것입니다…… 그의 유머는 미국적이었으나 미국인뿐만 아니라 영국인이나 다른 나라의 사람들에게도 즐거움을 주었습니다. 그는 영원히 미국문학에 남을 것입니다." 그는 아내의 가족들의 무덤이 있는 뉴욕 주 엘마라의 우드론 묘지에 묻혔다. 그의 무덤에는 12 피트 (즉 두 길, 혹은 "트웨인") 높이의 기념비가 세워졌다.

트웨인은 가벼운 유머가 넘치는 글을 쓰는 것으로 시작했으나 점차 인류의 허영심, 위선, 잔혹한 행위를 기록하게 되었다. 작가로서 이력의 중반기에 나온 《허클베리 핀의 모험》(1893)으로 그는 작가로서의 입지를 굳혔으며, 이 작품을 최초의 위대한 미국소설이라고까지 하는 비평가들도 있다. 특히 어니스트 헤밍웨이는 "모든 현대 미국문학은 마크 트웨인이 쓴 한 권의 책 즉《허클베리 핀의 모험》에서 비롯되었다"고 했다. 이 작품은 내용 면에서 풍부한 유머와 사회비평이 서로 잘 결합되어 있을 뿐 아니라 문체 면에서도 능란하게 구사된 구어체 문장을 보여줌으로써 미국적 주제와 언어에 기초한 진정으로 미국적인 문학의 모습을 제시한다.

《톰 소여의 모험》과《허클베리 핀의 모험》사이에 쓰인《왕자와 거지》는 같은 날 태어났고 외모가 똑같은 두 소년인 왕자와 거지가 서로 역할을 바꾸는 이야기이다. 그의 자서전에서 트웨인은 이 작품에 대해 이렇게 쓰고 있다. "헨리 8세 서거 며칠 전에 에드워드 6세와 거지 소년이 어느 날 우연히 옷을 바꾸어 입게 되었다. 왕자는 누더기를 걸치고 갖은 온갖 시련을 다 겪고, 거지 역시 왕자 역할을 하며 끔찍한 불행을 겪는다. 마침내 웨스트민스터 사원에서 대관식이 벌어지고 증거가 나와서 실수가 만회되는 것으로 끝난다." 트웨인은 두 소년이 갑자기 역할이 바뀌나 마침내 원래의 질서가 회복되는 모티프로 걸작을 썼으며 이 간단한 줄거리에서 생생하게 살아있는 인물을 창조 하여 1882년 출간 이래 고전이 되었다.

마크 트웨인 자신도 이 책을 쓰면서 너무나 즐겁고 재미있어서 책을 끝내기가 싫었다고 한다. 이 책은 출판이 되기도 전에 가족과 친구들 사이에 재미있게 읽혔으며 출판 후 큰 딸인 수지는 "아버지의 책 중 가장 훌륭한 책이며……사랑스럽고 매력적인 아이디어로 가득 차 있어요. 아 정말 멋진 언어죠! 완벽한 책이에요."라고 했다. 이 책은 출간되자마자 곧 아동문학의 고전이 되었다. "섬세한 걸작" "멋진 생각을 멋지게 표현한" "아름답고 가벼운 이야기이면서도 너무나 실감나고 건전해서 이런 일이 실제로 일어났으면 하고 바라게 된다"라는 당대의 평을 들었으며 100년이 더 지난 현재에도 그 인기는 사그라들지 않고 있다.

16세기 영국을 배경으로 하고 있는 이 소설은 전설적인 이야기를 바탕으로 하고 있지만 정교한 구성으로 역사적으로 일어난 일 같은 인상을 준다. 겉으로는 사소한 사건 즉 영국의 옥쇄가 어디 있는지가 진짜 왕을 찾는데 핵심이 되는가 하면 톰의 라틴어 지식과 쓰레기 궁전에서 왕자놀이가 그가 가짜 왕자 노릇을 할 때 영향을 미친다. 옷을 바꿔 입은 사건 자체는 우연이지만 이 역시 자연스럽게 준비되어 있다. 서로 만나기 전에도 두 소년 모두 상대방의 삶을 살고 싶은 꿈을 지니고 있었던 것으로 설정되어 있다. 톰은 아무런 자유가 없고 끊임없이 집에서 얻어맞는다. 그는 황량한 현실 속에서 멋진 궁전의 삶을 상상한다. 마찬가지로 어린 왕자 역시 아무런 자유가 없는 생활 속에서 시민들의 자유를 부러워한다.

왕자와 거지에게서 보이는 유사성과 동시에 극단적인 차이는 이 소설의 매력의 원천이 된다. 이들은 외모뿐 아니라 성격도 유사하다. 같은 키, 무게, 이목구비, 머리색까지 같다. 두 사람 모두 지적이고 마음이 착하며, 은혜를 갚고, 어려운 사람을 도와주려고 한다. 그러나 두 소년의 환경은 사회 양극단의 차이를 보여준다. 왕자는 맛있는 음식을 먹고, 화려한 옷을 입고, 부드럽고 편안한 침대에서 자는 사치스러운 생활을 한다. 수백 명의 하인이 그의 시중을 들고 경호원들이 늘 그를 경호한다. 그는 늘 명령을 내리며 다른 사람들이 즉각적으로 자신의 명령에 따르는 데 익숙하다. 반면 톰은 아주 가난해서, 거의 굶다 시피하고, 옷은 다 떨어져 누더기가 될 때까지 하나로 버티며, 아무데서나 짚을 깔고 잔다. 그는 스스로 알아서 모든 일을 해야 하며 제대로 구걸을 해오지 않으면 얻어맞는다.

이 소설의 유머는 상대방에게는 아주 익숙한 세계에서 두 소년이 거기에 맞는 역할을 제대로 해내지 못하는 데서 온다. 톰이 궁전 생활에서 이상한 행동을 하여 미친 왕자 취급을 받는 장면이나, 왕자가 끊임없이 마일즈 헨던에게 명령을 내리는 장면에서 독자는 미소를 짓게 된다. 미신에 대한 조롱 역시 이 책의 즐거운 부분 중 하나이다. 자신을 천사라고 믿는 수도자가 하는 기이한 언행을 보고 독자는 어쩌면 왕자가 죽임을 당할지 모른다는 서스펜스에도 불구하고 웃음을 참을 수 없다.

물론 유머가 이 책의 중요한 특징이기는 하지만 이 책은 여러 면에서 사회적 풍자라고 할 수 있다. 트웨인이 이런 주제에 끌린 것은 귀족과 왕실이 통제하는 사회의 분열에 대해 쓸 수 있어서였다. 이 소설의 배경이 된 시대는 계몽적인 사고와 미신이 공존하던 시대이자 새로운 법과 새로운 정의 개념이 퍼지기 시작하던 시대였다. 그는 톰을 주인공으로 함으로써 하층민의 삶을 생생하게 그리고 있으며 그를 통해 튜더조 영국의 계급 간의 불평등에 대해 비판한다. 더욱이 두 소년이 옷을 바꾸어 입자 왕자는 곧 거지가 되고 거지 취급을 당하는데 이것은 인간의 내적 자질과 계급 사이에 필연적인 관계가 없다는 트웨인의 인식을 반영한다. 헨던 홀로 가는 길에서 그리고 헨던 홀에서 만난 여러 인간형을 통하여 트웨인은 사회적인 부당함, 나아가 인간성의 어두운 면을 드러내고 있다.

그러나 이러한 사회적 풍자에도 불구하고 이 작품은 궁극적으로 사회의 질서 자체에 문제를 제기하기 보다는 바람직한 질서를 상상한다. 물론 독자는 질서의 전복에서 재미를 느끼기도 한다. 톰의 어머니가 톰을 알아보는 순간처럼 때로는 톰의 정체가 탄로날까봐 아슬아슬해하면서 은연중에 질서의 전복을 받아들인다. 하지만 곧 왕자가 옥쇄의 위치를 알지 못할 때는 왕자의 편에서 안타까움을 느낀다. 헨던 홀에서 마일즈가 받아들여지지 않던 기억 때문에 옥쇄를 찾지 못할 수도 있다는 독자의 불안은 더욱 가중된다. 마침내 옥쇄를 찾았을 때 독자는 왕자와 함께 긴장이 풀린다. 이처럼 긴장이 점점 커지다가 해결되는 과정에서 독자는 트웨인과 함께 질서의 회복이라는 행복한 결말을 바라게 된다. 그리고 두 소년 모두 경험에서 배우기는 하지만 작품의 끝에서 자비의 교훈을 이야기하는 사람은 왕자인 에드워드이다. 그는 길에서 하층민, 미친 수도자, 하인들, 거지들, 그리고 휴와 같은 악랄한 귀족을 직접 접촉함으로써 왕으로서의 교육을 받은 것이 된다. 전체적으로 이 작품은 질서의 혼란에서 질서의 회복이라는 희극적 비전의 틀 안에서 왕자의 교육과 성장을 다루고 있다.

이 작품의 인물들은 어떤 점에서 평면적이기도 하다. 구성을 진행시키고 주제를 발전시키는 정도로만 형상화되어 있고 인물 자체의 고민이 심도 있게 파헤쳐지지는 않는다. 톰은 지적이고, 새로운 환경에 잘 적응하며, 상냥하다. 마찬가지로 왕자 역시 지적이고, 눈치가 빠르며, 의지가 강하고 결단력이 있다. 이 두 사람 모두 주제를 벗어나는 특징은 하나도 없다. 그러나 이러한 평면성에도 불구하고 이들은 독자의 뇌리에 사랑스러운 인물로 생생하게 남는다.

《왕자와 거지》처럼 역사소설 스타일로 쓰인 후기작 《아서왕 궁정의 코네티컷 양키》에서는 희극적인 비전은 사라지고 정치와 인간에 대한 트웨인의 실망이 반영되어 있다. 이 작품은 정치적·사회적 규범의 부조리를 주제로 다룰 뿐 아니라 인간의 본성에 대한 불신을 전면에 드러내는 암울한 비전으로 끝난다.

착하고 사랑스러운 나의 아이들

수지와 클라라라를 위해, 아버지가
이 책을 쓴다.

자비의 특성은……
두 번 축복하느니라.
자비를 베푸는 사람과, 자비를 입은 사람, 두 번의 축
복이 있으니. 자비는 가장 강한 것 중에서도 최고로
강한 것이어서, 옥좌에 앉은 왕이 왕관보다 더욱 좋아
지게 되느니라.

《베니스의 상인》

어떤 사람이 **자기** 아버지에게서 들은 이야기를 나에게 들려주었는데 나는 들은 대로 적겠다. 그 사람은 **자기** 아버지에게서, 그 사람의 아버지 역시 자기 아버지에게서 같은 방식으로 들었다. 그렇게 계속 거슬러 올라가면 300년보다 훨씬 전부터, 아버지들이 아들들에게 이 이야기를 전해 주었고 이렇게 이 이야기는 보전되었다. 이 이야기는 지나간 일일 수도, 단지 하나의 전설이고, 전해 내려오는 이야기일 수도 있다. 이 이야기는 일어났던 일일 수도, 일어나지 않았던 일일 수도 있으나, 일어날 **수는** 있었던 일이다. 옛날에는 현인과 지식인이 이 이야기를 믿었는지도 모르고, 무식하고 순박한 사람들만이 이 이야기를 사랑하고 신뢰했는지도 모른다.

1장

왕자와 거지의 탄생

　오래된 도시 런던에서 1550년 경 어느 가을날 캔티라는 성의 가난한 집안에서 아무도 원하지 않은 아들이 태어났다. 같은 날 튜더라는 성의 부유한 집안에서 모두가 원하던 또 다른 영국 아이가 태어났다. 영국의 모든 사람이, 또한 원하던 아이였다. 그 아기가 태어나길 너무나 고대하고, 소망하고, 신에게 빌었던 지라, 정말 이 아이가 태어나자, 영국 백성들은 너무 기쁜 나머지 거의 제 정신이 아니었다. 얼굴을 아는 정도의 사람이면 누구나 서로 껴안고 입을 맞추며 눈물을 흘렸다. 그날 모든 사람은 일을 쉬었고 신분이 높든 낮든, 부자든 가난하든, 잔치를 벌였다. 춤추며 노래했고, 그리고 거나하게 취했다. 며칠 밤낮을 계속 그렇게 보냈다. 런던에서 낮은 낮대로 깃발들이 발코니마다 지붕마다 명랑하게 휘날리고 화려한 행렬들이 행진하는 진풍경이 벌어졌고, 밤은 밤대로 길모퉁이 마다 커다란 모닥불을 피워 놓고, 그 주변에 모여 흥청대는 사람들의 모습 역시 진풍경이었다. 영국 전체가 다른 이야기는 없고 새로 태어난 아기, 웨일즈의 왕자, 에드워드 튜더의 이야기로만 떠들썩했다. 비단과 윤나는 사틴에 싸여 누워 있는 왕자는 이런 소동 모두를 전혀 몰랐고, 물론 대단한 영주들과 귀부인들이 자신을 보호하고 지켜보고 있는 것도 몰랐고—그런 사실을 개의치도 않았다. 그러나 아기가 이제 막 태어나서 근심이 되어 버린 거지 가족 말고는, 가난한 누더기에 싸여 있는 다른 아기 톰 캔티에 관한 이야기는 전혀 없었다.

2 장

톰의 어린 시절

몇 년은 좀 뛰어넘자.

그 당시─런던은 천오백 년이 된 커다란 도시였다. 십만 명의 시민이 살고 있었고─어떤 이들은 이십만 명이라고 생각하기도 했다. 길은 아주 좁고 꾸불꾸불하고 더러웠으며 특히 톰 캔티가 살고 있는 런던 다리에서 얼마 안 떨어진 지역은 더욱더 그랬다. 집들은 목조 건물이었으며 2층은 1층보다 더 튀어나왔고 3층은 ㄱ자형 까치발로 2층보다 더 비쭉 앞으로 나와 있었다. 집들은 위층으로 갈수록 차츰 더 넓어졌다. 십자형 들보들로 튼튼하게 뼈대를 세우고 단단한 자재로 채운 뒤 회반죽으로 덧칠해 있었다. 집 주인의 취향에 따라 붉은색, 푸른색, 검정색으로 칠해진 들보들이 있어서 집들은 기괴한 모습을 띠게 되었다. 창문들은 작았으며 거기에 조그마한 다이아몬드 모양의 창유리들이 반짝거렸고, 돌쩌귀 위로, 문처럼, 밖으로 열리게 되어 있었다.

톰 아버지의 집은 푸딩거리에서 좀 벗어나, 찌꺼기 궁전이라고 불리는, 악취가 물씬 풍기는 작은 동네가 있었는데 동네 위쪽에 있었다. 집은 작고 썩어 흔들거렸지만 처참하게 가난한 식구들이

득실댔다. 캔티 일가는 3층에 있는 방 하나를 차지하고 있었다. 구석에는 어머니와 아버지가 쓰는 침대라고 할 만한 것이 있었다. 하지만 톰과 할머니, 두 누나인 베트와 낸은 일정한 장소가 아니라—마루에 잠자리를 깔고 아무데서나 잤다. 한 개인지 두 개인지 쓰다 남은 누더기 이불과 오래되고 더러운 짚단이 몇 개 있었으나, 너무 엉망이라 침대라고 하기도 뭐했다. 아침이면 발로 차서 아무렇게나 한쪽 구석에 쌓아 두었다가 밤이면, 쓰기 위해 그 더미 속에서 끄집어냈다.

베트와 낸은 열다섯 살—쌍둥이였다. 착한 소녀들이었으나 지저분하게 누더기를 걸치고 있었고 아주 무식했다. 어머니는 그 여자 아이들과 비슷했다. 하지만 아버지와 할머니는 한 쌍의 악마였다. 그들은 틈만 나면 술에 취했고 서로 싸우거나 누구든 걸려든 사람과 싸웠다. 그들은 술에 취한 상태일 때나 제 정신일 때나 늘 욕지거리를 해댔다. 존 캔티는 도둑이었고 존의 어머니는 거지였다. 그들은 아이들을 거지로 만드는 데는 성공했으나, 도둑으로 만드는 데는 실패했다. 이 집에 살고 있는 혐오스러운 어중이떠중이들이 아니라, 그 가운데 나이든 착한 신부가 한 분 계셨기 때문이다. 이 신부는 왕에게 면직당한 후 몇 푼 안 되는 연금으로 살아가고 있었다. 그는 아이들을 끌어 모아 비밀리에 올바르게 사는 법을 가르쳐주었다. 앤드루 신부님은 또한 톰에게 라틴 어 조금에다 읽고 쓰는 법을 가르쳐 주었다. 여자 아이들에게도 똑같이 가르쳐 주었겠지만 여자아이들은 친구들이 놀리지는 않을까 걱정했다. 친구들이야 여자 아이들의 그런 기묘한 재주를 참을 수 없었을 테니까 말이다.

다닥다닥 붙어 있는 찌꺼기 궁전의 집들은 모두 캔티 일가의 집과 똑같았다. 폭음과 폭력, 욕설이 질서였고, 거기선 매일 밤이 그리고 거의 밤새도록 그랬다. 이곳에서는 머리통이 깨지는 것은 밥을 굶는 것과 마찬가지로 다반사였다. 그렇지만 톰은 불행하지는 않았다. 사는 게 힘들었지만 그런 사실 자체를 모르고 있었다. 찌꺼기 궁전에 사는 남자아이들이면 모두 그렇게 살아가고 있어서, 그는 으레 그렇게 사는 것이 올바르고 편안한 것이 아닌가 했다. 그가 밤에 빈손으로 돌아오는 날이면 아버지는 먼저 그에게 욕을 퍼붓고 두들겨 패리라는 것을, 그리고 그게 끝나면 할머니가 다시 악랄하게 마구 욕을 퍼붓고 때리리라는 것을 알고 있었다. 그날 밤 저 멀리서 굶주린 엄마가, 자신도 굶어 가면서 그에게 주려고 남겨 놓은 먹다 남은 음식 부스러기나 굳어진 빵조각을 주려고 몰래 가만가만 다가 오리라는 것을 알고 있었다. 이런 반역을 일으키다가 어머니 역시 종종 아버지에게 소리가 날 정도로 얻어맞기도 했지만.

아니, 톰의 생활은 아주 순조롭게 진행되어 가고 있었고 여름에는 특히 그러했다. 구걸을 금지하는 법이 엄격해지고 처벌 또한 심해져, 톰은 자기 먹을 것만 구걸해도 되었다. 그래서 많은 시간을 앤드류 신부님의 이야기를 들으면서 보낼 수 있었다. 신부님은 거인과 요정, 난장이와 수호신, 마법에 걸린 성 그리고 멋진 왕과 왕자에 관한 흥미진진한 옛날이야기와 전설을 이야기해 주셨다. 점차 이런 멋진 것들로 그의 머리는 가득 채워졌다. 그는 몇 줌 안 되는 거친 짚단 위에 피곤하고 굶주리고 매 맞아 온 몸이 쓰라려도 밤마다 상상의 나래를 펴며 보냈다. 곧 왕궁에서 사랑받는 왕자의 멋진 생활을 달콤하게 그려보면서 자신의 고통과 아픔을 잊었다. 밤낮 그의 머리를 떠나지 않는 소망이 있었다. 진짜 왕자를 직접 보는 것이었다. 한 번은 찌꺼기 궁전의 친구들에게 그 꿈 이야기를 했다. 그러나 너무 심하게 경멸과 조롱을 받아 그 후로는 혼자 그 꿈을 간직하는 것으로 만족하였다.

그는 신부님의 오래된 책들을 읽고 나서 신부님께 알기 쉽게 자세히 설명해달라고 부탁하였다. 그의 꿈과 독서가 차츰차츰 그를 변화시켰다. 꿈속의 사람들은 너무 훌륭해서 자신의 더러운 누더기 옷과 때가 창피스러워지기 시작했다. 그는 자신이 깨끗해졌으면, 좀 더 좋은 옷을 입었으면 하고 바랐다. 그는 전과 다름없이 똑같이 진창에서 놀았고 또 그것을 재미있어 했다. 하지만 테임즈 강에서 물장난을 하는 것이 단지 물장난이 재미있어서가 아니라 물장난을 하다 보면 목욕을 할 수 있기 때문에 그것이 더욱 가치 있다는 것을 알기 시작했다.

톰은 칩사이드에 있는 메이폴*주변, 그리고 시장에서 무슨 일이 벌어질지 늘 알 수 있었다. 가끔씩 그나 런던 사람들은 불운

---

* Maypole 키 큰 나무 기둥. 단풍나무, 서양 산사나무, 자작나무를 세워 5월 제나 한여름을 기리는 축제 때 사용

한 사람들이 마차로건 보트로건 런던탑의 감옥으로 이송하는 군
사행렬을 볼 기회가 있었다. 어느 여름날 그는 블쌍한 앤 애스큐
와 세 남자가 스미스필드에서 말뚝에 박혀 화형당하고 전 주교가
그들을 향해 재미없는 연설을 하는 것을 들었다. 그랬다, 전체적
으로 톰의 생활은 다양하고 즐거웠다.

톰은 왕자 이야기를 읽고 점점 더 심하게 몽상에 빠져 자기도
모르게 왕자 **역할**을 하기 시작했다. 그의 말과 태도가 이상하게
엄숙하고 정중해져 친구들의 존경과 놀림을 한 몸에 받게 되었다.
하지만 이 소년들 사이에서 톰의 영향력은 나날이 커졌다. 그리고
얼마 안 되어 그들은 그를 자신들보다 우월한 존재로 존경하고
경외하기 시작했다.

그렇게 많은 것을 알다니! 그리고 그렇게 불가사의한 일들을
이야기하고 행하다니! 그럼에도 불구하고 그렇기 심오하고 현명
하다니! 아이들은 톰의 말과 행동을 어른들에게 이야기했고 곧
어른들 사이에서 소문이 퍼졌다. 아이들은 그를 뛰어나고 특별한
천재로 간주하기 시작했다. 어른들조차도 힘든 일들을 해결해 달
라고 가져와서는 그의 현명하고 재치 있는 판단에 놀라기 일쑤였
다. 사실상 가족을 제외하고 그를 아는 모든 사람들 사이에서 그
는 영웅이 되었다. 이 사실을 그의 가족만 몰랐다.

얼마 후 톰은 개인적으로 왕정을 조직했다. 그가 왕자였고 가
까운 친구들이 문지기, 시종, 시종무관, 시녀, 왕족이 되었다. 가짜
왕자는 날마다 톰이 환상적인 독서에서 따온 정고한 의식을 행했

다. 날마다 왕족 회의에서 가짜 왕국의 국사를 논의하였고 날마다 가짜 왕자는 가상의 육군과 해군, 총독들에게 칙령을 내렸다.

그런 후에 그는 누더기 옷을 입고 동냥하러 갔으며, 변변찮은 부스러기 음식을 먹고, 일상적인 구타와 욕설을 듣고, 몇 줌 안 되는 더러운 짚단 위에 누워 웅장한 공상에 빠지곤 했다.

여전히 그의 소원은 진짜 왕자를 딱 한 번 직접 보는 것이었으며, 그 소원은 하루하루 지나고 한 주 한 주가 지남에 따라 점점 불어나서 마침내 다른 욕심은 모두 사라지고 그 소원만이 일생일대의 소원이 되었다.

1월 어느 날 그는 늘 하던 대로 맨발로 몇 시간이고 추위에 떨며 민싱 가와 리틀 이스트 칩 주변 지역을 힘없이 터벅터벅 오르락내리락하며 동냥했다. 음식점 창문 안을 들여다보면서 거기에 진열되어 있는 돼지고기 파이와 음식들을 너무나 먹고 싶어 죽을 지경이었다―그가 보기엔 이런 음식들은 천사들에게나 어울리는 진미였다, 즉, 냄새로 판단컨대 그랬다 ― 왜냐하면 이런 것을 사거나 먹어볼 만한 행운이 없어 냄새로 판단할 수밖에 없었다. 차가운 부슬비가 내리는 음산하고 음울한 날이었다. 저녁에 집으로 돌아왔을 때 톰은 온 몸이 젖고 너무 피곤하고 배가 고팠다. 그의 아버지나 할머니조차도 이런 지친 꼴을 인정하지 않을 수 없었다. 그들 특유의 방식으로―그를 동정했다. 그래서 아버지와 할머니가 한꺼번에 그를 신나게 때린 후 잠자리에 들게 했다. 그는 아프고 배고픈데다 그 건물 내에서 계속되는 욕설과 싸움

때문에 한동안 잠들지 못하다가, 마침내 저 멀리 환상의 땅으로 생각이 흘러갔고, 보석을 단 금박 옷을 입은 왕자들을 생각하며 잠이 들었다. 그 왕자들은 거대한 궁전에 살고 있었으며, 하인들이 그들을 보살펴 주었고 잽싸게 심부름도 해주었다. 그러고 나서 평소처럼 **그는** 자신이 왕자가 되는 꿈을 꾸었다.

밤새도록 자신의 궁전의 빛이 눈부시게 비추었다. 그는 휘황찬란한 빛을 받으며 귀족과 숙녀들 사이를 거닐던서 향기를 맡고 달콤한 음악에 젖어 들었다. 화려하게 차려입은 사람들이 그에게 길을 내주며 깊이 고개 숙여 절하자 그는 이에 답하여 여기서는 미소를 짓고 저기서는 왕자다운 위엄을 풍기며 고개만 끄덕였다.

아침에 잠이 깨어 주변의 비참함을 보았을 때 그 꿈은 평상시와 같은 효과를 가져왔다―그의 더러운 주변이 천 배는 더 더러워 보였다. 그런 다음 참담함이, 가슴이 찢어지는 고통이, 눈물이 이어졌다.

3장

톰이 왕자를 만나다

톰은 일어나니 배가 고팠고 그런 상태로 어슬렁거리며 나왔
으나 머릿속은 지난밤에 꾼 휘황찬란하고 장엄한 꿈들의 그림자
로 가득 찼다. 자신이 어디로 가고 있는지 또 주변에서 무슨 일이
벌어지고 있는지 거의 관심을 두지 않고, 시내 이곳저곳을 헤맸
다. 사람들이 그를 밀치기도 하고 또 어떤 사람은 욕설을 퍼붓기
도 했으나, 생각에 잠긴 그에게는 아무런 의미가 없었다. 어쩌다
보니 템플바까지 오게 되었다. 집에서 가장 먼 곳인 이곳을 이 방
향으로 여기까지 오기는 이번이 처음이었다. 멈추어서 잠시 생각
해보았다. 그런 다음 다시 몽상에 빠져 계속해서 지나가, 어느새
그는 런던 성벽을 지나쳐 버렸다. 그 당시 스트랜드는 벌써 시골
길이 아니라—부자연스러운 건축물이 새로 들어선 스트랜드 가
였다. 스트랜드 거리의 한쪽에는 나지막한 집들이 빽빽이 들어서
있었으나 나쁘지 않았고, 다른 쪽에는 커다란 건물이 띄엄띄엄
들어서 있었다. 이 커다란 건물들은 부유한 귀족들의 성으로, 강
까지 이어지는 넓고도 아름다운 들판—자리에는 지금 우중충한
벽돌과 돌로 빈틈없이 꽉 차 있었다.

톰은 곧 체어링 마을을 발견했고, 선왕이 여전에 세운 그 마을의 아름다운 십자가 옆에서 쉬었다. 그리고는 조용하고 아름다운 도로를 천천히 내려와 대추기경의 장엄한 성을 지나, 그 뒤에 있는 훨씬 더 웅장하고 거대한 궁전을 향해 걸었다. 웨스트민스터였다. 어마어마하게 큰 그 궁전을 바라보자 가슴이 벅찼다. 수많은 건물들, 넓은 익면, 위압적인 성채들과 작은 틈들, 거대한 돌문을 바라보았다. 그 문에는 금빛 빗장이 채워져 있었고 거대하고 장엄한 화강암 사자상과 영국 왕실의 다른 상징 및 표시들이 새겨져 있었다. 마침내 그가 마음속 깊이 바라던 소망이 이루어지려나? 여기에 정말 왕궁이 있었다—이제 왕자를 보게 될까? 하느님이 허락해주시면 왕자를 직접 눈으로 보게 될까?

황금빛 문 양쪽에는 살아 있는 조각—즉, 머리끝에서 발끝까지 번쩍거리는 철갑옷을 입고 무장한 병사가 부동자세로 꼿꼿하게 서 있었다. 꽤 떨어진 곳에 촌사람들과 시내에서 온 사람들이 어쩌면 운 좋게 왕족을 볼 수 있을지도 모른다고 생각하며 기다리고 있었다. 휘황찬란한 마차가 휘황찬란한 구족을 태우고 휘황찬란한 하인들의 호위를 받으며 다른 귀족용 문으로 궁전을 드나들고 있었다.

누더기를 걸친 불쌍한 톰은 문으로 다가갔다. 그는 주춤거리며 경비병을 지나 천천히 걸어갔다. 가슴이 콩닥콩닥 뛰고 기대로 맘이 설레었다. 그때 갑자기 황금빛 빗장을 통해 거의 환호성을 지를 만한 광경이 보였다. 잘 생긴 소년이 거친 야외 운동과 연습으로 갈색으로 그을려 있었다. 아름다운 비단과 사틴 천의 옷을 입고 있었으며 보석이 반짝였다. 엉덩이에 작은 보석이 박힌 검과 단검이 있었고, 뒷굽이 빨간 깜찍한 반장화를 신고 있었다. 머리에는 커다랗고 번쩍이는 보석으로 고정시킨 깃털이 늘어진 멋진 진홍빛 모자를 쓰고 있었다. 화려하게 차려입은 신사들이 그를 둘러싸고 있었다 — 물론 왕자의 하인들이었다. 오! 바로 저분이 왕자였다. 왕자, 살아 있는 왕자, 진짜 왕자였다. 한 점도 의심의 여지가 없었다. 마침내 거지 소년이 정성껏 기도를 올리자 응답이 온 거였다.

톰은 흥분하여 숨이 가빠졌고 놀라움과 기쁨에 눈이 휘둥그레졌다. 그의 마음속에는 순간적으로 단 한 가지 욕망밖에 없었다. 왕자에게 다가가 자세히 실컷 보고 싶은 욕망. 그는 자기도 모르는 사이에 황금빛 빗장에 얼굴을 들이대고 있었다. 다음 순간 군인이 그를 거칠게 낚아채서, 빙그르르 돌려서 입을 헤하고 벌리고 구경하고 있는 촌사람들과 할 일 없는 런던 사람들 사이로 내동댕이쳤다. 군인이 말했다.

"조심해 이 거지 새끼야!"

구경꾼들은 비웃으며 재미있어 했다. 하지만 어린 왕자는 얼굴이 벌개졌고 눈은 분노로 이글거리며 문으로 달려가서 고함을 질렀다.

"어떻게 이렇게 불쌍한 아이에게 감히 그럴 수가 있느냐? 아무리 비천해도 내 아버님이신 왕의 백성인데 어떻게 이럴 수가 있느냐? 당장 문을 열고 그 아이를 들여보내라!"

그러자 이랬다저랬다 하는 구경꾼들이 허겁지겁 모자를 벗는 꼴하며, "웨일즈 왕자님, 만수무강하시옵소서!"하고 소리치는 꼴을 보았어야 하는데.

병사들은 받들어 창을 하고 문을 열었다. 그리고 너덜너덜한 누더기를 걸친 빈곤의 왕자가 끝없는 풍요의 왕자를 만나러 들어오자 다시 받들어 창을 하였다.

에드워드 튜더는 말했다,

"그대는 피곤하고 배고파 보이는구나. 제대로 대접을 받지 못했구나. 나랑 함께 가자."

시종 중 대여섯 명이 앞으로 튀어나왔다. 왠지 모르지만 왕자를 막기 위해서인 게 분명했다. 하지만 왕자는 위엄 있게 그들을 물리쳤다. 그들은 수많은 조각상들처럼 그 자리에 그대로 멈추어 버렸다. 에드워드는 톰을 궁전에 있는 호사스러운 방으로 데려갔다. 왕자의 내실이었다. 왕자가 명령을 내리자 톰이 책에서나 본 진수성찬이 들어왔다. 하인들의 비꼬는 눈길에 보잘것없는 손님이 당황하지 않도록 그는 왕자답게 정중하게 그리고 세심하게 신경을 써 하인들을 내보냈다. 그러고 나서 톰이 먹는 동안 옆에 앉아 이것저것 물었다.

"이름이 무엇이냐?"

"송구스럽습니다만, 톰 캔티입니다."

"이상한 이름이구나. 어디에 사느냐?"

"시내에—푸딩골목에 있는 쓰레기 궁전에 살고 있습니다."

"쓰레기 궁전이라고 그것도 이상한 이름이구나. 부모님은 계시 냐?"

"네, 왕자님, 부모님은 계십니다. 그리고 제게 지독하게 구는 할머니도 계십니다. 이런 말씀을 드리는 게 실례가 안 되었으면 합니다. 쌍둥이 누나—낸과 베트도 있습니다."

"그러니까 할머니가 네게 다정하게 굴지 않는단 말이구나."

"어떤 사람한테도 다정하게 굴지 않습니다, 왕자님. 할머니는 마음씨가 못되먹은 데다 일생동안 심술궂은 짓만 했습니다."

"너한테도 못살게 구느냐?"

"잠이 들었거나 술이 너무 취해 정신이 없을 때만 빼고는, 정 신이 돌아오면 사정없이 절 두들겨 팹니다."

왕자의 눈길이 사나와지더니 큰 소리로 말했다—

"뭐 때렸다고?"

"아, 정말입니다. 그랬습니다. 왕자님"

"**때렸단 말 이지**!너같이 연약하고 어린 것을 말이지. 정말 너 무하구나. 오늘 안으로 탑에 가두어 버려야겠구나. 왕이신 내 아 버님께서—"

"왕자님, 제 할머니같이 미천한 것은 제발 잊으십시오. 탑은 높으신 분들을 가두는 곳입니다."

"그건 사실이다. 내가 미처 그 점을 생각하지 못했구나. 할머 니에게 어떤 벌을 줄지는 나중에 생각하자. 아버지는 네게 친절하게 대하시냐?"

"할머니나 마찬가지입니다."

"아마 아버지들은 다 비슷한가 보구나. 우리 아버님도 다정하신 편은 아니다. 육중한 손으로 치곤하시지. 물론 나는 예외지만. 그렇다고 꾸지람을 안 하시는 건 아니란다. 그러면 어머니는 어떻게 대해주시냐?"

"아주 상냥하십니다. 어머니 땜에 슬프거나 아픈 적은 없습니다. 그리고 낸과 베트도 저를 상냥하게 대해 줍니다."

"걔들은 몇 살이나 되었냐?"

"열다섯 살이옵니다."

"엘리자베스 누나는 열네 살이고 사촌인 제인 그레이는 나와 나이가 같은데 예쁘고 우아하지. 하지만 메리 누나는 찡그린 얼굴에다—가만있어 봐라. 네 누나들도 하인들에게 웃으면 죄가 되어 영혼이 망가진다고 웃지 못하게 하느냐?"

"누나들이요? 아, **누나들에게** 하인이 있으리라고 생각하십니까?"

왕자는 잠시 거지를 엄숙하게 바라보더니 말했다—

"그렇게 생각하면 안 될 이유가 있느냐? 그러면 밤에 누가 옷을 벗겨 주고 아침에 누가 옷을 입혀 준단 말이냐?"

"그렇게 해주는 사람은 없습니다. 짐승처럼—옷을 벗고 발가벗고 잔단 말씀이십니까?"

"옷을 벗고 자냐고! 그럼 그들은 옷이 한 벌밖에 없단 말이냐?"

"아, 왕자님, 더 있어 봐야 그 여벌의 옷으로 뭘 하겠습니까? 사실인즉 각자 옷이 한 벌밖에 없습니다."

"정말 이상하고 놀라운 일이구나! 날 용서해 다오—옷을 생각은 아니었다. 하지만 착한 낸과 베트에게 곧 옷과 하인을 마련해 주마—곧 그러도록 하겠다—내 금고지기가 알아서 할 거다. 고맙다는 말은 안 해도 된다—아무것도 아니다. 너는 아주 말을 잘하는구나. 아주 세련되게 하는구나. 화술을 배웠느냐?"

"화술을 배운 건지는 잘 모르겠습니다, 왕자님. 앤드루 신부님이란 훌륭한 분이 순전히 호의로 책을 가르쳐 주셨습니다."

"라틴 어는 아느냐?"

"조금밖에 모릅니다."

"배우도록 해라. 처음에만 좀 어렵단다. 그리스 어는 더 어렵단다. 하지만 엘리자베스 누나와 사촌에게는 이 두 가지 언어나 다른 어떤 언어도 전혀 어렵지가 않단다. 너도 누나들의 말을 한 번 들어보면 좋을 텐데! 자 이제 쓰레기 궁전에 대해 말해보아라. 거기서도 즐겁게 살고 있느냐?"

"사실은 그렇습니다. 왕자님. 배고픈 것만 빼고요. 펀치와 주디 인형극을 볼 수도 있습니다. 원숭이들은—정말 너무 웃겨요! 옷은 또 얼마나 화려한지!—원숭이들은 기진맥진해질 때까지 소리를 지르고 싸웁니다. 너무 재미있는데다 일 파딩만 주면 구경할 수 있습니다. 물론 일 파딩을—구하는 게 아주 어렵기는 하지만요."

"더 이야기를 해보아라."

"우리 쓰레기 궁전의 소년들은 곤봉을 가지고 서로 싸웁니다. 때로는 기사훈련생 식으로 싸우죠."

왕자는 눈을 빛내며 말했다—

"아, 그런 것이라면 나도 싫지 않은데. 더 이야기를 해보아라."

"누가 제일 빠른지 가리기위해 달리기 경주도 합니다—"

"그것도 하고 싶구나. 계속 이야기 해보아라."

"여름에는 개천과 강을 걸어서 건너기도 하고 거기서 수영도 합니다. 서로를 물에 처넣고 물장구를 치고, 다이빙을 하고 소리를 지르고 넘어지곤 합니다. 그리고—"

"한 번만 그렇게 놀 수 있다면 아버님의 왕국과도 바꾸겠구나! 제발 계속 이야기해다오."

"우리는 칩사이드에 있는 메이폴 근처에서 춤추고 노래하곤 합니다. 모래 위에서 놀면서 상대방을 모래로 덮어 주기도 합니다. 가끔씩 진흙 과자를—만들기도 하지요. 오, 사랑스러운 진흙. 세상에—그렇게 재미있는 놀이는 없을 겁니다. 이런 말씀을 드려도 괜찮다면, 진흙에서 뒹굴면서 놉니다."

"오 제발, 더 이상 말하지 마라. 정말 멋지구나! 내가 네 옷 같은 옷을 입고 신발을 벗고 그 진흙 속에 한 번만 마음껏 뒹굴 수 있다면, 아무도 말리거나 비난하는 사람 없이 단 한 번만이라도 그럴 수 있다면, 내 왕관하고라도 바꾸고 싶구나!"

"제가 한 번만 왕자님의 옷을 입어 볼 수 있다면—단 한 번만이라도—"

"오, 그리고 싶으냐? 그러면 입어 보아라. 네 누더기 옷을 벗고 내 옷을 입어보아라! 잠깐 동안 행복하겠지만 그렇다고 행복이 줄어들진 않을게다. 옷을 바꾸어 입고 있다가 방해꾼이 오기 전에 다시 갈아입자."

잠시 후에 웨일즈의 왕자는 톰의 너덜너덜한 누더기를 걸쳤고 빈곤 왕국의 왕자는 화려한 왕자 옷을 멋지게 차려입었다.

두 사람은 앞으로 나가 대형 거울 앞에 나란히 섰다. 그런데, 아, 기적이 일어났다. 아무런 변화가 없는 것처럼 보였다! 그들은 서로 바라보다가 거울을 보다가 다시 서로 바라보았다. 마침내 당황한 왕자가 말했다—

"어떻게 생각하느냐?"

"아, 왕자님, 제게 묻지 마십시오. 저같이 미천한 것이 감히 어떻게 말씀드리겠습니까?"

"그러면 **내가** 말하마. 똑같은 머리카락에, 똑같은 눈에, 똑같은 목소리에, 똑같은 태도에, 똑같은 모습에, 키에, 똑같은 얼굴을 지니고 있구나. 우리가 발가벗고 산다면 누가 웨일즈의 왕자이고 누가 너인지 알아낼 사람이 없겠구나. 그리고 네가 입었던 옷을 입고 있으니 마치 그 잔인한 병사가 그랬을 때 네가 어떤 느낌이었는지 알 수 있을 것 같구나—네 손에 난 이 멍은 그때 생긴 거냐?"

"네. 하지만 이건 아무것도 아닙니다. 왕자님도 아시겠지만 그 불쌍한 병사는—"

"가만히 있어 보아라! 정말 부끄럽고 잔인한 일이였다!" 맨발을 구르면서 왕자가 외쳤다. "만일 왕께서—내가 다시 돌아올 때까지 꼼짝하지 말고 있어야 한다! 이건 명령이다!"

순식간에 그는 테이블 위에 있던 국가적으로 중요한 물건 하나를 낚아채더니 어느새 문을 나갔다. 얼굴은 벌겋게 달아오르고 눈은 분노에 차 이글거리면서 누더기를 걸친 채 나는 듯이 달려 나갔다. 대문에 이르자마자 왕자는 창살을 잡고 흔들면서 소리쳤다.

"열어라! 당장 문을 열어라!"

톰에게 심하게 굴었던 그 병사가 잽싸게 그 말에 복종했다. 그리고 너무 분해서 숨도 제대로 못 쉬는 왕자가 궁궐 문 밖으로 뛰쳐나가자 그 병사는 왕자에게 귀싸대기를 올렸다. 왕자는 길가로 나동그라졌다. 병사가 말했다.

"이 거지새끼야, 너 때문에 왕자님께 야단을 맞았으니 이건 그 벌이다!"

구경꾼들은 소리 높여 웃었다. 왕자는 진흙탕에서 일어나서 경비병을 향해 돌진하며 소리쳤다.

"난 웨일즈의 왕자다. 내 몸은 신성하다. 내 몸에 손을 댔으니 널 사형에 처하겠다."

그 병사는 받들어 창을 하더니 비웃으며 말했다.

"왕자님 문안인사 드립니다." 그리고는 화를 내며 말했다. "저리 꺼져 이 미친 쓰레기 같은 놈아!"

　이어 조롱하는 구경꾼들이 불쌍한 왕자를 둘러싸고 그를 아래까지 밀치며 몰고 갔다. 그들은 야유하며 소리쳤다. "왕자님 납시오! 웨일즈 왕자님 납시오!"

4장

왕자의 고난이 시작되다

몇 시간이고 놀리며 쫓아오던 구경꾼들이 떠나자 마침내 왕자는 혼자 남게 되었다. 그가 화를 내고 왕자답게 위협을 하고 왕자답게 명령을 할 때는 재미있게 놀리던 군중도 마침내 왕자가 지쳐서 아무 말도 안하자 시시해져서 다른 흥밋거리를 찾아 나섰다. 그는 주변을 둘러보았으나 어딘지 알 수가 없었다. 런던 시내 어디인지는—분명했으나 그 이상은 알 수가 없었다. 그는 목적 없이 계속 걸어갔다. 잠시 후에 집들이 뜸해지고 행인도 별로 지나가지 않았다. 시내에서 그는 피 흐르는 발을 씻었는데, 지금은 패링던 가로 흘러가는 시내였다. 거기서 잠시 쉬다가 계속 걸어가자 곧 주위에 집이 몇 채밖에 없고 어마어마하게 큰 교회가 있는 커다란 공터에 닿았다. 그는 이 교회를 알아보았다. 도처에 비계*들이 있었고 일꾼들이 우글거렸다. 그 교회는 정교한 보수 공사 중이었다. 왕자는 곧 안심했다—이제 고난이 끝났다는 느낌이 들었다. 그는 혼잣말을 했다.

"그레이 수도사의 낡은 교회구나. 왕이신 아버님께서 수도승

---

* 디디고 서도록 긴 나무를 얽어서 놓은 설치물

들로부터 몰수해서 가난하고 오갈 데 없는 아이들의 거처로 하사하시고 예수원이라고 이름을 지으셨지. 그러니 이들은 이렇게 자비를 베푸신 분의 아들인 나에게 기꺼이 융숭한 대접을 할 거야 —그리고 무엇보다도 그 분의 아들인 내가 지금 여기 수용되어 있거나, 앞으로도 수용할 아이들만큼이나 가난하고 외로운 처지가 되었으니 말이야."

그는 곧 이리저리 뛰어 다니고 펄쩍펄쩍 뛰며 공놀이나 개구리 뛰기 등등의 놀이를 하며 즐겁게 놀고 있는 아이들 사이에 끼였다. 그들은 그 당시에 하인이나 도제들 사이에 유행인 옷을 모두 비슷하게 입고 있었다—즉, 다시 말해서 모두 머리에는 접시만한 평평한 검은 모자를 쓰고 있었다. 그 모자는 그다지 크지 않아서 머리를 덮는 용도로 유용하지도, 그렇다고 장식 효과가 있지도 않았다. 이 아이들은 모자 아래 앞이마 중간까지 가르마를 타지 않고 앞머리를 내렸고 거기서 부터는 빙 둘러 가며 똑바로 머리를 잘랐다. 목에는 신부 같은 목 띠를 두르고 있었고 무릎이나 그 아래까지 내려오는 몸에 끼는 파란 가운을 입고 있었다. 소매는 팔목까지 왔고 넓고 붉은 허리띠를 하고 있었고. 무릎 위에 리본을 묶은 밝은 노란색 스타킹을 신고 있었고 무릎 위에 그 스타킹을 묶은 모양이었다. 신발은 큰 금속 고리가 달린 굽이 낮은 신이었다. 아주 보기 흉한 옷이었다.

그 아이들은 놀다 말고 왕자 주위에 몰려들었다. 왕자는 본연의 위엄을 갖추어 말했다—

"애들아, 너의 주인께 가서 웨일즈의 에드워드 왕자께서 말씀하고 싶어 하신다고 여쭈어라."

이 말에 함성이 터졌고 버릇없는 한 아이가 나서서 말했다―

"저, 당신은 왕자님의 전갈을 가지고 오신 분이신가요, 거지님?"

왕자는 화가 나서 얼굴이 벌개졌고 재빠르게 엉덩이로 손을 가져갔으나 거기에는 아무것도 없었다. 웃음이 터져 나왔고 또 다른 아이가 말했다―

"봤니? 자기가 칼을 가지고 있다고 생각해―왕자처럼 말이야."

이 비꼬는 말에 다시 웃음이 터졌다. 불쌍한 에드워드는 당당하고 꼿꼿한 자세로 서서 말했다―

"나는 왕자다. 그리고 우리 아버님의 자비로 먹고 사는 너희들이 날 이렇게 놀리다니 무례하도다."

다시 웃음이 터져 나오는 걸로 보아 이 말에 다들 아주 재미있어 하는 것 같았다. 처음에 나섰던 아이가 친구들에게 큰 소리로 외쳤다―

"으흠, 돼지, 노예들아. 저 왕자 분의 아버님 덕분에 사는 것들아, 어떻게 된 태도냐? 모두 무릎을 꿇고 누더기를 걸치고 호령하고 계신 왕자마마께 경의를 표하여라!"

신이 나서 모두 무릎을 꿇고 자기들의 놀림감에게 충성을 맹세하는 척했다. 왕자는 가장 가까이에 있는 아이를 발로 차며 사납게 말했다—

"오늘은 이 정도 해두지만 내일 널 교수형에 처하겠노라!"

아, 하지만 이런 말은 농담이 아니었다. 농담을 넘어선 말이었다. 순식간에 웃음이 뚝 그치고 그 대신 다들 화를 냈다. 열두어 명이 소리쳤다—

"저 놈을 끌어내! 말 먹이는 연못으로, 말 먹이는 연못으로 데려가! 개들은 어디 갔어?

아, 저기 있구나. 라이온 가서 물어!"

그러자 영국에 전례 없는 일이 벌어졌다—신성한 왕위 계승자께서 평민들에게 얻어맞고 개에게 물린 것이었다.

그날이 저물어 밤이 되자, 왕자는 런던 시내 가운데 집이 빽빽이 들어선 지역으로 갔다. 그의 몸은 멍들고, 손에는 피가 흐르고 있고, 누더기 옷은 온통 진흙투성이였다. 그는 헤매고, 헤매고 또 헤매었다. 점점 더 당황한데다 너무나 피곤해서 더 이상 한 발도 떼어놓을 수 없는 지경이 되었다. 그가 사람들에게 물을 때마다 정보를 얻는 게 아니라 모욕만 당해서 그는 더 이상 묻지도 않았다. 그는 혼자 중얼거렸다. "쓰레기 궁전—바로 그랬어. 내가 쓰러지기 전에 그곳을 찾기만 하면 그땐 난 살 수 있어—그 애 가족들이 날 궁전으로 데려가서 내가 그들의 가족이 아니고 진짜 왕자란 걸 증명해줄 거야. 그러면 원 위치로 돌아갈 거야."

가끔 그 예수원 아이들이 얼마나 무례했는지 떠올랐지만, 그는 말했다. "내가 왕이 되면 그 애들에게 먹을 것과 잠자리만 줄

게 아니라, 책도 가르쳐야지. 정신과 마음이 굶주렸을 때는 몸이 아무리 배불러 보아야 소용이 없지. 오늘의 교훈을 꼭 기억해서 잊지 말아야지. 그리고 백성들이 이렇게 고통을 받고 있다는 것도 기억해야지. 가르침을 받으면 부드러워지고 자비심이 생길 거야."

번개가 번쩍이기 시작하더니 비가 오고, 바람이 불고, 으스스한 폭풍의 밤이 되었다. 집 없는 왕자, 집 없는 영국의 왕위 계승자는 계속 걸어가서, 가난과 불행에 찌든 집들이 모여 있는 꾸불꾸불한 더러운 골목길로 접어들었다.

갑자기 술에 취한 악당이 그의 덜미를 잡더니 말했다―

"이렇게 밤늦은 시간에 또 기어 나왔냐! 그리고 집엔 한 푼도 안 가져왔지! 그렇다면 말라빠진 네놈의 몸에 있는 뼈란 뼈는 다 부러뜨려 놓을거다. 그렇지 않으면 내가 존 캔티가 아니지."

왕자는 몸을 비틀어 빠져나와서는 무심결에 더럽혀진 어깨를 털고 간절히 말했다―

"오, **자네가** 정말 그 아이 아버지인가? 하느님, 감사합니다 ― 그러면 얼른 그 아이를 데려오고 날 제자리에 데려다 주게!"

"**그 아이** 아버지냐고? 무슨 말을 하는지 모르겠다. 내가 아는 건 내가 **너의** 아버지라는 것밖에 없어. 넌, 그 이유를 곧 알게 될―"

"농담으로 얼버무리지 마라! 얼른 내 말대로 해라!―난 피곤하고 지쳤다. 더 이상 견딜 수가 없다. 날 왕이신 내 아버님께 데려가다오. 그러면 아버님께서 상상도 못할 정도로 하사하셔서 부자가 될 거다. 날 믿어라! 날 믿어!―난 거짓말을 하는 게 아니라 진실만을 말하고 있다!―손을 내밀어 날 구하거라! 난 정말로 웨일즈의 왕자다!"

그 남자는 대경실색해서 아이를 내려다보고 나서 고개를 흔들며 중얼거렸다―

"톰 얘가 완전히 맛이 갔구나!"―그리고서 다시 한 번 그의 덜미를 잡고 거칠게 웃으며 욕을 했다. "미쳤건, 안 미쳤건 나와 네 할머니가 네 뼈 중 어디가 말랑말랑한 지 찾아내 때려 주마. 안 그러면 내가 사람이 아니지!"

이 말과 함께 그는 미친 듯이 몸부림치는 왕자를 끌고 앞마당을 지나 사라졌다. 재미있어서 왁자지껄하는 벌레 같은 한 무리의 인간들이 그의 뒤를 따라갔다.

5 장

톰 왕자가 되다

톰 캔티는 왕자의 방에 혼자 남게 된 그 기회를 최대한 이용하고 있었다. 그는 커다란 거울 앞에서 사방을 비춰 보면서 왕자의 멋진 옷에 감탄을 금치 못하고 있었다. 그러고는 여전히 거울에서 눈을 떼지 않은 채 왕자의 위엄 있는 몸짓을 흉내 내며 저쪽까지 걸어가 보았다. 그다음에는 아름다운 검을 뽑아 들고 절을 한 다음 칼날에 입을 맞추고는 그 검을 가슴 위로 가져갔다. 5, 6주 전에 노포크 경과 서리 경을 체포해 런던탑에 넘기면서 기사가 정교하게 인사하던 모습을 그대로 흉내내본 것이었다. 허벅지에 매달려 있는 보석 박힌 단검도 만져 보고 방 안에 있는 정교한 값비싼 장식품을 들고 살펴보고 호화로운 의자마다 앉아 보았다. 쓰레기 궁전 아이들이 이런 위엄 있는 모습을 볼 수만 있다면 얼마나 으스댈 수 있을까 하는 생각이 들었다 집으로 돌아가 이 놀라운 이야기를 하면 아이들이 믿어 줄지 아니면 고개를 저으며 그렇게 공상을 하더니 드디어 미쳤구나 하고 말할지 궁금했다.

삼십 분 가량 지나자, 갑자기 왕자가 사라진 지 한참 되었다는 생각이 났다. 그러자 곧 외로워졌다. 곧 이어 물건을 만지작거리는 것을 그만 두고 왕자가 돌아오기만 기다리며 귀를 기울였다. 거북해졌고, 그다음 초조해졌으며, 마침내 고통스러워졌다. 누군가가 들어와 왕자 옷을 입고 있는 것을 볼 때 설명해 줄 왕자가 나타나지 않으면 어떡하나 싶었다. 당장에 그를 사형에 처하고 그 후에야 어떻게 된 일인지 알아보지 않을까? 귀족들은 사소한 문제는 즉각 처리해 버린다는 말을 들은 적이 있었다. 그는 점점 더 공포심에 사로 잡혔다. 한걸음에 달려가 왕자를 찾아내 자기를 안전하게 나가게 해달라고 부탁해야겠다는 생각이 들었다. 그는 덜덜 떨면서 살며시 대기실로 통하는 문을 열어보았다. 으리으리하게 차려 입은 하인 여섯 명과 나비처럼 차려 입은 우두머리 시종 두 명이 벌떡 일어나서 고개를 깊이 숙여 절했다. 그는 잽싸게 뒤로 물러서서 문을 닫았다. 그는 말했다,—

"저 사람들이 나를 비웃는 거야! 가서 이르겠지. 오! 어쩌다 여기 와 가지고 목숨을 잃게 되었담?"

그는 이름 없는 공포에 떨면서 방안을 서성거렸다. 조금만 소리가 나도 귀를 기울이고 깜짝 놀랐다. 곧 문이 열리더니, 비단 옷을 입은 시종이 말했다,—

"제인 양 듭시오."

문이 닫히고 화려한 옷을 입은 예쁜 아가씨가 그를 향해 달려왔다.

그러나 그녀는 갑자기 멈추더니 당황한 목소리로 말했다.

"왕자님, 어디 아프십니까?"

톰은 거의 숨이 막힐 지경이었다. 하지만 곧 정신을 차리고 더듬거렸다, ―

"저, 자비를 베풀어 주십시오! 전 왕자가 아니고, 시내에 있는 쓰레기 궁전에 사는 불쌍한 톰 캔티입니다. 제발 왕자님을 뵙게 해주십시오. 왕자님께서 제 헌 옷을 돌려주시고 절 안전하게 보호해주실 겁니다. 오, 너그러우신 마음으로 절 구해주십시오."

이때쯤에 이르러 톰은 무릎을 꿇었다. 말뿐 아니라 손을 치켜든 채 눈길로 애원하고 있었다. 아가씨는 공포에 질린 것처럼 보였다. 그녀는 소리를 질렀다 ―

"오 왕자님, 무릎을 꿇고 계십니까?―**제게**!"

그리고는 새파랗게 질려 달아났다. 그러자 톰은 절망에 **빠져** 주저앉아 중얼거렸다 ―

"아무 도움도 받을 수 없고, 아무 희망도 없구나. 이제 곧 사람들이 와서 날 잡아갈 거야."

그가 공포에 질려 거기 주저앉아 있는 동안 그 끔찍한 소식이 궁전을 발칵 뒤집어 놓았다. 그 속삭임은, 그런 일은 늘 속삭여야 하므로, 하인에게서 하인으로, 귀족에게서 귀부인에게로, 회랑을 따라서, 층에서 층으로, 방에서 방으로 전해졌다. "왕자가 미쳤어, 왕자가 미쳤어!" 곧 휘황찬란하게 차려 입은 귀족과 귀부인이 방마다, 대리석 홀마다 모여들었다. 신분이 낮은 사람들은 어리둥절해져 그들대로 모여 열심히 수군댔다. 사람들마다 어쩔 줄 모르는 기색이 역력했다.

　　모여 있는 사람들 곁으로 곧 멋진 옷을 입은 신하가 다가와서 엄숙하게 공표했다,―

"왕명이다."

　　"누구든 절대로 이 어리석은 거짓말에 현혹되어서도 안 되고, 떠들어서도 안 되고, 외부로 새어나가게 해서도 안 된다. 왕명이다!"

　　마치 모두 갑자기 벙어리라도 된 것처럼 수군대던 소리가 뚝 그쳤다.

　　그러더니 곧 회랑 전체에 웅성대는 소리가 퍼졌다.

　　"왕자님이시다! 봐, 왕자님이 오신다!"

　　불쌍한 톰이 지나가자 모여 있던 사람들이 깊숙이 고개를 숙여 절을 했다. 톰은 답례로 그들에게 절을 하려고 했다. 그는 어쩔 줄 모르며 슬픈 눈길로 주위의 낯선 사람들을 온순하게 돌아보았다. 귀족들이 양쪽에서 그를 부축하고 뒤에는 궁정의사와 하인들이 따라 오고 있었다.

　　곧 톰은 으리으리한 방에 도착했고 그가 들어서자 문이 닫혔다. 같이 왔던 사람들이 그를 빙 둘러쌓았다. 그 앞에 약간 떨어진 곳에 아주 덩치가 큰 뚱뚱한 남자가 누워 있었다. 얼굴은 넓적하고 살이 늘어져 있었으며 엄격한 표정을 짓고 있었다. 머리카

락은 은회색이었고 얼굴에 빙 둘러 난 구레나룻 역시 은회색이었
다. 옷은 아주 호사스러우나 옷감이 낡아 보였고 여기저기 약간
구겨져 있었다. 부은 한쪽 발을 붕대로 감고 베개에 고여 놓고 있
었다. 지금은 침묵이 드리워졌다. 모두 다 그에게 경의를 표하며
고개를 숙이고 있었고 그 남자만 고개를 들고 있었다. 이 엄격한
표정의 병자가 그 무서운 헨리 8세였다. 그가 부드러운 표정을 지
으며 말하기 시작했다,—

"에드워드 왕자여, 이제 좀 어떠냐? 네 아버지인 짐은 늘 너
를 사랑하고 다정하게 대했는데 그런 농담으로 짐을 속이려고 드
느냐?"

어리벙벙하기는 했지만 불쌍한 톰은 첫마디는 그런대로 듣고
있었다. 하지만 "짐"이란 말을 들었을 때 얼굴이 백짓장처럼 하얗
게 되었고, 마치 벼락이라도 맞은 것처럼 즉시 무릎을 꿇었다. 손
을 치켜들고 그가 외쳤다,—

"**전하**이십니까? 그렇담 이제 정말 끝장이구나!"

이 말을 듣고 왕은 충격을 받은 것 같았다. 왕은 하릴없이 이
사람 저 사람을 쳐다보다가 마침내 당황한 표정으로 자기 앞에 무
릎을 꿇은 소년을 응시했다. 그리고 절망적인 어조로 말했다,—

"이런, 소문이 사실이 아닐 것이라고 믿었는데. 하지만 이제
사실인 것 같아서 심히 우려가 되는구나." 그는 깊이 한숨을 쉬더
니 부드러운 목소리로 말했다. "아버지에게로 오거라, 애야. 어디
가 아픈가 보구나."

톰은 부축을 받아 일어나서는 몸 둘 바를 모르고 마구 떨면서 왕에게 다가갔다. 왕은 겁에 질린 그의 얼굴을 두 손으로 감싸고, 다시 제정신이 돌아오는 신호가 있는지 보기 위해, 한참 동안 가만히 다정한 눈길로 그를 보았다. 그리고는 그의 곱슬머리를 끌어안고 쓰다듬었다. 곧 왕이 말했다,―

"네 아버지를 몰라보겠느냐, 애야? 이 늙은 애비의 가슴을 더 이상 아프게 하지 말라. 날 안다고 **말하거라**. 날 알겠지, 그렇지?"

"네. 바로 우리나라의 왕이십니다. 신의 가호를 빕니다!"

"그래―그렇지―아주 잘 대답했다. 그렇게 떨지 말고 편안히 있어라. 여기에 널 해칠 사람은 아무도 없단다. 모두가 널 사랑한단다. 이제 좀 나아졌구나. 악몽이 사라지는가 보구나―그렇지 않냐? 이제 네가 누군지―알겠지? 다시는 왕자가 아니라고 하지 않겠지? 네가 조금 전에 그런 말을 했다고들 하는구나."

"전하, 제발 절 믿어 주십시오. 전 진실만을 말합니다. 전 당신의 백성 중에서 가장 미천한 거지입니다. 아주 우연히 여기 오게 되었지만 제 잘못은 아닙니다. 죽기에는 아직 어리니 제발 자비를 베푸셔서 절 살려주시겠다고 한 마디만 해 주십시오. 오! 제발 절 살려주신다고 해주십시오, 전하!"

"죽인다고? 그런 말 말아라, 왕자여―정신이 혼미한가본데, 진정, 진정하여라. 결코―너가 죽지 않게 하겠다!"

톰은 무릎을 꿇고 너무나 기쁜 나머지 큰 소리로 외쳤다,―

"전하, 제게 베푸신 자비를 신께서 보상해주시길. 만수무강
하시여 오랫동안 이 땅에 선정을 베풀어 주시옵소서!"

그리고 벌떡 일어나 기쁜 얼굴로 그를 수행해온 귀족 둘을
돌아보며 외쳤다.

"들으셨죠! 절 죽이지 않으시겠답니다. 전하께서 말씀하셨습
니다."

모두들 꼼짝을 못한 채 엄숙하게 경의를 표하며 절을 할 뿐
이었다. 아무도 아무 말도 하지 않았다. 그는 어쩔 줄 몰라서 망설
이다가 쭈뼛거리며 왕을 바라보았다.

"이제 가도 되겠습니까?"

"가겠다고? 물론 네가 원하면 언제든지 갈 수 있다. 하지만
조금만 더 있다가 가지 그러냐? 어디로 가려고 하느냐?"

톰은 아래를 내려 보다가 기어들어 가는 소리로 대답했다.—

"제가 잘못 알아들었는지는 모르겠습니다. 하지만 제가 자유
의 몸이 되었다고 생각했습니다. 그래서 누추한 곳이기는 하지만
어머니와 누나들이 있는 제 집인 그 오두막으로 돌아가려고 했습
니다. 이곳은 휘황찬란하고 으리으리하긴 하지만 낯섭니다.—오,
전하, 제발 가게 해주십시오!"

왕은 아무 말없이 잠시 생각에 잠기더니 차츰 더 거북하고
고통스러워하는 표정을 지었다. 하지만 이내 희망을 담은 목소리
로 말했다.—

"어쩌면 이 한 가지 점에서만 제 정신이 아니고 다른 문제에

있어서는 정신이 말짱할 수도 있다. 아마도 그럴 것이다! 시험을 해보도록 하자."

그리고는 톰에게 라틴 어로 물었고 톰은 우물거리며 라틴 어로 대답했다. 왕은 기쁨을 감추지 못했다. 귀족과 의사들 역시 만족했다. 왕이 말했다.—

"그의 학식과 능력에는 아무 이상이 없다. 단지 정신이 좀 나갔을 뿐이고 그것도 그다지 치명적인 것은 아니다. 어떻게 생각하시오, 의사 선생?"

의사는 고개를 깊이 숙인 채 대답했다.—

"전하의 추측이 옳으시다는 확신이 드옵니다."

왕은 권위자가 이렇게 자신의 견해를 지지하자 흐뭇해졌다. 기분이 좋아진 왕이 계속 말했다.—

"모두들 지켜보아라. 그를 더 시험해 보겠노라."

그는 톰에게 프랑스 어로 물었다. 톰은 그렇게 많은 사람이 자기를 지켜보는 데 당황해서 잠시 침묵을 지키고 있다가 겸손하게 말했다.—

"전하, 전 그 외국어를 모릅니다."

왕은 소파 위로 쓰러졌고 그를 부축하기 위해 시종들이 달려왔다. 왕은 그들을 물리치고서 말했다.—

"부산떨지 말거라 — 짐이 단지 약간 어지러워서 그런 것뿐이다. 날 일으켜 다오! 자, 됐다. 이리 오너라, 얘야. 아버지 가슴에 네 피곤한 머리를 기대고 쉬어라. 곧 나을 것이다. 잠시 지나가는 몽상일 뿐이다. 겁먹지 말거라. 곧 나을 것이다."

그리고 그는 모여 있는 사람들을 바라보았다. 부드러운 태도
는 사라지고 눈가에 비탄의 빛이 서렸다.

"모두 들어라! 내 아들은 미쳤다. 하지만 영원히 그러지는 않
을 것이다. 너무 공부를 열심히 해서 이렇게 된 것이다. 어쩌면 너
무 실내에만 갇혀 있어서 그런지도 모르겠다. 책과 선생은 집어치
우도록 해라! 이 말을 명심해라. 왕자가 다시 건강을 찾을 수 있
도록 운동하게 하고 건강에 도움이 되는 여러 방법을 동원해 그
를 즐겁게 해주어라."

그는 일어서더니 계속 우렁찬 목소리로 말했다.

"그는 미쳤다. 하지만 내 아들이고 영국의 왕위 계승자이다.
미쳤건 제 정신이건 그가 통치하게 되리라는 사실에는 변함이 없
다. 다들 명심해서 들어라. 내가 공표하노라. 누구든 그가 미쳤다
고 하는 자는 평화와 질서를 위배하는 자이므로 교수형에 처하
겠노라! ……마실 것을 좀 다오―목이 타는구나. 너무 슬퍼서 기
운이 빠지는 구나……컵을 치우거라……날 부축해 다오. 자, 됐
다. 미쳤다고, 왕자가? 수천 번을 미쳐도 그는 웨일즈의 왕자이고
짐이 그 사실을 확인하노라. 내일 당장 유서 깊은 적절한 의식에
따라 황태자 대관식을 하겠노라. 당장 이 명을 받으시오, 퍼트포
드 경."

귀족 중 한 사람이 옥좌 곁에 가 무릎을 꿇고 말했다,―

"전하, 아시다시피 영국의 대 의전관은 관직을 박탈당하고

지금 런던탑에 갇혀 있습니다. 관직을 박탈당한 사람에게는 적절하지 않습"—

"가만! 그 가증스러운 이름으로 내 귀를 더럽히지 말라. 그놈을 영원히 살려 두려고 하느냐? 내 뜻을 이렇게 가로막아야 되겠느냐? 황태자 대관식을 집행할 완전한 대의전관이 없어서 황태자 대관식을 미뤄야 한단 말이냐? 신의 이름으로 맹세컨대 그럴 순 없다. 해가 뜨기 전에 노포크 경을 사형에 처하라고 의회에 명하여라. 그렇지 않으면 내 가만두지 않겠다!"

허트포드 경이 말했다,—

"왕의 뜻이 법입니다." 그리고는 일어나서 원래 자리로 돌아갔다.

차츰 왕의 얼굴에서 분노의 빛이 사라졌다. 그리고 왕은 말했다,—

"내게 입을 맞추어라, 왕자여. 자…… 뭘 두려워하느냐? 난 널 사랑하는 아버지가 아니냐?"

"저같이 미천한 것에게 너무나 잘 해주셨습니다, 오 자비로우신 전하. 그건 잘 알고 있습니다. 하지만—하지만—노포크 경이 죽을 것을 생각하니 가슴이 아픕니다. 그리고"—

"아, 정말 너답구나. 너답구나! 새로이 병들어 제 정신이 아닌데도 여전히 심성은 착하구나. 넌 늘 그렇게 부드러운 심성을 가졌다. 하지만 노포크 공작은 너의 대관식을 가로막고 있다. 그 일을 할 완벽한 사람을 새로 임명해 대신 대관식을 치르게 하겠노라.

마음 편히 먹어라, 왕자여. 이런 일로 골머리를 썩이지 말거라."

"하지만 저 때문에 처형을 서두시는 건 아닙니까, 전하? 저만 아니면 그 공작은 조금 더 살 수 있지 않습니까?"

"왕자여, 그런 자는 생각도 하지마라. 그럴 가치가 없는 놈이다. 내게 다시 입을 맞추어 다오. 가서 재미있게 놀거라. 나도 몸이 괴롭구나. 피곤해서 이제 쉬어야겠다. 허트포드 숙부와 네 시종들과 함께 물러났다가, 내가 좀 회복되거든 다시 오너라."

톰은 무거운 마음으로 물러났다. 이 마지막 말은 이제 석방되리라는 그의 희망에 치명타를 가했다. 그는 다시 한 번 웅성대며 수군거리는 소리를 들었다. "왕자님, 왕자님이 오신다!"

고개를 숙인 휘황찬란한 대신들 사이를 지나가자 그는 점점 더 침울해졌다. 이제 정말 포로가 되었고 신이 불쌍히 여겨 풀어주시기 전에는 쓸쓸하고 외로운 왕자가 되어 영원히 이 황금 우리 속에 갇혀 있게 될 것이다.

그리고 어디를 둘러보아도 얼굴을 아는 노포크 경의 목 잘린 머리가 떠다니며 자신에게 비난의 눈길을 보내는 것 같았다.

예전의 꿈은 그다지도 달콤했는데, 현실은 이렇게도 쓸쓸하구나!

6 장

톰 지시를 받다

톰은 화려한 궁전의 큰 방으로 안내 받았고 가서 앉았다. 주위에 나이든 귀족들이 서 있어서 앉아 있기가 거북했다. 그들에게 앉으라고 톰이 사정했지만, 그들은 고맙다며 고개를 숙이고 사양하며 그대로 서 있었다. 계속 앉으라고 했을 텐데 '숙부'인 허트포드 백작이 귀에 대고 속삭였다—

"제발, 그러지 마십시오, 왕자님. 왕자님 앞에 앉는 것은 법도에 어긋납니다."

슨트 존 경이 왔다고 했다. 그는 톰에게 절을 한 다음 말했다—

"전하의 심부름으로 왔습니다. 은밀히 전할 말씀이 있습니다. 허트포드 백작만 남고 모두 물러나라고 해 주십시오."

톰이 어떻게 물러나게 하는지 모르는 것을 보고 허트포드가 손으로 물러나라는 표시를 하면 되고, 내키지 않으면 굳이 말은 할 필요가 없다고 속삭였다. 시중을 들던 신사들이 모두 물러나자 슨트 존 경이 말했다—

"왕자님께서는 위중한 국사를 생각하셔서 병이 치유되어 다시 옛날처럼 될 때까지는 가능한 모든 방법을 다 동원하여 아프신 걸 감추셔야 한다고 전하께서 분부를 내리셨습니다. 진짜 왕자가 아니고 영국의 왕위 계승자도 아니란 말씀은 절대로 하시면 안 됩니다. 오래된 관습에 따라 다른 사람들이 절을 하거나 관례적인 행동을 할 때는, 말이나 행동으로 거부하지 마시고 왕자답게 품위 있게 받아들이셔야 합니다. 병적인 망상으로 꾸며낸 미천한 출신이며 그런 생활을 해 왔다는 말씀은 절대로 하셔서는 안 됩니다. 전에 아시던 분들의 얼굴을 기억해 내려고 부지런히 노력하셔야 합니다. 기억이 안 나도 당황하지 마시고 놀라거나 기억이 안 난다는 표시를 하셔서는 안 됩니다. 국사를 행하시던 중 어떤 일을 해야 하고 어떤 말을 해야 할지 몰라 당황스러우시더라도 호기심에 차 옆에서 지켜보는 사람들에게 동요의 빛을 드러내시면 안 됩니다. 그 대신 이런 문제에 대해서는 저나 허트포드 경의 충고를 따르십시오. 저희는 이런 일을 하도록 왕명을 받았고, 이 명령이 해제될 때까지 언제나 곁에서 부름에 임하겠습니다. 전하께서는 이런 말씀을 전하라고 하셨습니다. 아울러 왕자님께 안부를 전하고 신께서 자비를 베푸셔서 왕자님의 병을 치유해 주시고 앞으로도 신의 가호가 있기를 바란다고, 하셨습니다."

슨트 존 경은 절을 하고는 옆에 섰다. 톰은 체념하고 대답했다,―

"전하께서 그렇게 말씀하셨다는 거지요. 누구도 왕명을 거역할 순 없잖아요. 자기에게 안 맞는다고 해서 적당히 핑계를 대고 피할 수도 없잖아요. 전하의 말씀을 따르겠습니다."

허트포드 경이 말했다—

"피곤한 상태로 연회에 가게 되거나 병이 악화되는 것을 막기 위해, 책이나 그런 심각한 문제에 대해서는 신경을 쓰시지 말고 마음 내키는 대로 가벼운 오락거리로 시간을 보내시라는 전하의 말씀이 계셨습니다."

톰은 깜짝 놀라 질문이 있는 표정을 지었다. 그리고 슨트 존경이 슬픈 표정을 지으며 바라보자 얼굴이 붉어졌다. 경은 말했다—

"아마 기억이 안 나셔서 놀라신 것 같군요—하지만 고민하지 마십시오. 영원히 그렇게 아니고 병이 나으면 괜찮아지실 겁니다. 허트포드 경은 임금님께서 두 달 전에 약속하셨던 런던 시에서 주최하는 연회를 말씀하시는 겁니다. 왕자님도 참석하셔야 합니다. 이제 기억이 나십니까?"

"유감스럽지만 기억이 안 나는데요." 톰이 망설이며 말했다. 그리고 다시 얼굴을 붉혔다.

그 순간에 엘리자베스 공주와 제인 그레이 양이 왔다는 전언이 있었다. 두 귀족은 의미심장한 눈길을 교환했고 허트포드는 재빨리 문 쪽으로 걸어갔다. 두 소녀가 옆을 지나갈 때 경이 나지막이 속삭였다—

"부탁컨대, 왕자님의 기분을 살피는 것처럼 보이시면 안 됩니다. 기억을 하지 못하시더라도 놀라서는 안 됩니다. 아주 사소한 일까지 전혀 기억을 못하십니다—가슴이 매우 아프실 겁니다."

그 동안에 슨트 존 경은 톰의 귀에 대고 말하고 있었다—

"제발 왕명을 명심하십시오. 가능한 모든 것을 기억하십시오. 아니면 기억하시는 **척**—하십시오. 왕자님께서 이전과 많이 달라지신 걸 다른 사람들이 눈치 채지 못하게 하십시오. 왕자님을 너무나 사랑하시는 분들이라 그 사실을 알게 되면 몹시 상심하실 겁니다. 제가 옆에 있는 게 낫겠습니까?—숙부께서도 그냥 계시라고 할까요?

톰은 우물거리며 손짓으로 그러라고 했다. 이제 사정을 알게 된데다가 순진한 마음에 온 힘을 다해 왕명에 따르기로 했다.

그렇게 주의를 주었는데도 불구하고 젊은이들 사이의 대화는 가끔 난관에 부딪쳤다. 톰이 모든 것을 포기하고 자신은 이 엄청난 역할을 맡을 사람이 아니라고 고백하고 싶은 게 한두 번이 아니었다. 하지만 엘리자베스 공주가 재치를 발휘해 그를 곤란한 상황에서 벗어나게 해주었거나, 방심하지 않은 두 경 중에서 한 사람이 우연히 지나가는 말을 하는 척하면서 구해 주었다. 한 번은 제인 양이 톰에게 돌아서서 이런 질문을 하여 그를 당황케 했다.

"왕자님, 오늘 왕비님께 문안을 드리셨습니까?"

톰은 망설였다. 당황한 표정을 지으며 막 아무 말이나 더듬거리려는 찰나에 존경이 나서서 대신 대답을 했다. 존 경은 미묘하고 어려운 문제에 부딪치더라도 언제나 아무렇지도 않게 우아하게 대처할 준비가 되어 있는 조신다웠다.

"물론 문안을 드리셨죠. 왕비님께서는 왕자님의 상태에 대해 물으시고는 크게 용기를 북돋아 주셨답니다. 그렇지 않습니까, 왕자님?"

톰은 동의의 뜻으로 우물거렸지만, 안전하지 않다는 느낌이 들었다. 조금 있다가 톰이 당분간은 공부를 쉴 것이라는 말이 나왔다. 그 말을 듣자 제인 양이 외쳤다,─

"안됐어요, 정말 안됐어요! 왕자님께서는 정말 잘 해 나가고 계셨어요. 하지만 참고 기다리시면 될 거예요. 곧 다시 시작하실 수 있을 거예요. 왕자님께서도 왕자님의 아버님처럼 박식해지실 거예요. 아버님처럼 여러 나라 말을 자유자재로 구사하실 수 있게 될 거예요.

"우리 아버지라고!" 톰은 순간적으로 방심해서 소리쳤다. "아버지는 우리나라 말도 제대로 못해서 돼지우리에서 꿀꿀대는 돼지나 알아들을까 아무도 못 알아듣는 데, 그리고 박식은 무슨 박식─"

그가 얼굴을 들어보니 슨트 존 경의 얼굴에 나타난 엄숙한 경고가 보였다.

그는 멈췄고 얼굴은 붉히고 슬픈 목소리로 조그맣게 계속했다. "아, 다시 아프기 시작했소. 정신이 혼미하오. 전하께 불손한 말을 할 의도는 아니었소."

"잘 알고 있습니다, 왕자님." 엘리자베스 공주가 자신의 두 손으로 '동생의' 손을 꼭 감싸고서 경의를 표하면서 다정하게 말했다.

"그 점에 대해선 걱정 마십시오. 왕자님의 잘못이 아니고 병 때문입니다."

"그대의 말을 들으니 마음이 놓이오." 톰이 고마워하며 말했다. "그리고 진심으로 감사하고 싶소. 감히 그래도 된다면 말이오."

한 번은 경솔한 제인 양이 톰에게 갑자기 그리스 어로 물었다. 엘리자베스 공주는 톰의 멍한 표정을 보고 그 같이 빗나간 화살임을 재빨리 알아챘다. 그래서 대신 나서서 제인의 말을 받아 태연히 그리스 어로 대충 대꾸하고는 곧 화제를 돌렸다.

전반적으로는 유쾌하게, 순조롭게 시간이 흘러갔다. 암초나 모래톱은 점점 줄어들었다. 톰은 주위 사람들이 모두 도와주고 자신의 잘못을 눈감아 주려고 한다는 것을 알자 차츰 마음이 편해졌다. 그날 저녁에 시장 주최 만찬에 이 두 숙녀와 함께 간다는 사실을 알았을 때 안심이 되고 기쁨으로 가슴이 설레었다. 한 시간 전이었다면 이 두 숙녀와 함께 가는 것이 견딜 수 없이 두려웠겠지만, 이제는 수없이 모르는 사람들 사이에 있어도 아는 사람이 전혀 없는 것은 아니라는 느낌이 들어서였다.

톰의 수호천사인 두 경은 두 숙녀와의 접견에 다른 사람들 보다 훨씬 더 조마조마했다. 마치 커다란 배를 타고 위험한 수로를 헤쳐 나가는 느낌이었다. 그들은 끊임없이 경계를 풀지 않았다. 그리고 자신들의 임무가 어린애 장난이 아니라는 것을 깨달았다. 마침내 두 숙녀의 방문이 끝나갈 무렵 길포드 더들리 경이 왔다고 했다. 이 두 경은 현재까지는 임무를 잘 수행했지만 그렇다고 배를 원위치로 끌고 와 다시 항해를 시작하기에는 최선의 상태는 아니라고 느꼈다. 그래서 그들은 톰에게 정중하게 더들리 경을 만나지 말라고 충고했고 톰은 기꺼이 그 충고를 받아들였다. 이 멋쟁이 꼬마 신사가 들어올 수 없단 말을 듣자 제인 양의 얼굴에는 실망의 빛이 살짝 스쳤다.

이제 뭔가를 기다리는 침묵이 이어졌는데, 톰은 그 의미를 이해할 수 없었다. 그가 허트포드 경을 쳐다보자 경이 신호를 보냈지만—그는 또 무슨 뜻인지 이해할 수 없었다. 만반의 준비를 갖추고 있던 엘리자베스 공주가 나섰다. 그녀는 절을 하면서 말했다,—

"저희가 이제 물러나도 될까요?"

톰이 말했다—

"뭐든지 원하는 대로 하시오. 하지만 내 모든 것을 버려서라도 그대들과 함께 있는 축복을 누리고 싶긴 하오. 그렇지만 잘 가시오. 신께서 함께 하시길!" 그리고는 내심 미소를 지었다. '왕자들의 이야기를 읽고 왕자들의 화려하고 우아한 말투를 좀 배워둔 것이 아주 쓸모 없는 일은 아니었군!'

그 대단한 숙녀들이 사라지자 톰은 지쳐서 두 사람에게 돌아서서 말했다—

"저쪽 구석으로 가서 좀 쉬어도 될까요?"

허트포드 경이 말했다—

"좋으실 대로 하십시오. 분부대로 하겠습니다. 곧 시내로 여행을 하셔야 하므로 쉬셔야 하긴 합니다."

그가 종을 울리자 시종이 등장했다. 그는 시종에게 윌리엄 허버트 경을 대령시키라고 명령했다. 곧 허버트 경이 와 톰을 내실로 안내했다. 톰은 우선 거기에 있는 물 컵을 들기 위해 손을 뻗었다. 하지만 비단과 벨벳 천으로 된 옷을 입은 시종이 컵을 들어 금 쟁반에 바쳐 무릎을 꿇고 톰에게 대령했다.

그다음으로, 피곤해진 포로는 앉아서 신발을 벗으려고 했다. 눈으로 그래도 되는지 묻자 비단과 벨벳 옷을 입은 또 다른 시종이 무릎을 꿇고 신발을 벗겨 주었다. 그가 두세 번 더 뭔가를 하려고 했으나 그때마다 시종들이 앞질러 대신 해주었다. 마침내 그는 포기하고 한숨을 쉬면서 중얼거렸다. 제기랄, 이러다가 숨 쉬는 것도 누가 대신 해주겠군! 마침내 슬리퍼에 화려한 옷을 걸친 채 쉬려고 누웠으나 잠을 잘 수가 없었다. 머릿속에 오만가지 생각이 다 떠올랐고, 그 방안에는 그만큼 수많은 사람들이 우글거려서였다. 머릿속의 생각은 물리칠 수가 없어 그대로 머릿속에 있었고, 방안의 사람들은 그들을 물리치는 방법을 몰랐기 때문에 그대로 방안에 있었다. 그러나, 그들 역시 — 물론 유감이었다.

톰이 떠나자 두 귀족만 남게 되었다. 그들은 고개를 여러 번 저으면서 생각에 잠겨 왔다 갔다 했다. 그리고는 스트 존 경이 말을 꺼냈다 —

"솔직히 말해서 어떻게 생각하십니까?"

"솔직히 말해서 이렇게 생각하오. 왕은 돌아가실 날이 멀지 않았고 조카는 미쳤소. 미친 왕자가 왕위에 오를 거요. 미친 왕이죠. 신이여 영국을 보호하소서. 보호가 필요하오!"

"그건 정말 그렇소. 하지만……, 그 점에 관해……, 그 점에 관해…… 아무런 의심도 들지 않으십니까?"

슨트 존 경은 망설였다. 미묘한 문제를 건드리고 있다는 것을 깨달았다. 허트포드 경은 그의 앞에 멈추어 서더니 맑고 솔직한 눈으로 그의 얼굴을 들여다보며 말했다ー

"계속 말해 보시오ー여기에서 들을 사람은 나밖에 없소. 뭐가 의심스럽다는 거요?"

"말씀드리기가 꺼려지는 생각이 떠올라서입니다. 더욱이 경께서는 아주 가까운 혈족이시고요. 하지만 무례해 보이더라도 용서해 주십시오. 미쳤다고 행동과 태도까지 바뀌는 것은 좀 이상하지 않습니까! ー행동과 말씀이 왕자답지 않다는 것이 아니고 사소한 이런 저런 습관이 너무 예전과 **달라서** 그렇습니다. 미쳤다고 아버지의 얼굴을 기억하지 못한다든지, 옆의 사람들이 으레 해주던 관례나 습관을 잊어버린다든지, 라틴 어는 알면서 그리스 어나 프랑스 어는 전혀 모른다든지 하는 게 이상하지 않습니까? 경, 화내지 마십시오. 마음에 걸려 말씀드리는 것입니다. 자신은 왕자가 아니라는 말씀이 머리를 떠나지 않습니다. 그래서ー."

"가만, 경께서는 지금 대역죄를 짓고 계시오. 왕명을 잊으셨소? 내가 경의 말을 듣기만 해도 공모자가 되는 거요."

슨트 존은 얼굴이 새하얗게 되어 황급히 말했다─

"제가 잘못했습니다. 비밀로 해주십시오. 제발 한 번만 너그럽게 양해해 주십시오. 다시는 이런 생각을 하지도 않고 입 밖에 내지도 않겠습니다. 관대한 처분을 바랍니다. 그러지 않으면 전 끝장입니다."

"됐소, 경. 그대가 여기서나 다른 곳에서나 다시는 그런 말을 누설하지 않는다면 그 말은 하지 않은 것으로 하겠소. 하지만 의심할 필요 없소. 왕자는 내 누이의 아들이고, 왕자님의 목소리나 얼굴이나 모습은 갓난아기 때부터 쭉 잘 알잖소? 미치면 그대가 지금 목격한 이런 이상한 일 아니 그 보다 더한 일도 일어날 수 있소. 말리 준 남작이 미쳤을 때 어떠셨는지 기억나지 않소? 그는 60년이나 봐 온 자기 얼굴도 못 알아보고 남의 얼굴이라고 하지 않았소. 아니, 자기가 막달라 마리아의 아들이고 자기 머리는 스페인 유리로 되어 있단 말까지 했잖소. 만지면 깨진다고 머리를 못 만지게 했잖소. 의심을 버리시오. 틀림없이 왕자시오. 내가 잘 아오─그리고 곧 왕이 되실 분이요. 경께서는 이점을 명심하시고 더 이상 그런 생각을 하지 않는 게 좋을 거요."

슨트 존은 이제 확신이 들었으며 다시는 의심을 하지 않겠다고 몇 번이고 다짐을 해가며 자신의 잘못을 무마하려고 했다. 그리고 허트포드 경은 같이 왕자를 지키던 그 동료를 가게하고, 혼자 앉아서 지켰다. 그는 곧 깊은 생각에 빠졌다. 그리고 오래 생각하면 할수록 그가 더 괴로워지는 게 분명했다. 그는 서성이다가 중얼거리기에 이르렀다.

"쯧, **틀림없이** 왕자야! 도대체 쌍둥이가 아닌 다음에야 그렇게 똑같은 사람이 어디 있어? 설사 그렇게 닮은 사람이 있다고 하더라고 서로 자리가 바뀔 리는 없잖아. 에잇, 말도 안 돼!"

곧 그가 말했다 ―

"사기꾼이 왕자라고 나선다면 **그건** 자연스럽고 당연한 일이지. 하지만 왕이, 신하가, 그리고 모든 사람이 왕자라고 하는데 본인이 **아니라고** 우기는 사기꾼이 어디 있겠어? **그럴 리가 없어!** 성 스위딘을 걸고 그럴 리가 없어! 진짜 왕자가 미친 것 뿐이야!"

7 장

왕자 톰의 최초의 만찬

　오후 한 시가 좀 지나서 톰은 체념하고 만찬에 참석하기 위해 예복을 입는 시련을 거쳤다. 갈아입은 옷 역시 훌륭한 옷으로 깃에서 양말까지 모든 의상이 바뀌었다. 그는 곧 넓고 화려한 방으로 위풍당당하게 안내되었다. 그 방에는 이미 한 사람만을 위해 식탁이 차려져 있었다. 그 방의 육중한 가구는 모두 금으로 되어 있었고 벤베누토의 아주 비싼 문양으로 장식되어 있었다. 방이 반쯤은 귀족인 시종들로 들어차 있었다. 목사가 예배를 드렸다. 늘 굶주려 있던 톰은 허겁지겁 먹으려고 했으나 그 찰나에 버클리 백작이 가로막고 그의 목에 냅킨을 둘러 주었다. 웨일즈의 왕자의 냅킨 담당 시종이라는 위대한 직책은 이 백작 가문에 세습되어 내려온 것이었다. 잔을 드는 시종이 옆에 서서 톰이 포도주를 마시려고 할 때마다 입에다 잔을 대 주었다. 거기에는 웨일즈 왕자의 음식을 미리 먹어보는 시종도 있었다. 그 시종은 부르기만 하면 어떤 의심스러운 음식이라도 먼저 먹어보고 독살될 만반의 준비를 갖추고 있었다. 이즈음에는 그의 기능을 발휘하라고 요청받는 경우가 거의 없었으므로 그는 단지 장식으로 붙어 있을 뿐이었다. 하지만 몇 세대 전에만 해도 이 직책은 위험이 따라 그다지 환영받는 영광스런 직책은 아니었다. 왜 개나 납을 사용하지 않았는지가 이상했으나 왕자와 관련된 것 중 이상한 게 한두 가지가 아니었다. 수석 궁내관인 다시 경은 왜 있는지 모르겠지만 여하튼—거기에 있었다. 집사장도 있었다. 그는 의자 뒤에 서서 이 식사 의식을 지켜보면서 옆에 있는 수석 집사와 수석 요리사의 명령에 따르고 있었다. 톰은 몰랐지만 톰에게 딸린 시종은 이 밖에도 삼백 여든 네 명이 더 있었다. 하지만 모두 이 방에 온 것은 아니었다. 여기 있는 시종은 그 중 사분의 일도 안 되었다. 톰은 그들이 있다는 사실도 몰랐다.

시종들은 방에 오기 직전에 주의를 수차 들었다. 왕자가 일시적으로 미쳤으니 그 사실을 명심하고 그가 엉뚱한 짓을 하더라도 놀란 내색을 해서는 안 된다는 것이었다. 곧 그들 앞에 '이 엉뚱한 짓'이 펼쳐졌다. 하지만 이들은 재미있어 하기 보다는 왕자를 동정하고 슬퍼했다. 사랑스런 왕자가 그렇게 미쳐버린 게 가슴이 아플 뿐이었다.

불쌍한 톰은 주로 손가락으로 먹었다. 하지만 아무도 그걸 보고 웃지 않았으며 다들 못 본 척했다. 톰은 냅킨을 유심히 살펴보았다. 아주 깜찍하고 예쁜 냅킨이었다. 그래서 그는 솔직하게 말했다,—

"저쪽으로 치우시오. 실수로 더럽힐까 봐 걱정이 되오."

세습 냅킨 시종이 황송해하며 얼른 그 냅킨을 치웠다. 그럴 필요가 없다고 말하지 않은 건 물론이고 아무 말 없이 분부대로 했다.

톰은 호기심에 차 순무와 양상추를 살피더니 이건 뭐고, 먹어도 되냐고 물었다. 이 채소들은 네덜란드에서 수입해서 먹는 사치품이었고 영국에서 재배한지는 얼마 안 된 것들이었다. 시종이 아주 엄숙하게 먹을 수 있다고 대답했다. 아무도 놀란 내색을 하지 않았다. 후식을 먹은 후에 그는 호주머니에 호두를 가득 넣었다. 하지만 아무도 아는 척 하거나 동요의 빛을 그이지 않았다. 하지만 다음 순간 톰 자신이 불안해져서 어쩔 줄 몰랐다. 식사 중 처음으로 자기 손으로 해도 되는 일이 있기 때문이다. 자기가 가장 왕자답지 못한 일을 한 건 분명했다. 그 순간 코가 간지럽기 시작했다. 그는 코끝을 벌렁거리며 찡그렸다. 코가 계속 간지러웠으며 점점 더 참을 수 없어서 간지럽다는 표시를 하고야 말았다. 그는 애원하듯이 주위의 시종들을 둘러보았다. 그의 눈에는 눈물이 글썽했다. 시종들은 당황하며 다가와 왜 그러시냐고 물었다. 정말 참을 수 없어진 톰이 말했다,—

"제발 좀 날 봐주시오. 코가 너무 간지럽소. 이렇게 급할 때 궁중 예법은 뭐요? 제발 빨리 알려 주시오. 더 이상 참을 수가 없소."

아무도 웃지 않았다. 하지만 모두 아주 당황해서 어떻게 해야 할지 몰라 서로 바라보기만 했다. 여기 막다른 골목이 있고 영국 역사상 이것을 해결할 방법이 없었다. 마침 예전관이 자리에 없었다. 아무도 지도 위에 없는 바다로 모험을 하러 나가거나 이 엄숙한 문제를 풀 엄두를 내지 못했다. 아이! 슬프게도 긁어 주는 세습 시종은 없었다. 그 동안 눈물이 흘러 넘쳐 왕자의 뺨을 타고 뚝뚝 떨어지고 있었다. 간지러운 코는 더욱 다급하게 긁어 주길 바라고 있었다. 마침내 자연의 섭리가 예의범절의 장벽을 넘었다. 톰은 잘못된 짓을 하고 있으면 용서해주길 속으로 빌면서 손을 올려서 스스로 코를 긁어서 신하들의 마음의 짐을 덜어 주었다.

식사가 끝나자 한 시종이 향기로운 장미수를 담은 얇고 넙적한 금 접시를 가지고 왔다. 손과 입을 씻어 내기 위한 물이었다. 냅킨 담당 시종이 냅킨을 들고 옆에 서 있었다. 톰은 잠시 당황해서 접시를 바라보다가 그것을 입에다 가져가 엄숙하게 한 모금을 마셨다. 그리고는 귀족에게 그 접시를 돌려주면서 말했다,―

"아, 이건 싫소. 향기는 좋은데 너무 밍밍하오."

미친 왕자의 이런 기행을 보자 주위에 서 있던 사람들은 가슴이 아팠다. 하지만 누구도 즐거워하며 우습다는 생각을 하지는 않았다.

그다음에 톰이 무심코 저지른 실수는 목사가 의자 뒤로 다가와 선 상태에서 손을 쳐들고 눈을 감고 축도를 하려는 순간 식탁에서 일어난 것이었다. 왕자가 이상한 짓을 한 것을 여전히 다들 못 본 척했다.

톰의 요구에 의해 그는 이제 내실로 가서 혼자 마음대로 있게 되었다. 자작나무로 된 벽의 옷걸이에 아름다운 금박 문양이 새겨진 빛나는 철갑옷이 몇 벌 걸려 있었다. 이 갑옷은 진짜 왕자의 것으로,—여왕이신 파르 부인의 선물이었다. 톰은 정강이 보호대와 장갑을 껴 보고 깃털 장식이 된 모자를 써 보고 다른 사람의 도움을 받지 않고 혼자 입을 수 있는 것은 모두 입어 보았다. 그리고 잠시 시종들을 불러 도와 달라고 할까 하다가 저녁 식사 때 가져온 호두에 생각이 미쳤다. 아무도 보는 사람 없이 혼자서 호두를 먹을 수 있을 것이고, 달갑지 않은 세습 시종들의 시중을 받지 않아도 될 것이다. 그래서 그 아름다운 갑옷은 모두 제자리에 가져다 두었다. 호두를 까먹으면서 그는 왕자가 되는 저주를 받은 이래 최초로 행복한 기분이 들었다. 호두를 다 까먹자, 재미있는 책이 있나 하고 서가를 둘러보다가 우연히 영국 조정의 예의범절에 관한 책을 발견했다. 이 책은 대단했다. 그는 호사스런 소파에 누워서 열심히 독학을 해 나갔다. 당분간 그는 거기에 두자.

8 장

옥쇄의 문제

다섯 시쯤 되었을 때 헨리 8세는 찌뿌드드한 상태로 낮잠에서 깨어났다. 그는 혼자 중얼거렸다. "악몽이야, 악몽이야! 내가 곧 죽을 거야. 그래서 이런 꿈을 꾸는 거야. 맥박이 약해지고 있는 것도 그 증거야." 곧 그의 눈에 사악한 불길이 타올랐다. 그는 중얼거렸다. "하지만 **그놈이** 죽기 전에는 내가 눈을 감을 수 없지."

그가 잠에서 깨어난 것을 안 시종 중 하나가 대법관이 밖에서 기다리고 있는데 어떻게 하시겠냐고 물었다.

"들어오게 하라! 들어오게 하라!" 왕이 큰 소리로 외쳤다. 대법관이 들어와서 왕의 곁에 무릎을 꿇고 말하길—

"전하의 명령을 받자와 의원들에게 법복을 입고 의회재판소에 와 있으라고 명령했습니다. 그들은 노포크 공에 대한 사형 판결을 내리고 나서 마마의 분부만 기다리고 있습니다."

왕의 얼굴이 환희로 타올랐다. 그는 말했다,—

"날 일으켜 다오! 내 하원으로 가 내 손으로 그놈을 사형에 처하라는 문서에 옥쇄를 찍겠노라—"

그의 목소리가 작아지고 불그레하던 안색이 창백한 납빛으로 변했다. 시종들이 왕을 베개 위에 뉘였다. 그리고 얼른 강장제를 주었다. 왕은 슬픔에 차 즉시 말했다.—

"아아, 얼마나 이 시간이 오길 고대했던가! 그런데 너무나 늦게 왔구나. 그렇게 바라던 기회를 누리지 못하는구나. 하지만 서둘러라, 서둘라! 나는 할 수 없게 되었지만 이 행복한 일을 다른 사람에게 시켜야겠다. 내 옥쇄를 맡기겠노라. 그대가 그 일을 할 귀족들을 골라라. 당장 착수하라. 서둘러라! 오늘이 다 가기 전에 내게 그놈의 목을 가져다 바쳐라."

"분부대로 하겠사옵나이다. 옥쇄를 제게 돌려주라고 명령만 하시면 곧 그 일에 착수하겠습니다."

"옥쇄라니? 그대 말고 누가 옥쇄를 가지고 있단 말인가?"

"상감마마, 마마께서 이틀 전에 옥쇄를 가져가시면서, 노포크 공의 사형문서에 몸소 옥쇄를 찍으실 때까지는 옥쇄를 사용하지 말라고 하셨습니다."

"그래. 내가 그랬지. 기억이 나는군. ……그런데 내가 옥쇄를 어떻게 했지? ……내가 정신이 없어. 요샌 기억이 잘 안나…… 이상한 일이야, 이상해."

왕은 가끔 은발 머리를 흔들며 뭐라고 중얼대면서 옥쇄를 어떻게 했는지 기억해 내려고 했다. 마침내 허트포드 경이 무릎을 꿇고 알려 주었다.—

"상감마마, 감히 제가 말씀을 드려도 된다면, 마마께서 옥쇄를 웨일즈 왕자께 주시면서 앞으로 다가올 미래에 대비하라고 하셨던 게 기억납니다—"

"그래, 바로 그랬지!" 왕이 끼어들었다. "옥쇄를 가져오너라! 빨리 가서. 시간이 없다!"

허트포드 경은 톰에게 날아갔으나 곧 괴로워하며 빈손으로 돌아왔다. 그는 이렇게 실토했다,—

"이런 반갑지 않은 슬픈 소식을 전하게 되어서 몸 둘 바를 모르겠사옵나이다. 하지만 왕자님께서는 아직 완전히 회복되시지 않으셨습니다. 옥쇄를 받았다는 사실을 기억하지 못하십니다. 왕자님의 방들과 살롱을 뒤져봐야 시간만 낭비할 것 같아 빨리 보고를 드리려고 돌아왔습니다"—

이 말을 하자 왕이 신음을 해 경의 말을 막았다. 잠시 후 왕이 슬픔에 잠긴 목소리로 말했다,—

"더 이상 왕자를 괴롭히지 마라. 신의 손이 그를 짓누르고 있구나. 왕자가 너무나 불쌍하구나. 차라리 이 늙은 애비가 그 아이의 짐을 대신 지고 그 아이에게 평화를 줄 수 없는 게 슬프구나."

왕은 눈을 감고 중얼거리더니 곧 잠잠해졌다. 잠시 후에 왕은 다시 눈을 뜨고 멍하니 주위를 둘러보다가 무릎을 꿇고 있는 대법관을 보았다. 순간적으로 왕의 얼굴은 분노로 이글거렸다,—

"아니, 그대는 아직도 여기 있는가! 그 반역자의 일을 빨리 처리하지 않고 그놈의 목을 가져오지 않으면 내일로 대법관 직을 면직하겠노라!"

대법관이 덜덜 떨며 대답했다, ─

"전하, 자비를 베푸소서! 저는 다만 옥쇄를 기다리고 있을 뿐이옵니다."

"이 사람아, 정신이 있는 건가? 전에 내가 지니고 다니던 작은 옥쇄가 내 금고에 있네. 큰 옥쇄가 사라져 버렸으니 작은 것으로 찍으면 되지 않나? 정신이 있는 건가? 가게! 그리고 내 경고하는데─그놈 머리를 가지고 올 때까지는 다시는 나타나지 말게."

불쌍한 대법관은 그 위험한 곳에서 얼른 물러났다. 그리고 서둘러서 비굴한 의회의 결정에 왕이 동의하는 절차를 밟아 영국 수상이었던 노포크 경을 그다음 날 교수형에 처하기로 정했다.

9 장

강가의 축제

아홉 시가 되자 강 쪽으로 난 궁전의 현관은 불빛으로 타올랐다. 도시 쪽 강 전체가 뱃사공이 젓는 보트와 유람선으로 뒤덮였다. 배마다 색등 장식을 하고 있어서 물결이 살랑대자 정원에 활짝 핀 수없이 많은 꽃들이 여름 미풍에 흔들리는 것 같았다. 강으로 나 있는 돌계단은 독일 공국의 한 연대를 수용할 만큼 넓었는데, 그 역시 장관이었다. 창병들은 번쩍이는 갑옷을 입고 계단 위에 열을 지어 서 있었고 화려한 옷차림의 시종들은 준비에 바빠 이리저리 위아래로 뛰어다니고 있었다.

곧 명령이 하달되었고 곧 모든 사람이 계단에서 물러났다. 이제 불안과 기대의 속삭임으로 분위기가 가라앉았다. 보트에 있던 수많은 사람들이 모두 일어나 등불과 횃불 빛을 손으로 가리고 궁전 쪽을 바라보는 모습이 보였다.

사오십 대의 의식용 배가 계단으로 다가왔다. 그 배들은 금박을 입혔고 높이 솟은 뱃머리와 선미는 정교한 조각이 새겨져 있었다. 몇 척은 깃발과 리본으로 장식되어 있었고 몇 척은 문장이 수놓인 금사와 애러스 천으로 장식되어 있었다. 그 외에 다른 배들은 수없이 많은 조그만 종이 달린 은빛 깃발도 장식 되어 있었는데 미풍이 스칠 때마다 작은 종에서 즐거운 음악 소리가 부드럽게 쏟아졌다. 왕자를 호위하는 귀족들의 배들은 휘황찬란한 문장이 새겨진 방패를 옆에 달아 더 위풍당당했다. 거룻배가 모든 의식용 배들을 끌고 있었다. 뱃사공 외에도 이 거룻배에는 수많은 병사들이 빛나는 투구를 쓰고 가슴막이를 입고 있었다. 배에는 일군의 악사도 타고 있었다.

기대하던 행렬의 전위대가 정문에 나타났다. 일군의 창병들이었다. 그들은 검은 색과 황갈색 줄무늬의 긴 양말에, 양 옆에 은빛 장미가 달린 벨벳 모자에, 짙은 빨강색과 파랑색이 섞인 윗옷을 입고 있었다. 그 윗옷의 앞과 뒤는 왕자의 문장인 깃털 세 개가 금사로 수 놓여 있었다. 창의 손잡이는 진홍색 벨벳으로 감싼 후 도금된 못으로 고정해 놓았으며 금술이 달려 있었다. 창병들은 좌우로 갈라선 후 정문에서 강가까지 길게 두 줄로 늘어섰다. 그러고는 금색과 진홍색 의복을 갖춘 왕자의 시종들이 그 두 줄 사이로 번쩍이는 양탄자처럼 보이는 천을 깔았다. 이런 일이 끝났을 때 안에서 트럼펫 소리가 울려 퍼졌다. 강위의 악사들이 활발하게 서곡을 연주했다. 흰 지팡이를 든 두 명의 의전관이 천천히 위엄 있게 문에서 걸어 나왔다. 그 뒤를 런던 시 직장을 든 관리가, 또 그 뒤에 런던 시 검을 든 관리가 따라왔다. 그리고는 시 수비대가 정복을 차려 입고 소매에는 견장을 달고 왔다. 그리고는 문장원의 가터 문장관이 지팡이를 들고 등장했다. 그 뒤로 향사들, 주황색 법복과 두건을 쓴 판사들, 앞을 트고 흰털로 두른 주황색 법복의 영국 대법관, 주황색 외투의 시의원, 예복을 입은 시민단체 장들이 나타났다. 그리고 휘황찬란한 옷을 입은 열두어 명의 프랑스 신사가 등장해, 계단을 내려오고 있었다. 그들은 분홍색 **바지**를 입고 보라색 호박단으로 테를 두른 짧은 진홍색 벨벳 망토를 두르고 있었다. 그들은 프랑스 대사였다. 그 뒤를 열두 명의 기사로 된 스페인 대사 일행이 따라오고 있었다. 그들은 아무 장식 없는 검은 벨벳 옷을 입고 있었다. 이어 시종을 거느린 영국의 높은 귀족들이 따라왔다.

안에서는 트럼펫이 울려 퍼졌고 후에 서머셋 공이 될 왕자의 숙부가 문에서 나타났다. 금사로 된 윗도리에 금빛 꽃무늬가 있는 진홍색 사틴 외투를 입고 은 그물망 리본을 달고 있었다. 그는 뒤로 돌아서더니 깃털 장식이 된 모자를 벗고 깊이 고개를 숙인 다음 걸음을 옮길 때마다 절을 하면서 뒤로 물러났다. 트럼펫 소리가 길게 울려 퍼지고 이어서 "지존하신 에드워드 경, 웨일즈 왕자마마 납시오!"라고 외쳤다. 우레와 같은 소리와 함께 불꽃이 일제히 성벽 높이 일렬로 솟구쳤다. 강에 모여 있는 군중들 속에서 환영하는 환호성이 터져 나왔다. 이 열광의 대상인 영웅, 톰 캔티가 걸어와 모습을 드러내고 약간 고개를 숙여 인사했다.

그는 흰 사틴 윗옷을 입고 있었다. "얇은 자줏빛 천으로 앞을 댔고 작은 다이아몬드가 여기저기 박혀 있으며 가장자리에는 모피를 댄 옷이었다. 그 위에 파란 사틴으로 안을 대고 깃털 장식을 한 모자를 쓰고, 진주와 보석이 박힌 금실 흰 망토를 입고 있었다. 망토는 다이아몬드 버클로 고정되어 있었다. 왕자의 목에는 가터 훈장과 외국에서 수여한 훈장 몇 개가 달려 있었다." 그리고 보석에 빛이 부딪칠 때마다 눈부시게 반사되었다. 오, 톰 캔티! 움막에서 태어나, 런던의 빈민굴에서 자라 누더기와 먼지와 불행에 익숙해진 그대 앞에 이게 웬 장관이란 말인가!

왕자와 거지 83

10 장

올가미에 걸린 왕자

존 캔티는 진짜 왕자를 쓰레기 궁전으로 끌고 갔다. 그의 뒤를 사람들이 신이 나서 시끄럽게 떠들며 떼 지어 따라갔다. 그 포로를 놓아주라고 사정하는 사람은 한 사람밖에 없었지만 캔티는 들은 척도 하지 않았다. 아니 사람들의 소리가 너무 커서 거의 들리지 않는 것 같기도 했다. 왕자는 풀어 달라고, 이러지 말라고 계속 버둥댔다. 마침내 존 캔티는 그나마 남아 있던 인내심을 잃고 벌컥 화를 내면서 참나무 지팡이를 왕자의 머리 위로 치켜들었다. 그 소년을 놓아주라고 하던 사람이 캔티의 팔을 제지하기 위해 튀어나왔다. 그러다가 손목을 맞았다. 캔티는 소리를 질렀다,―

"참견할거냐? 내 맛을 보여주지."

그는 지팡이로 참견하는 사람의 머리를 마구 팼다. 신음 소리가 나더니 희미한 형체는 사람들 발 사이로 쓰러져 버렸다. 다음 순간 그 사람은 어둠 속에 혼자 거기에 내팽개쳐졌다. 사람들은 이런 일이 벌어져도 전혀 꺼리지 않고 계속 떼 지어 따라왔다.

왕자는 곧 존 캔티의 집에 도착했고, 문을 닫고 들어가 다른 사람은 더 이상 따라오지 못했다. 병에 꽂아 놓은 촛불 빛으로 그 더러운 움막과 식구들의 윤곽이 대강 드러났다. 지저분한 여자아이 둘과 중년의 여인이 한쪽 구석 벽에 기댄 채 웅크리고 있었다. 그들에게는 학대에 익숙해져 곧 다시 학대받으리라는 것을 알고 있는 겁먹은 동물 같은 면이 엿보였다. 또 다른 구석에서는 백발이 산발한 심술궂은 눈매의 쭈그렁 노파가 기어 나왔다. 존 캔티는 이 노파를 보고 이야기 했다,—

"잠깐만 기다려 보슈! 여기 대단한 허풍이 벌어질 테니까. 그 재미있는 얘기를 다 들을 때까진 가만히 게슈. 그다음에는 얼마든지 마음대로 때리슈. 야, 너 이리 와 봐. 자 다시 그 바보 같은 말을 해봐. 잊어버리진 않았겠지. 네 이름을 대 봐. 넌 누구지?"

굴욕감으로 왕자의 얼굴이 다시 확 붉어졌다. 그리고 화가 나서 고개를 쳐들고 그 남자의 얼굴을 똑바로 바라보며 왕자가 말했다,—

"내게 말하라고 하다니 무엄하구나. 전에 말했듯이, 다시 말하지만 난 웨일즈 왕자인 에드워드다."

이 대답에 노파는 깜짝 놀라 마루에 얼어붙었고 거의 숨도 쉬지 못하고 멍하니 놀란 표정으로 왕자를 응시했다. 불한당 같은 아들은 어머니의 이런 표정이 재미있어 웃음을 터뜨렸다. 하지만 톰 캔티의 어머니와 누나의 반응은 달랐다. 얻어맞을지 모른다는 두려움은 사라지고 다른 유의 고통이 곧 그들을 엄습했다. 그들은 당황해 슬픈 표정을 짓고 앞으로 달려오며 외쳤다,—

"오 불쌍한 톰, 불쌍한 것 같으니!"

어머니는 왕자 앞에 무릎을 꿇고 어깨에 손을 얹고는 눈물을 흘리며 애타게 그의 얼굴을 들여다보았다. 그러고 나서 그녀는 말했다, ―

"오 불쌍한 내 새끼! 말도 안 되는 책을 읽더니 마침내 미쳐 버렸구나. 아! 내가 그렇게 읽지 말라고 했는데 죽자고 읽더니, 이 어미의 가슴이 찢어지는구나."

왕자는 그녀의 얼굴을 가만히 보면서 점잖게 말했다, ―

"그대의 아들은 잘 있소. 미치지도 않았소. 안심하시오. 그대의 아들이 있는 궁전으로 날 데려다 주시오. 그러면 내 아버님이신 왕께서 그대 아들을 돌려주실 거요."

"임금님이 네 아버님이라고! 오, 내 아가야! 다시는 그런 말 말아라. 네 목숨이 위험하고 주위에 있는 사람 모두 죽게 된단다. 그런 소름끼치는 망상일랑 떨쳐 버리고 흩어진 기억을 되 살려봐. 날 쳐다보아라. 내가 널 낳고 기른 사랑하는 엄마가 아니냐?"

왕자는 고개를 저으면서 마지못해 대답했다, ―

"그대의 마음을 아프게 하고 싶지는 않소. 하지만 정말 그대 얼굴은 처음 보는 거요."

어머니는 마루에 주저앉고 말았다. 손으로 눈을 가리고서 애끓게 흐느끼며 탄식을 했다.

"계속 해봐!" 캔티가 소리를 쳤다. "뭐라고, 낸! 뭐라고, 베트! 버릇없는 것들 같으니! 감히 왕자님 앞에 뻣뻣하게 서 있을래? 이 거지들아 무릎을 꿇고 왕자님께 인사를 드려라!"

그는 다시 힝힝대고 웃으면서 이런 말을 했다. 딸들은 겁에 질린 채 동생을 살려 달라고 사정하기 시작했다. 낸이 말했다,─

"아버지 제발 쟤더러 자라고 하세요. 자고 나면 나을 거예요. 제발, 그러세요."

"그러세요, 아버지" 베트가 말했다. "보통 때보다 더 지쳐 있어요. 내일이면 다시 정신을 차리고 부지런히 동냥을 할 거예요. 다시는 빈손으로 집에 오지 않을 거예요."

이 말에 아버지는 흥이 깨졌고, 일 생각이 났다. 화를 내며 왕자에게 몸을 돌려 그가 말했다,─

"내일 이 움막 주인한테 2페니를 내야 돼. 2페니를 내야한단 말이다. 알았냐. 육 개월 치 집세야. 그걸 못 내면 나가야 해. 얼마나 벌어 왔는지 보자."

왕자는 말했다,─

"그런 더러운 문제로 날 화나게 하지 마라. 다시 말하건대 난 왕의 아들이다."

캔티가 넓적한 손바닥으로 어깨를 후려치자 왕자는 비틀거리다 캔티 부인의 품에 안겼다. 부인은 왕자를 보호하기 위해 그를 꼭 끌어안고서 계속된 주먹질과 따귀를 몸으로 막았다. 겁에 질린 여자아이들은 원래 있던 자리로 돌아갔다. 하지만 할머니는 아버지를 돕기 위해 비틀거리며 앞으로 왔다. 왕자는 캔티 부인의 품에서 떨어져 나오면서 큰 소리로 말했다,─

"날 위해 고통 받을 필요 없소. 이 돼지들에겐 나 혼자만 맞아도 되오."

이 말에 돼지들은 화가 났다. 그들은 즉각 그를 두들겨 패기 시작했다. 그들은 왕자를 사이에 놓고 양쪽에서 마구 때리고는 왕자를 동정했다는 이유로 여자아이들과 어머니까지 두들겨 팼다.

"이제" 캔티가 말했다. "모두 자라. 이런 기분풀이도 피곤하다."

불이 꺼지고 식구들은 물러났다. 이 집의 가장과 그의 어머니의 코고는 소리로 미루어 그들이 잠든 게 분명해지자, 여자아이들은 왕자가 누워 있는 곳으로 기어가서 그가 추울까봐 다정하게 짚과 누더기를 덮어 주었다. 어머니도 그에게 기어와서 그의 머리를 쓰다듬고 내려다보며 흐느끼며 귀에다 대고 위로와 동정의 말을 띄엄띄엄 속삭였다. 그녀는 그에게 주려고 빵 부스러기를 남겨 두었으나 소년은 아픈 바람에 식욕을 잃었다. 적어도 시꺼먼 맛없는 빵부스러기를—먹을 마음은 나지 않았다. 그는 자기를 보호해 주려는 그녀의 고귀한 용기와 연민에 감명을 받았다. 그래서 아주 품위 있게 왕자다운 말투로 그녀에게 고맙다고 하면서 가서 주무시고 슬픔을 잊으라고 했다. 그리고 그의 아버님이신 왕께서 그녀의 친절과 헌신을 보상해주실 것이라고 덧붙였다. 그가 이렇게 다시 "미친 증세"를 보이자 그녀는 다시 가슴이 아팠고 몇 번이고 그를 끌어안은 뒤 눈물바람으로 젖어 잠자리로 돌아갔다.

그녀가 슬퍼하면서 생각에 잠겨 누워 있을 때 이 아이에겐 톰 캔티에게 없는 뭐라고 이름 붙일 수 없는 뭔가가 있다는 생각이 슬며시 들었다. 그녀는 그것을 어떻게 묘사할 수도, 무엇인지 딱 잘라 말할 수도 없었다. 하지만 날카로운 모성적 본능으로 그것을 감지한 듯 했다. 만일 이 아이가 정말 자기 아이가 아니라면? 오, 말도 안 돼! 그녀는 슬픔과 고녀에 차 있으면서도 이런 생각에 웃음이 나왔다. 어쨌든 이 생각은 "가라앉지" 않고 계속 그녀를 괴롭혔다. 그 생각은 계속 떠오르고 그녀에게 달라붙어 괴롭혔다. 그런 생각은 없어지지도 않았고 무시할 수도 없었다. 마침내 그녀가 의심의 여지없이 이 아이가 자기 아들인지 아닌지 분명히 증명해줄 시험을 해야만 의심과 걱정이 사라지고 마음의 평화를 되찾을 수 있음을 깨달았다. 아 그래. 이것이야말로 이 어려움을 해결할 방법이야. 그래서 그녀는 어떤 시험을 할까 하고 머리를 짜냈다. 하지만 쉽사리 묘안이 떠오르지 않았다. 이런저런 시험이 괜찮겠다고 머릿속으로 헤아려 보다가 모두 다 포기해 버렸다—어떤 시험도 절대적으로 확실하거나 절대적으로 완벽하지 않았다. 그리고 불완전한 시험으로는 만족할 수가 없었다. 아무리 머리를 짜내도 헛수고였다—포기해야만 할 것 같았다. 이런 우울한 생각이 스치는 순간 그 아이의 고른 숨소리가 들려 그가 깊이 잠들었다는 것을 알았다. 가만히 들어보니 고른 숨소리가 중간 중간 악몽에 놀라 내는 소리 때문에 끊기곤 했다. 우연히 이런 소리를 듣자 순간적으로 그동안 생각해낸 모든 시험보다 월

등한 시험방법이 떠올랐다. 그녀는 열심히 하지만 소리 없이 그 일에 착수했다. 그녀는 촛불을 켜고서 혼자 중얼거렸다. "**아까** 재를 보기만 했으면 알 수 있었을 텐데! 어렸을 때 바로 눈앞에서 화약이 터진 다음부터 우리 아이는 꿈에서건 깨어서건 깜짝 놀라는 법이 없어. 그날 이후로 손으로 눈을 가리기만 해. 손바닥을 안쪽으로 하는 다른 사람과 반대로 걔는 손바닥을 바깥쪽으로 눈을 가리지. 그러는 걸 백 번도 더 보았어. 그리고 항상 틀림없이 그랬어. 그래 곧 알게 될 거야!"

이런 생각을 하면서 그녀는 촛불을 손으로 가리면서 잠자는 아이 곁으로 갔다. 조마조마해서 숨도 쉬지 않고 조심스럽게 그 아이에게로 몸을 굽혔다. 그리고 갑자기 그 아이의 얼굴에다 빛을 비추고 주먹으로 바로 귀 옆의 마루를 쳤다. 자던 아이가 갑자기 눈을 둥그렇게 뜨고 놀라 주위를 둘러보았다 — 하지만 특별히 손을 움직이지는 않았다.

그 불쌍한 여자는 놀라움과 슬픔에 차 어찌할 바를 몰랐다. 하지만 가까스로 감정을 수습하고 그 아이를 달래서 다시 재웠다. 그리고서 다시 기어가 불행한 시험 결과에 대해서 곰곰이 생각해보았다. 톰이 미치는 바람에 그의 독특한 손짓이 사라졌다고 믿으려고 해보았으나 그럴 수가 없었다. "아니야," 그녀가 말했다. "걔 **손이야** 미칠 리가 없지. 그렇게 오래된 습관이 어떻게 한 번에 없어지겠어. 아, 오늘 정말 괴로워 죽겠군!"

하지만 이제 군건한 의심 못지않게 희망이 군건해졌다. 그녀는 시험의 증거를 받아들일 수 없었다. 다시 시험을 해보아야만 했다—실패는 단지 우연일 뿐이야. 그래서 다시 자는 아이를 깨우고, 시간을 두고 또 깨웠다. 결과는—첫 번째 결과와 같을 뿐이었다—그리고는 자기 잠자리로 와서 중얼거리며 슬프게 잠들었다. "하지만 재를 포기할 수는 없어다—오, 그럴 순 없어. 그럴 순 없어—재는 내 아들인 게 **틀림없어**."

그 불쌍한 엄마가 더 이상 깨우지 않자, 왕자의 고통도 차츰 줄어들었고 아주 지쳐 마침내 깊은 잠에 곯아 떨어졌다. 차츰 시간이 흘렀고 그는 여전히 죽은 사람처럼 깊은 잠에 빠져 있었다. 이렇게 네다섯 시간이 지났다. 그리고서 그는 조금씩 의식이 돌아오기 시작했다. 그는 중얼거렸다—

"윌리엄 경!"

잠시 후에—

"오, 윌리엄 경! 이리로 와서 이 이상한 꿈 이야기를 들어보시오. ……윌리엄 경! 듣고 있소? 글쎄 내가 거지가 되었다고 생각해보오. ……호 거기! 경호병! 윌리엄 경! 뭐! 의전관이 없다고 했소? 그러면 어쩐다지"—

"어디가 아프니?" 근처에서 누군가가 속삭이며 물었다. "누구를 부르는 거니?"

"허버트 윌리엄 경을 부르고 있소. 누구시오?"

"나? 내가 누구냐고? 누나 낸이야. 오, 톰 날 잊었어! 미쳤구나—네가 미치다니, 차라리 내가 영영 죽어 이 사실을 잊을 수 있다면 좋겠구나! 하지만, 제발 함부로 말하지 마. 우리 모두 죽도록 맞을 거야!"

놀란 왕자가 반쯤 벌떡 일어나자, 멍든 데가 아픈 바람에 정신이 들었다. 그는 신음 소리를 내며 다시 짚더미에 주저앉았다—

"이런, 그럼, 이게 꿈이 아니구나!"

순식간에 잠이 몰아낸 슬픔과 불행이 다시 몰려왔다. 그는 더이상 궁전의 사랑받는 왕자가 아니었다. 누더기를 걸치고 짐승에게나 어울릴 움막에서 거지와 도둑들과 함께 사는 거지며 부랑자였다.

슬퍼하던 중 그는 한두 블럭 밖에서 들리는 환호성을 들었다. 다음 순간 누군가가 황급히 문을 두들겼다. 존 캔티는 코를 골다 말고 대답했다—

"누가 문을 두드리고 난리야? 무슨 일이야?"

대답하는 목소리가 들렸다—

"당신이 곤봉으로 때린 사람이 누군 줄 아시오?"

"누군지 모르지만, 누구건 상관도 없어."

"그러면 얼른 정신을 차리고 도망가는 게 낫겠소. 그래야 목숨이라도 구할 수 있소. 그 사람이 지금 유령을 데려오고 있소. 그 사람은 앤드루 신부였소!"

"하느님 맙소사!" 캔티가 외쳤다. 그는 가족들을 깨우고 목쉰 소리로 호령했다.

"얼른 일어나 도망가자—그러지 않으면 모조리 죽음을 당할 거야!"

5분도 안 돼 캔티 가족은 거리로 나와 걸음아 날 살려라 하고 도망쳤다. 존 캔티는 왕자의 손목을 잡고 어두운 길로 급히 가면서 조그만 소리로 이렇게 주의를 주었다—

"말조심 해. 이 미친 멍청아. 우리 이름을 달하면 안 돼. 법의 개가 냄새를 맡지 못하도록 빨리 새 이름을 정해야겠어. 입조심 하란 말이야!"

그는 나머지 가족들에게도 이런 말을 으르렁거렸다—

"만에 하나 헤어지면 모두 런던 다리로 와라. 다리 끝에 있는 내의 장수 가게에 제일 먼저 도착하는 사람은 다른 사람이 올 때까지 거기서 기다리고 있다가 다 함께 사우스워크로 도망가자.

이 순간 그 일행은 갑자기 어둠에서 빛으로 나왔다. 그 곳은 강가로, 환할 뿐만 아니라 사람들이 노래하고 춤추고 소리치며 모여 있었다. 테임즈 강 위아래로 일렬로 모닥불이 피워져 있었다. 런던 다리도 환했다. 사우스워크 다리도 마찬가지였다. 강 전체가 여러 가지 빛으로 환희 빛나고 있었다. 불꽃놀이가 끊임없이 이어졌다. 하늘로 솟구치는 휘황찬란한 불꽃과 눈부시게 흩어지는 불꽃이 정교하게 하늘을 수놓아 밤인데도 대낮같이 환했다. 어딜 가도 축제를 즐기는 군중들이었고 런던 시민 모두가 길거리에 나와 있는 것 같았다.

존 캔티는 화가 나 욕을 하면서 사람들에게 물러서라고 고래 고래 고함을 질렀지만 이미 때는 늦었다. 그 순간 그와 그의 가족은 우글거리는 사람들 속에 파묻혀 순식간에 헤어지고 말았다.
우리야 왕자가 그 가족이 아닌 걸 알지만 캔티는 여전히 왕자를
붙잡고 있었다. 이제 왕자는 도망갈 희망으로 가슴이 뛰기 시작
했다. 사람들을 헤치고 나가다가 캔티는 몹시 술에 취한 건장한
뱃사공을 밀치게 되었다. 뱃사공은 커다란 손으로 캔티의 어깨를
치며 말했다—

"아, 어딜 그렇게 급하게 가는 거야? 모든 성실하고 진실한 사
람들이 휴일을 즐기고 있는데 자네만 더러운 일로 영혼을 썩히고
있나?"

"당신과는 상관없소. 당신 일이나 신경 쓰시지." 캔티가 거칠
게 대답했다. "이 손 치우고 지나가게 해주시오."

"그거야 자네 생각이지. 웨일즈 왕자를 위해 축배를 들기 전
에는 **못** 가." 뱃사공이 완강하게 길을 막으며 말했다.

"그럼 잔을 주시오. 빨리, 빨리!"

이때쯤 되어 다른 구경꾼들도 호기심이 나서 외쳤다—

"잔을 돌려라, 잔을 돌려! 이 뚱뚱한 놈더러 마시라고 그래.
마시지 않으려고 하면 강에 처넣어 버려."

그래서 거대한 잔을 가져왔고 뱃사공은 한 손으로 잔의 손잡
이를, 다른 손으로는 마치 냅킨을 든 시늉을 하면서 옛날의 정중
한 의식에 따라 캔티에게 잔을 주었다. 캔티는 오랜 관습에 따라
한 손으로는 맞은 편 손잡이를 쥐고 나머지 한 손으로는 뚜껑을
열었다. 이래서 잠시 왕자는 그에게서 풀려났다. 그는 이 순간을

놓치지 않고 빽빽이 들어선 다른 사람들의 발 사이로 사라졌다. 그다음 순간 일렁이는 사람의 바다에서 그를 찾는 것은 대서양의 물결 속에서 잃어버린 6 펜스를 찾는 것보다 어렵게 되었다.

그는 곧 이 사실을 깨닫고 더 이상 존 캔티에 대해서는 신경을 쓰지 않고 서둘러 군중을 헤치고 나갔다. 그는 곧 또 한 가지 사실을 깨달았다. 지금 가짜 웨일즈 왕자가 자기 대신 이 축제를 즐기고 있는 것이었다. 그는 이 거지 소년인 톰 캔티가 의도적으로 이 엄청난 기회를 이용해 찬탈자가 되었다는 결론을 내렸다.

그러므로 한 가지 방법밖에 없었다―시청으로 가 자신의 신분을 밝히고 사기꾼을 처단하는 수밖에 없었다. 또 톰에게 정신적으로 준비할 적당한 시간을 주고 나서 대역죄를 저질렀을 때 그 당시 처벌하는 법과 관례에 따라 톰을 교수형에 처한 후 능지처참하기로 결심했다.

11 장

시청에서

왕실 유람선은 으리으리한 함대의 호위를 받으면서 줄지어 있는 불 밝힌 배들 사이를 통과해 유유히 템스 강을 내려갔다. 음악이 흘렀고 강둑은 기쁨의 횃불로 물결쳤다. 멀리 시내 쪽은 부드럽게 타오르는 수많은 큰 화톳불 빛에 싸여 있었다. 그 위로 번쩍이는 가느다란 탑들이 수없이 솟아 있었다. 멀리서 보자 그 탑들은 하늘 높이 찌른 보석 박힌 창처럼 보였다. 왕실 유람선이 지나갈 때마다 둑에서는 끊임없이 목쉰 환호성과 축포 소리가 울려 퍼지고 불꽃이 터졌다.

반쯤은 비단 쿠션에 파묻혀 있던 톰 캔티에게 이 소리와 광경은 말로 다 표현할 수 없이 놀랍고 멋진 것이었으나, 옆에 앉은 엘리자베스 공주나 제인 그레이 양에게는 아무렇지도 않았다.

다우게이트에 이르자 그 유람선은 투명한 월브룩 수로(이 수로는 2세기 전부터는 빌딩에 파묻혀 눈에 띄지 않았다.) 위로 견인되어 지나가 버클러스베리에 이르렀고, 집들을 지나 축제 인파로 들끓으며 환하게 불이 밝혀진 다리를 지나 마침내 구 런던 시의 중심가에 있는 지금은 바지선 정박소인 곳에 이르러 멈추었다.

톰은 배에서 내렸다. 그와 화려한 일행은 칩사이드를 건넌 후 구 쥬리와 배신 홀 가를 통과해 시청으로 갔다.

금줄을 두르고 주홍색 관복을 입은 시장과 런던의 대부들이 격식에 맞추어 정중하게 톰과 꼬마 숙녀들을 맞이한 후 커다란 홀 위의 높은 곳에 있는 화려한 차양이 있는 상석으로 인도했다. 왕자님이 납신다고 알리는 전령과 런던 시의 직장*과 검을 든 사람들이 그 행렬의 앞에 서서 갔다. 톰과 그의 두 친구 옆에서 시중들 귀족과 귀부인들은 뒤 쪽 자리를 잡았다.

그보다 낮은 곳에 있는 식탁에는 대공들과 다른 귀족들이 런던 시의 부자들과 함께 앉아 있었고 평민들은 홀 바닥에 수없이 많이 차려진 식탁에 앉아 있었다. 홀의 높은 곳에서는 옛날부터 런던의 수호신인 거인 고그와 매고그가 그 당시 사람들에게 잘 알려진 눈길로 아래에서 벌어지는 광경을 굽어보고 있었다. 나팔 소리가 나고 왕의 행차를 알리는 소리에 이어 왼쪽 벽의 높은 난간에서 뚱뚱한 집사장이 나타났다. 그 뒤에 왕족이 먹을 소고기의 허릿살 부위를 아주 엄숙하게 들고 시종들이 따라왔다. 그 고기에서는 뜨거운 김이 났고 칼로 베어 먹기 좋았다.

왕을 축복하는 기도가 끝나자 톰이 (지시에 따라) 일어났다. 그가 일어서자 모두들 일어섰다. 그는 금으로 된 불룩한 축배잔을 들고 엘리자베스 공주와 함께 마셨다. 공주는 그 잔을 제인 양에게 넘겼고 그리고서 모두들 돌아가며 그 잔을 마셨다. 이렇

---

* 직권의 상징

게 연회가 시작되었다.

자정이 되자 연회는 절정에 이르렀다. 이제 그 옛날에 그렇게들 칭찬해 마지않던 화려한 광경이 펼쳐졌다. 이 광경을 목격한 역사가가 별스러운 말로 그것을 묘사한 것이 아직도 남아 있다.

"자리가 만들어지자, 터키 식으로 금가루가 뿌려진 긴 옷을 입은 남작과 백작이 곧 들어왔다. 이 두 사람은 심홍색 벨벳 모자를 쓰고 언월도*를 차고 황금 두루마리를 들고 있었다. 그다음에는 또 다른 남작과 백작이 들어왔는데 흰 사틴과 노란 사틴으로 된 긴 가운을 입고 있었다. 흰 사틴 천과 심홍색 천이 사선으로 가로질러 있는 러시아식 옷이었다. 회색 모피 모자를 쓰고 있었고 둘 다 손도끼를 들고 있었으며 징(일 피트 쯤 되었다)이 박힌 장화를 신고 있었다. 그들에 이어서 기사, 함대 사령관, 다섯 명의 귀족들이 나타났다. 그들은 가슴에 은줄 장식을 하였고, 앞 쪽으로는 등 쪽이 목뼈까지 깊게 파인 심홍색 벨벳 윗옷을 입고 그 위에 심홍색 사틴 망토를 걸치고 있었다. 머리에는 공작 깃털을 달아 무희들이 쓰는 모자 비슷한 것을 쓰고 있었다. 이런 차림은 프러시아 식이었다. 백여 개나 되는 횃불을 든 사람들이 나타났는데 얼굴은 무어 인처럼 검었고 심홍색 사틴과 초록색 사틴으로 된 옷을 입고 있었다. 다음으로 **광대**가 등장했다. 그런 다음 음유 시인으로 분장한 사람들이 춤을 추었다. 귀족들과 귀부인들

---

* 안으로 좀 구붓한 반달처럼 생긴 칼

역시 마구 춤을 추었다. 보기에 흥겨운 광경이었다."

그리고 톰이 높은 의자에 앉아 이 "마구 추는" 춤과 아래에 있는 화려한 인물들이 만들어내는 온갖 현란한 색의 소용돌이를 넋을 잃고 바라보고 있는 동안 누더기의 진짜 웨일즈 왕자는 시비를 가리며 왕자가 가짜라고 하면서 자기를 시청에 들어가게 해 달라고 요구하고 있었다. 군중들은 흥미진진하게 이 사건을 지켜보았다. 그들은 이 꼬마 반란자의 모습을 보기 위해 앞으로 밀치고 목을 길게 뺐다. 곧 그들은 그를 놀리기 시작했다. 일부러 약을 올려 점점 더 화를 돋우면서 재미있어 했다. 굴욕을 참지 못한 왕자의 눈에서 눈물이 나긴 했으나 그는 왕자답게 꿋꿋하게 서서 군중들을 무시했다. 사람들이 놀리고 비웃었지만 그는 외쳤다.

"내 다시 말하건대, 이 무례한 놈들아 나는 웨일즈의 왕자다! 그리고 내가 친구하나 없는 외로운 처지이고 누구도 날 도와주거나 두둔해 줄 사람 하나 없지만 그렇다고 내 지위를 포기할 순 없다. 난 여전히 왕자이다!"

"네가 왕자건 아니건 상관없지만 참 당돌한 아이구나! 그리고 친구가 없는 게 아니란다. 내가 친구가 되어 주마. 그리고 마일즈 헨던 만한 친구도 없을 테니 일부러 다리 아프게 찾아다니지 마라. 꼬마야 하지만 제발 입 조심 해라. 이런, 비열한 시궁창 쥐새끼들끼리 쓰는 말을 썼구나."

이 말을 한 사람은 옷이나 용모나 자세로 보아 귀족 같았다. 그는 키가 크고 늠름하고 차림이 말끔했다. 그의 윗옷과 바지는 비싼 감으로 만든 것이었으나, 낡고 색이 바랬다. 금 레이스 장식은 슬프게도 변색되어 있었다. 주름 소매는 구겨지고 군데군데 떨어져 있었으며 찌그러진 모자의 깃털 장식은 부러진 데다 더러워 볼품이 없었다. 옆구리에는 길고 가볍고 가느다란 칼을 차고 있었으나 칼집 역시 녹슬어 있었다. 하지만 그의 당당한 용모만으로도 모인 사람들 중에선 군계일학이었다. 이 엉뚱한 인물의 말에 농담과 웃음소리가 터져 나왔다. 사람들은 큰 소리로 이렇게들 말했다. "여기 또 변장한 왕자가 있군! 말조심하게, 그도 위험인물이야! 봐, 쳐다보잖아 — 눈 좀 봐!" "개를 떼어내 — 마구간으로 끌고 가게."

   이렇게들 떠들다 그중 한 사람이 왕자에게 손을 댔다. 그 순간 그 낯선 사나이의 칼이 날아왔고 손을 댔던 사람은 칼등에 맞아 쾅하고 넘어졌다. 다음 순간 여러 사람이 외쳤다. "그 개새낄 죽여 버려! 죽여 버려! 죽여 버려!" 그리고는 그 검객을 에워싸고 좁혀 들어 왔다. 그는 벽에 기댄 채 미친 듯이 칼을 휘둘렀다. 칼을 맞고 사람들이 이리저리 나가떨어지긴 했으나 화난 군중은 넘어진 사람들 위로 그를 향해 돌진하였다. 그의 목숨이 풍전등화 같았다. 그때 갑자기 트럼펫이 울리더니 한 사람이 소리쳤다. "임금님의 전령 납시오!" 그리고 일군의 기수들이 군중을 뚫고 돌진해 왔다. 사람들은 말에 깔리지 않으려고 걸음아 날 살려라 하고 도망쳤다. 그 용감한 사나이는 왕자를 안아 군중으로부터 멀리 떨어진 안전한 곳으로 데려갔다.

이제 다시 시청 안으로 돌아가 보자. 즐거운 함성과 기쁨의 환호성을 뚫고 갑자기 낭랑한 나팔 소리가 퍼졌다. 순식간에 침묵—깊은 정적이 드리워졌다. 그러고 나서 궁전에서—온 전령의 목소리만—울려 퍼졌다. 모든 사람들이 서서 듣는 가운데 그는 성명서를 읽기 시작했는데 그 마지막 말은—

"상감마마께서 승하하셨다!" 이었다.

모여 있던 수많은 사람들이 일제히 가슴에 머리를 묻고 몇 분간 묵념을 올렸다. 그러고 나서 일제히 무릎을 꿇고 톰을 향해 손을 뻗고 건물이 떠내려갈 듯한 소리로 외쳤다—

"전하 만수무강하소서!"

이 대경실색할 광경에 어리둥절해진 톰은 눈을 어디에 두어야 할지 몰랐다. 그러다가 마침내 몽롱한 눈길로 옆에 무릎을 꿇고 있는 엘리자베스 공주를 바라보았고 그러고 나서는 허트포드 백작을 보았다. 그의 얼굴에 갑자기 결의의 빛이 떠올랐다. 그는 허트포드 경의 귀에 대고 조그맣게 말했다—

"그대의 신의와 명예를 걸고 사실대로 말해 주시오! 내가 명령을 하면 왕의 특권으로 명령을 내리면 아무도 반대하지 않고 그 명령에 따르는 거요?"

"전하의 영토에 사는 한 아무도 반대할 수 없습니다. 전하께선 바로 영국의 왕권을 지니고 계신 분입니다. 전하는 왕이시고 — 왕의 말은 곧 법입니다."

톰은 열띤 목소리로 아주 단호하게 말했다—

"그러면 오늘부터 왕의 법은 자비의 법이다. 이제 피의 법은 끝났도다! 일어나 가거라! 런던탑으로 가서 노포크 공작을 죽이지 않겠다고 전하거라!"

그 말은 입에서 입으로 전해져 홀 전체에 퍼졌고 허트포드 백작이 서둘러 퇴장하자, 다시 한 번 엄청난 함성이 터져 나왔다—

"피의 통치는 끝났도다! 영국 왕이신 에드워드 전하, 만수무강하소서!"

12 장

왕자와 구원자

　　왕자와 마일즈 헨던은 군중을 벗어나자마자 뒷골목을 지나 강으로 달려갔다. 런던 다리까지 아무런 방해도 받지 않았으나 거기서 다시 군중에 휩싸이게 되었다. 헨던은 왕자—아니, 왕의 —손목을 꼭 붙들고 있었다. 그 엄청난 소식은 이미 널리 퍼져 있었고 여러 사람이 한꺼번에— "전하께서 돌아가셨다!"고 소리치는 바람에 왕자도 그 사실을 알게 되었다. 그 소식을 듣자 그 불쌍한 떠돌이는 가슴이 서늘해졌다. 곧 이어 그는 온 몸을 떨었다. 승하하신 그분이 얼마나 커다란 의지가 되었던 사람인가를 절감하고 비탄에 잠겼다. 다른 사람들에게는 늘 공포의 대상이었던 아버지지만 그에게만은 늘 다정했다. 눈물이 흘러넘쳐 모든 것이 뿌옇게 보였다. 잠시 동안 그는 자신이 가장 외롭게 버림받은 추방자라는 느낌에 휩싸였다—그러고 나서 우뢰와 같은 큰 소리가 저 멀리까지 밤의 공기를 흔들어 놓았다. "만수무강하소서. 에드워드 6세여!" 그리고 이 소리를 듣자 그는 자부심으로 눈이 빛나고 온 몸이 떨렸다. "얼마나 장엄하고 이상한 일인가!—**내가 왕이라니!**"

우리의 친구들은 런던 다리 위에 빽빽하게 있는 군중을 헤치고 천천히 나아갔다. 이 건축물들은 600년간 거기에 서 있었고 그동안 내내 온갖 사람들이 시끄럽게 들끓는 이상한 물건이었다. 아래는 가게이고 위는 주거지인 건물들이 강둑 이쪽 끝에서 저쪽 끝까지 빽빽하게 늘어서 있었다. 다리는 그 자체가 일종의 도시였다. 거기에는 여인숙, 맥주 집, 제과점, 양품점, 식료품점, 공장, 심지어는 교회까지 있었다. 그 다리 양쪽의 두 이웃인—런던과 사우스워크를—그런대로 괜찮은 교외 정도지 특별히 중요한 곳으로 여겨지지는 않았다. 말하자면 그것은 유대감이 강한 자치도시였다. 크기로는 협소한 도시였다. 오 분의 일마일밖에 안 되는 길이 하나밖에 없고 시골 마을 인구밖에 안 되었다. 다리의 시민은 모두 이웃 시민과 아주 잘 알고 있었을 뿐더러 그 이웃의 아버지와 어머니까지 잘 알고 있었다—그뿐 아니라 집안의 하찮은 일까지 서로 훤히 꿰고 있었다. 물론 여기에도 나름대로 귀족 제도가 있었다—정육점 주인, 제과점 주인 등 오래된 훌륭한 가문이 있었다. 이들은 오, 육백년을 이곳에 살아서 이 다리의 역사와 기괴한 전설을 모조리 알고 있었다. 이들은 다리 식으로 말하고 다리 식으로 생각하며 다리 식으로 노골적으로 마구 거짓말을 늘어놓았다. 이들은 편협하고 무식하고 자만심이 강한 사람들이었다. 다리에서 태어난 아이들은 거기서 자라서 거기서 늙었고 마침내 런던 다리에서 한 발도 벗어나지 못하고 거기서 죽었다. 그 사람들은 밤낮을 가리지 않고 런던 다리를 오가며 여기저기서 마구 고함을 지르고 꽥꽥대고 울어대며, 소리가 안 나도록 감쌌으나 여전히 시끄러운 말발굽 소리가 길게 이어지는 행렬을 세상에서 제일 멋지다고 여겼다. 어쨌든 자신들은 그런 세계의 주인이었다. 그들은 그랬다. 결과적으로는 — 적어도 창문에서 그들이 주인이라는 사실을 — 과시할 수 있었다 — 왕이나 영웅이 갈 때면 그들은 주인 행세를 톡톡히 할 수 있었다. 그들의 창문에서 만큼은 행렬을 방해받지 않고 실컷 볼 수 있었다.

다리에서 태어나 자란 사람에게는 다른 곳의 삶은 견딜 수 없이 따분하고 공허했다. 일흔한 살에 이 다리를 떠나 시골로 은퇴를 한 어떤 사람의 이야기가 전해지고 있었다. 하지만 그는 잠자리에서 엎치락뒤치락할 뿐 잠을 들 수가 없었다. 깊은 정적이 그에게는 너무나 고통스럽고 끔찍하게 답답했다. 드디어 그는 지쳐 떨어져, 여위고 초췌한 모습으로 도망치듯이 고향으로 돌아오고 말았다. 그리고는 철썩이는 물소리와 런던 다리가 와르르 쿵쾅대며 울리는 소리를 자장가 삼아 평화롭게 잠들고 즐거운 꿈을 꿀 수 있었다.

이 이야기의 배경이 되는 때에도, 다리는 어린이들에게 영국 역사상 "교훈이 될 물체를" 전시하고 있었다 — 즉 유명한 사람들의 거무죽죽하게 썩어 가는 머리를 입구 꼭대기 못에다 걸어 놓은 것이었다. 하지만 이것은 본론에서 벗어난 이야기이니 다시 본론으로 돌아가자.

헨던의 숙소는 다리 위에 있는 작은 여인숙이었다. 그가 어린 친구와 함께 문으로 들어오려는 찰나 거친 목소리가 들렸다—

"그래, 마침내 다시 오는구나! 한 번 더 도망갔다간 가만두지 않을 테다. 뼈가 가루가 되도록 얻어맞아야 다시는 우리를 기다리게 하지 않겠지." 존 캔티가 그 아이를 잡으려고 손을 뻗쳤다.

마일즈 헨던이 말렸다. 그리고 말했다—

"그 아이를 너무 꽉 잡지 마시게. 지나치게 거칠게 구는군. 이 아이와 어떤 사이인데 그래?"

"그렇게 꼭 알고 싶으면 말해주지. 얜 내 아들이야."

"거짓말이에요!" 어린 왕이 버럭 고함을 질렀다.

"네 말이 옳아. 네가 좀 미쳤건 안 미쳤건 난 널 믿는다, 꼬마야. 하지만 이 무례한 악당이 너의 아버지건 아니건 마찬가지다. 그에게 널 넘겨줘 그가 협박한 대로 얻어맞고 욕먹게 내버려두진 않겠다. 나와 함께 있는 게 더 좋단 말이지."

"그래요, 그래요—난 저 사람이 누군지도 몰라요. 저 사람은 싫어요. 저 사람과 함께 가느니 차라리 죽어 버리는 게 낫겠어요."

"그럼 결정되었다. 더 이상 말할 것도 없다."

"그런지 어디 보자!" 하고 존 캔티가 헨던을 지나쳐 그 아이에게 성큼 다가서며 말했다. "억지로라도 널"—

"이 아이에게 손대면 너 같은 불한당은 거위처럼 꼬치에 꿰어 버릴 거야!" 헨던이 검에 손을 얹은 채 길을 막고 말했다. 캔티는 뒤로 물러섰다. "자, 잘 들어 둬," 헨던이 계속 말했다. "이 아이는 내가 보호하겠다. 너 같은 폭력배에게 맡겨 두었다간 이 아이를 죽일 수도 있을 테니까. 얘한테 너만큼이야 못해 주겠냐?—네가 얘 애비건 아니건 상관없다—물론 애비도 아니겠지만—짐승 같은 네 놈 밑에 있으니 숫제 일찌감치 죽어 버리는 게 나을 거야. 그러니 얼른 썩 꺼져. 난 길게 시비를 따질 만큼 인내심 있는 사람은 아니거든."

존 캔티는 입 속으로 협박과 욕설의 말을 우물대더니 군중 속으로 사라져 더 이상 보이지 않았다. 헨던은 숙소로 식사를 가져다 달라고 주문한 후 요금을 내고 왕자와 함께 3층으로 올라갔다. 보잘 것 없는 방이었다. 초라한 침대와 잡동사니 같은 낡은 가구가 있었고 시원찮은 양초가 두어 개가 희미하게 켜 있었다. 어린 왕은 간신히 침대로 가더니 배고픔과 피로에 지쳐 그 위에 쓰러졌다. 이미 새벽 두 시가 다 된 시간이었다. 그는 거의 하루 밤낮을 서 있은 데다 아무것도 먹지 못했다. 그는 졸린 목소리로 중얼거렸다—

"식사가 다 차려지거든 부르거라."

그리고는 곧 깊은 잠으로 빠져들었다.

헨던은 눈웃음을 지으며 혼자 중얼거렸다—

"정말이지, 꼬마 거지가 남의 집에 와서 남의 침대를 마치 자기 것처럼—태연히 차지하는구나. 미쳐서 자신이 웨일즈 왕자라고 생각하고 왕자 흉내를 잘도 내는군. 불쌍한 꼬마. 하도 구박을 받다 보니 미친 게 틀림없어. 자, 내가 친구가 되어 주마. 난 얘를 구했는데 어쩐지 아주 마음에 드는군. 맹랑한 작은 꼬마를 이미 사랑하고 있는지도 몰라. 그 더러운 악당 놈에게 오만하게 굴 때 이 꼬마가 얼마나 당당해 보이던지! 그리고 고민과 슬픔이 다 사라진 후 잠든 모습은 얼마나 예쁘고 다정하고 온순한가! 얘의 병을 고쳐 주고 공부를 가르쳐줘야지. 형처럼 돌보고 지켜 주어야지. 그리고 누구든 얘를 놀리거나 해치는 사람이 있으면 관 속에 처넣어 버려야지. 내가 화형을 당하는 한이 있어도 그런 놈들은 다 죽여 버리겠어."

그는 고개를 숙여 소년을 바라보다 동정심에 차 다정한 손길로 그 아이의 뺨을 다정하게 도닥거리기도 하고 그 커다란 갈색 손으로 아이의 엉킨 머리카락을 부드럽게 뒤로 넘겨주기도 했다. 소년은 온 몸을 부르르 떨었다. 헨던은 중얼거렸다 ―

"자, 이 아이가 아무것도 안 덮고 누워 이렇게 콧물을 훌쩍거리게 놔둘 순 없어. 자 어떻게 한다지? 일으켜서 침대에 뉘이면 깰 텐데. 지금은 꼭 자야 하는데."

그는 그 아이를 덮어 줄 게 있나 하고 찾았으나 아무것도 없었다. 자기 윗옷을 벗어서 아이를 덮어 주면서 말했다. "나야 찬 공기와 허름한 옷에 익숙하지만 이러다 감기에 걸리면 어쩌지"―그리고는 온기를 얻기 위해 방을 이리저리 다니면서 전처럼 독백을 했다.

"이 아이는 미쳐서 자기가 웨일즈 왕자라고 믿는구나. 아직도 웨일즈 왕자가 **있는** 게 이상한 일인데. 이제 과거의 왕자는 왕이 되어 버렸는데,―이 불쌍한 아이는 한 가지 환상에 사로잡혀 이젠 왕자가 아니고 왕이라는 걸 모르네……외국의 감옥에서 칠년 동안 아무 소식도 못 들었지만 아버지께서 아직도 살아 계시면 이 불쌍한 아이를 보살펴 주실 거야. 그건 아서 형도 마찬가지일 거야. 하지만 휴를—갈겨 버려야지. 개가 끼어들 거야. 간교하고 심술궂은 **놈**! 그래, 그리로—그리로 바로 가자."

하인이 김이 나는 식사를 들고 와서 작은 식탁 위에 차리고 의자를 가져다 놓은 후 이런 싸구려 손님들이야 지들이 알아서 먹으려니 하고 떠났다. 그가 문을 쾅 닫자 그 소리에 그 아이가 깨어 벌떡 일어나 앉으면서 즐거운 표정으로 주위를 둘러보았다. 그러고 나서는 슬픈 표정을 지으면서 깊이 한숨을 쉬고 혼잣말로 중얼거렸다. "이런, 꿈이구나. 아직 불행이 끝나지 않았구나." 이어서 그는 마일즈 헨던의 윗옷을 보더니—그다음에는 헨던을 보고서 자기를 위해 헨던이 어떤 희생을 했는지 깨달았다. 그는 점잖게 말했다—

"그대는 친절하구나. 정말 아주 친절하구나. 이 옷을 가져가서 입어라—내겐 더 이상 필요 없으니."

그러고 나서 일어나 그는 구석에 있는 세면대로 가더니 거기서 기다리고 있었다. 헨던은 명랑하게 말했다—

"자 이제 김이 나는 맛있는 음식이 왔으니 수프와 음식을 실컷 먹자. 낮잠을 자고나니 기분이 한결 나아졌지? 자 겁먹지 말고 이리 온!"

소년은 아무 대답도 하지 않고 가만히 내려다보았다. 검을 든 키 큰 기사의 말에 아주 놀란 데다 짜증이 약간 난 것 같기도 했다. 헨던은 당황해서 말했다—

"뭐가 잘못되었니?"

"내가 씻어야 하는 거냐?"

"오, 그러면 돼! 뭐든지 하고 싶은 대로 해. 일일이 이 마일즈 헨던의 허락을 얻을 필요는 없어. 여기서 너는 완전히 자유야. 더구나 여기 있는 모든 것은 네 거야."

그 아이는 꼼짝도 하지 않고 가만히 서 있었다. 게다가 짜증을 내며 조그만 발을 굴렀다. 헨던은 도대체 어찌된 일인지 알 수가 없었다. 그가 말했다—

"이런, 왜 그러니?"

"제발 더 이상 아무 말도 하지 말고 물을 부어라."

헨던은 웃음이 터져 나오는 걸 누르고 혼자 중얼거렸다. "하느님 맙소사. 하지만 이건 대단한 걸!" 그는 민첩하게 앞으로 다가가 무례한 꼬마가 시키는 대로 했다. 그러고는 "어서—수건을 달라!"라는 명령이 떨어질 때까지 넋을 놓고 서 있다가 깜짝 놀랐다. 그는 수건을 집어 아무 말도 없이 꼬마의 코 앞에 대령했다. 그러고는 자기 얼굴을 씻었다. 그가 세수를 하고 있는 동안 꼬마는 식탁에 앉아 식사할 준비를 했다. 헨던이 잽싸게 세수를 마치고 다른 의자 하나를 뒤로 뺀 후 식탁에 앉으려는 순간 그 아이가 화를 내며 말했다—

"가만! 왕 앞에서 앉으려고 하느냐?"

이 말에 헨던은 충격을 받아 정말 정신이 없어졌다. 그는 혼잣말로 중얼거렸다. "이런, 이 불쌍한 것이 세월에 맞춰 미치는구나! 이 나라의 변화에 따라 미치는 것도 변하는구나. 이제 자기가 **왕**이라고 생각하는구나! 좋아, 이 아이의 비위를 맞추는 외에 달리 길이 없으니—그러지 않으면—날 탑으로 보낼지도 모르지!"

그리고 이런 농담을 혼자 하고 흥에 겨워 그는 자기 의자를 치우고 자기는 왕의 뒤에 서서 최대한 정중하게 그 아이의 시중을 들었다.

식사를 하면서 왕의 위엄을 조금 늦추니 점점 기분이 좋아져서, 왕은 이야기를 나누고 싶어 했다. 그는 말했다—

"이름이 마일즈 헨던이라 했느냐?"

"그렇습니다. 전하." 마일즈가 대답했다. 그러고 나서 혼자 말했다. "내가 이 미친 아이의 기분을 **맞추려면** 애를 전하, 상감마마라, 불러야 되겠구나. 어정쩡하게 하진 말아야지. 이 역할에 맞추어서 연기를 해야지 그렇지 않으면 이 친절로 시작한 자선을 몽땅 망칠 테니까.

왕은 포도주를 두 잔째 마시며 몸을 훈훈하게 데우고 있었다. 그리고 말했다—"그대에 대해 알고 싶구나—그대 이야기를 해 보오. 아주 호인 같고 또 귀족 같구나—귀족 출신이오?"

"귀족의 끄트머리에 붙어 있는 가문 출신입니다. 제 아버지는 준 남작으로—작위로 보면—미미한 편입니다. 켄트 주의 몽크스홈 근처의 헨던 홀의 리차드 헨던입니다."

"그런 이름은 기억이 나지 않는구나. 계속해서—네 이야기를 해다오."

"별 이야기기가 아닙니다. 전하. 하지만 더 재미있는 일도 없으니 한 반 시간 정도는 전하의 지루함을 덜어 드릴 수 있을지도 모르겠습니다. 제 아버지신 리차드 경은 아주 부자고 너그러운 분이십니다. 제 어머니는 제가 어렸을 때 돌아가셨습니다. 제겐 동생과 형이 있습니다. 아서 형은 아버지와 비슷한 성품을 지니고 있고 동생인 휴는 비열하고 탐욕스럽고 남을 속이고 사악하고 비열한—도마뱀 같은 놈입니다. 걔는 원래 그런 성품이었습니다. 그리고 내가 마지막으로 본—10년 전에도 마찬가지였습니다. 열아홉에 아주 갈 때까지 간 악당이었습니다. 그 당시 나는 스무 살이고 아서 형은 스물두 살이었습니다. 그리고 월의 사촌인 에디스 양이 있었습니다. 그 당시—그녀는 열여섯 살이었습니다—아름답고 온순하고 선량한 백작의 딸인 그녀는 그 가문의 마지막 딸이자 거대한 재산과 작위의 상속녀였습니다. 우리 아버지가 그녀의 후견인이었지요. 우린 서로 사랑하는 사이였죠. 하지만 그녀는 태어나면서부터 아서 형과 약혼한 사이었고 리차드 경은 그 약혼을 깨는 것을 바라지 않았습니다. 아서 형은 다른 처녀를 사랑하고 있었으며 우리의 관계를 축복해주고 있었습니다. 그는 약혼을 연기하다 보면 운 좋게 어느 날 우리 모두 잘 되리라는 희망을 품고 있었습니다. 휴는 에디스 양의 재산을 사랑했습니다. 물론 그녀 앞에서 그녀를 사랑한다고 말하긴 했지만 말입니다—하지만 그는 늘 말과 행동이 달랐습니다. 하지만 이 아가씨에겐 그의 기술이 통하지 않았습니다. 그는 우리 아버지만 속일 수 있었고 다른 사람들은 아무도 그에게 속지 않았습니다. 아버지는 형제들 중에서 그를 가장 사랑했고 신뢰하고 믿었습니다. 그는 막내인 데다 다른 형제들이 그를 미워해서였습니다─옛날이건 지금이건 이런 아들은 부모의 사랑을 받기 마련인데다 그는 감언이설로 사람을 잘 속였습니다─워낙도 사랑하는 아들인데다 이런 자질까지 있으니 아버지께서는 무조건 이 막내를 사랑했습니다. 나는 거친 편인데다─아버지께 가서도 **아주** 거칠게 말했습니다. 물론 순진함에서 우러나온 거친 태도이기는 했습니다. 내가 손해를 볼 뿐이지 다른 사람에게 손해를 입히거나 굴욕감을 주지는 않았습니다. 죄악이나 비열한 기미가 있거나 나의 명예로운 작위와 어울리지 않는 태도는 아니었습니다.

"하지만 동생 휴는 이런 나의 결점을 이용했습니다─그는 아서 형의 건강이 시원찮은 것을 보고 건강이 더 악화되어 자신에게 유리해지길 기대했습니다. 나만 없어지면─그러면─, 하지만 이건 긴 이야기입니다, 전하가 들으실 가치가 거의 없습니다. 그러면 간단히 내 동생이 교묘하게 나의 결점을 과장하여 내가 죄를 지은 것으로 만들었다는 말씀만 드리겠습니다. 그의 비열한 조작은 내 방에서 비단 양말의 한 올을 찾아내는 것으로 끝났습니다─물론 자기가 가져다 놓은 것이었습니다─그리고 이 증거와 자기가 매수한 하인들과 다른 놈팡이들의 거짓말을 덧붙여서 내가 아버지의 뜻을 어겨 가며 에디스를 데리고 도망가 결혼할 작정임을 아버지께 확신시켰습니다.

"삼 년쯤 고향과 영국을 떠나 있으면 남자다운 군인이 되고 지혜도 좀 생길 것이라고 아버지께서 제게 말씀하셨죠. 나는 그 삼 년 동안을 유럽의 전쟁에 나가 긴 시련을 겪었습니다. 원 없이 얻어맞고 모든 것을 빼앗기고 모험을 했습니다. 하지만 마지막 전투에서 포로로 잡혔습니다. 그리고 칠 년간을 외국 감옥에 있었습니다. 그리고 마침내 용기를 내고 기지를 발휘해 간신히 자유의 몸이 되었고 바로 이곳으로 달려왔습니다. 저는 이제 막 도착해서 돈도 옷도 없고 그 지겨운 칠 년 동안 헨던 홀과 그곳에 사는 사람들이나 그곳 재산에 무슨 일이 일어났는지는 더더욱 모릅니다. 전하, 제 변변치 않은 이야기는 이게 다 입니다."

"갖은 학대와 모욕을 당했구나!" 눈을 빛내며 어린 왕이 말했다. "하지만 내가 널 구해주마! ─ 십자가에 맹세하노라! 왕이 말했노라."

그러고서 마일즈가 받은 부당한 대접에 자극을 받아 자신도 말문을 열어 최근의 불행을 마일즈에게 털어놓았다. 그가 이야기를 끝내자 깜짝 놀란 마일즈는 혼자 중얼거렸다 ─

"아, 얼마나 상상력이 풍부한 아이인가! 정말이지 보통 얘가 아니구나. 그렇지 않으면 미쳤건 제정신이건 허공에서 화려한 이야기를 지어내 이런 신기한 일대기를 만들어 낼 수는 없을 거야. 불쌍한 아이. 내가 살아 있는 한 친구가 되어 보호해 주마. 항상 내 곁에 있게 하마. 나의 꼬마 친구로 삼으마. 그리고 너의 병을 치료해 주마!—나아서 제 정신이 돌아오면—유명한 사람이 될 것이고—그러면 내가 자랑스럽게 말할 것이다. 그래요. 내가 키운 애예요—집 없는 떠돌이 꼬마를 내가 데려왔죠. 하지만 그때 이미 어떤 재주가 있는지 알아보았죠. 그래서 언젠가 유명한 사람이 되리라고—말했죠, 보시오—내가 옳지 않았소?'

왕이 생각에 잠겨 점잖은 목소리로 말했다—

"그대는 나를 치욕과 손상으로부터 구해 주었다. 어쩌면 내 생명과 내 왕위를 구해준 것이다. 그런 봉사는 커다란 보상을 받아야 한다. 너의 소원을 말해보아라. 그러면 왕권의 범위 안에서 너의 소원을 들어주마."

이 환상적인 제안에 헨던은 백일몽에서 깨어났다. 곧 왕에게 감사하면서 자기는 의무를 다했고 아무 보상도 원하지 않는다고 말하려는 찰라—더 현명한 생각이 떠올랐다. 그래서 그는 잠시 가만히 있으면서 은혜로운 요청에 대해 생각해보겠으니 허락해 달라고 말했다. 왕은 엄숙하게 그러라고 했다. 그런 중요한 일일수록 너무 서두르지 않는 게 최선이라고 말했다.

마일즈는 잠시 생각한 다음 혼자 중얼댔다. "그래 그걸 부탁해야겠군—다른 방법으로는 그것을 얻을 수가 없어—그리고 정말이지 지금 겪어보니 더 이상은 피곤하고 불편해서 계속할 수가 없어. 이 기회를 버리지 않은 게 정말 운이 좋았어." 그러고서 한쪽 무릎을 꿇고 말했다—

"제 미미한 봉사는 백성으로서 할 의무를 다 한 것에 지나지 않습니다. 그러므로 특히 뛰어난 것도 아닙니다. 하지만 전하께서 보상을 받을 만하다고 생각하신다면 이런 청을 들어주십시오. 전하께서도 아시다시피 거의 사백년 전에 영국의 왕인 존과 프랑스의 왕 사이에 불화가 있었는데 두 명의 전사가 투기장에서 싸우도록 소위 왕의 중재로 그 분쟁을 해결하기로 결정하였습니다. 이 두 나라 왕과 스페인 왕이 싸움을 목격하고 심판하기 위해 모였을 때 프랑스 전사가 나타났습니다. 하지만 그가 너무 어마어마해서 영국 기사들은 그와 겨루지 않으려고 했습니다. 그래서 영국의 기권으로 인해 자동으로 영국 왕에게 불리해지는 것 같았습니다. 그 즈음에 영국 최고 장사인 쿠시 경은 명예와 재산을 모조리 잃고 오랫동안 탑에 갇혀 있었습니다. 쿠시 경한테 싸워 보라고 부탁을 했고 그도 동의했습니다. 그가 옷을 차려 입고 결투에 나서자 프랑스인은 그의 우람한 체격과 명성만 듣고도 곧 도망쳐 버려 프랑스 왕이 패하게 되었습니다. 존 왕은 쿠시의 작위와 재산을 돌려주며 말했습니다. '네 소원을 말하면 들어주마. 내 왕국의 절반을 달라고 하더라도' 그러자 쿠시는 지금 저처럼 무릎을 꿇고 대답했습니다. '전하, 이제 제가 이런 부탁을 드리겠습니다. 저와 제 후손들은 영국 왕실이 지속 되는 동안 영국 왕들 앞에서 모자를 쓰고 있는 특권을 가질 수 있게 해 주십시오.' 아시다시피 이 부탁은 전하께서 허락을 얻었고 지금까지 사백 년 동안 오늘날까지도 그 오랜 가문의 가장은 여전히 왕 앞에서 모자나 투구를 씁니다. 아무도 저지하지 않습니다. 그리고 다른 사람은 누구도 이런 특권을 누리지 못하고 있습니다. 이런 전례를 들어 제 소원을 말씀 드리겠습니다. 이 한 가지 특권만 제게 부여 해주시길 부탁드립니다. 전하. 제겐 과분한 보상이 될 것이고—다른 것을—바라지도 않습니다. 저와 제 자손은 영원히 영국 왕 앞에서 **앉을 수 있게** 해주노라! 라고 말해 주십시오."

"일어나라 마일즈 헨던 경, 너를 기사로 명한다." 왕이 헨던의 칼을—양쪽 뺨에 가져다 대면서 말했다,—"일어나 앉아라. 너의 소원을 들어주마. 영국이 있는 한 왕위가 지속되는 한, 이 특권은 사라지지 않을 것이다."

왕은 생각에 잠겨 옆으로 걸어갔고 헨던은 식탁 의자에 앉아 혼자 중얼거렸다. "아주 잘 생각했어. 이제 좀 살 것 같네. 다리가 아파 혼났어. 이런 생각을 못해 냈으면 이 아이가 날 때까지 몇 주일이고 서 있을 뻔 했잖아." 잠시 후 그는 계속 말했다. "그리고 나는 꿈과 그림자 왕국의 기사가 되었구나! 나처럼 현실적인 사람의 지위로는 정말 기묘한 지위군—아니 가만히 있어야지. 허무맹랑해 보이는 이런 일이 저 아이에게는 **현실**이니까. 그리고 어떤 면에서는 사실이기도 하지. 저 아이 마음속에 있는 다정하고 관대한 정신을 드러내 주었으니." 잠시 후에 "아, 사람들 앞에서 나를 그 훌륭한 명칭으로 부르면 어떡하지!—내 멋진 작위와 전혀 어울리지 않는 옷 때문에 사람들이 웃겠구나. 하지만 상관없어. 날 부르고 싶은 대로 부르게 돼야지, 그래서 쟤의 기분이 좋다면 난 만족이야."

13 장

왕자 사라지다

두 사람은 곧 몹시 졸렸다. 왕이 말했다—

"이 누더기를 벗겨라"—그의 옷을 뜻하는 것이었다.

헨던은 아무 말 없이 순순히 아이의 옷을 벗기고는 침대에 눕힌 후 담요를 덮어 주고, 그런 다음 방을 둘러보며 처량하게 혼잣말을 했다, "전처럼 또 내 침대를 차지하는구나—이제 **난** 어떡하지?" 그가 난감해 하는 것을 본 어린 왕이 한 마디를 하는 바람에 그의 잠이 확 달아났다. 그는 졸린 목소리로 말했다—

"문에 기대어 자면서 문을 지키도록 하여라." 잠시 후에 왕자는 온갖 시름을 잊고 깊은 잠에 빠졌다.

"맙소사, 야, 얘는 왕으로 태어났어도 하나도 꿀릴 게 없겠군!" 헨던은 찬탄해 마지않았다.

"왕 역할을 기가 막히게 잘 해내는군."

그러고 나서는 문에 기댄 채 마루에 앉아 흐뭇해하며 말했다—

"이보다 못한 곳에서도 칠 년이나 살았는데, 뭐. 이 정도로 불평을 한다면 하느님께서 배은망덕한 놈이라고 여기실거야."

새벽이 되어서야 잠이 든 그는 정오가 다 되어서야 깼다. 그리고 아직도 잠에서 깨어나지 않은 왕의 이불을―한쪽씩―젖혀 이불을 한쪽씩 줄로 쟀다. 그가 마침 치수를 다 쟀을 때 왕이 깨어나 춥다고 불평을 하면서 헨던더러 뭘 하고 있냐고 물었다.

"이제 다 했습니다, 전하." 하고 헨던이 말했다. "제가 할 일이 좀 있습니다. 그래서 밖에 나갔다가 곧 돌아오겠습니다―더 주무십시오. 그러셔야 합니다. 다시―이불을 덮어 드리겠습니다―곧 따뜻해지실 겁니다."

이 말이 채 끝나기도 전에 왕은 잠이 들었다. 마일즈는 살살 걸어 나갔다가 삼사십 분 후에 살며시 다시 들어왔다. 손에 중고 어린아이 옷 한 벌을 들고 있었다. 싸구려 옷감에다 낡은 중고 옷이긴 했지만 깔끔하고 계절에 맞는 옷이었다. 그는 앉아서 그 옷을 꼼꼼히 뜯어보면서 중얼거렸다―

"돈이 있으면 더 좋은 옷을 살 수 있을 텐데. 하지만 돈이 없을 땐 없는 대로 맞춰야지―

"'우리 마을에 한 여자가 있었다네.
우리 마을에 살고 있었다네'―

"애가 들썩대는 것 같군―좀 더 조용히 노래를 불러야겠군. 앞으로 오랫동안 여행을 할 텐데 깨우지 않는 게 좋겠어. 아주 피곤해서 지쳐 떨어졌군. 불쌍한 놈,……이 옷은―그래, 잘됐어―

여기 한 뜸 저기 한 뜸 꿰매면 아주 그럴싸해질 거야. 여기 이 옷이 더 낫군. 물론 한두 군데 손을 보긴 해야겠지만…… **이 양말들은** 아주 괜찮군. 애의 작은 발을 따뜻하고 보송보송하게 해주겠는걸—애한테는 아주 새로운 걸 거야, 틀림없이 여름이고 겨울이고 맨발로 지냈을 테니. ……실이 돈이라면 1전으로도 일년치 양식을 사겠네, 이렇게 멋진 큰 바늘을 돈 한 푼 안들이고 거의 무료로 구하니. 이제 실을 바늘에 꿰어야겠군."

그는 실을 바늘에 꿰었다. 물론 남자들이 해온 식으로 했다. 여자들과는 반대로 바늘을 똑바로 들고 바늘귀를 실에 갖다 댔다. 아마도 세상이 끝날 때까지—남자들은 그런 식으로 할 것이다. 서너 번이나 해도 실은 제대로 바늘구멍 속으로 들어가지 않았다. 한 번은 실이 바늘 옆쪽으로 또 한 번은 또 다른 옆쪽으로 또 한 번은 바늘 꼭대기로 잘못 들어갔다. 하지만 그는 인내심도 있는데다 군인으로 바느질 경험이 있었다. 마침내 그는 바늘에 실을 꿰는데 성공했고 무릎 위에 두었던 옷을 집어 들고 바느질을 시작했다.

"여관비는 치렀겠다—곧 나올 아침 식사 값까지—낸 거지. 그리고 이제 당나귀 두 마리와 헨던 홀에 도착할 때까지 쓸 이삼 일치 돈밖에 없구나. 헨던 홀에만 가면 얼마든지 있지만—

"'그 여자는 남편을 사랑 했네'—

"이런! 바늘로 손톱 밑을 찔렀군!……그래도 상관없어—처음 당하는 일은 아니니까—하지만 불편하긴 하군…… 거기 가면 즐거울 거야, 결코 의심하지 말자. 결코! 괴로움도 슬픈 기분도 사라질 거야—

"'그 여자는 남편을 몹시 사랑했네,
그러나 또 다른 남자가'—

"아주 귀족적으로 대범하게 꿰맸군!"—그는 옷을 높이 쳐들고 감탄하듯이 쳐다보며 말했다—"위풍당당해서 양복장이가 촘촘하게 꿰맨 건 시시하게 평민적으로 보이는군. 시시하게……"

"그 여자는 남편을 몹시 사랑했다네,
그런데 다른 남자가 그녀를 사랑했다네,'—

"자, 이젠 다 됐다—역시 아주 멋지군. 게다가 빨리 끝났네. 이젠 이 아이를 깨워서 옷을 입히고 씻으라고 물을 따라 주고, 뭘 마시고 먹게 한 다음 사우스워크의 타바드 여관 옆의 시장으로 가야지—전하, 일어나십시오!—대답이 없네—어쩐 일이십니까, 전하!—전하께서 깊이 잠 드셔서 제 말을 듣지 못하시니, 불경스럽지만 신성한 몸을 만지겠습니다. 이게 뭐야!"

그는 이불을 걷었다—그 아이가 사라져 버린 것이다!

그는 잠시 동안 놀라서 아무 말도 못하고 사방을 둘러보고,

처음으로 그 아이의 누더기 옷 역시 사라진 것을 알았다. 그러고 나서 난리를 치며 여관 주인을 찾았다. ─그때 마침 하인이 아침 식사를 들고 들어왔다.

"설명을 해 봐라, 이 사탄 새끼야, 말을 안 들으면 죽여 버릴 거야!" 그 군인은 고함을 지르면서 하인에게 마구 씩씩대며 달려들었다. 하인은 순간적으로 놀란 데다 겁이 나서 아무 말도 못했다. "그 아인 어디 있느냐?"

그 하인은 덜덜 떨며 떠듬떠듬 그가 원하던 정보를 주었다.

"손님이 나가시자마자, 한 젊은이가 달려와서 손님이 그 아이를 당장 사우스워크 방향의 다리 끝으로 데려 오라고 했다고 하면서 거기로 데려 갔습니다. 그 젊은이가 그 아이를 깨워 그 말을 전하자 그 아이는 "이렇게 일찍 사람을 깨우다니" 라고 불평하면서도 곧 누더기를 걸치고 그 젊은이와 함께 갔습니다. 이런 낯선 사람을 보내는 것보다는 손님이 직접 오는 게 예의란 말만 했습니다 ─그래서."─

"그래서 넌 바보다!─그렇게 속아 넘어가다니─너의 자식들까지 모두 교수형에 처해야 해! 하지만 걘 다치진 않았을 거야. 아마도 걔를 해칠 작정은 아니었을 거야. 가서 걔를 데려올 테니까 식탁을 차려 두어라. 가만! 이불 아래 누가 누워 있는 것처럼 이불을 뭉쳐 두었는데 ─ 우연히 그렇게 된 거냐?"

"모르겠습니다. 그 젊은이가 만지는 건 봤습니다 ─걔를 데리러 왔던 그 젊은이 말이에요."

"빌어먹을! 날 속이려고 일부러 그런 거야—시간을 벌려고 이렇게 해놓은 게 분명해. 그 사람이 혼자더냐?"

"네, 혼자 왔습니다, 나리."

"분명하냐?"

"분명합니다, 나리."

"기억을 더듬어서—생각해 보아라—잘 생각해 보아라."

잠시 후에 그 하인이 말했다—

"올 때는 혼자 왔습니다. 그런데 지금 생각해보니, 다리에 들어설 땐 두 사람이 왔었습니다. 그중 깡패같이 생긴 사람이 가까운 곳에서 기다리고 있었습니다. 그리고 그들이 바로 그 깡패 같은 사람에게 다가가 만났을 때."—

"**그러고 나서**— 어쨌다는 거냐? 빨리 말해보아라!"

초조해진 헨던이 소리를 버럭 질렀다.

"그러고 나서 군중 사이에 파묻혀 사라지는 바람에 더 이상 아무것도 못 봤습니다. 또 그때 주인이 대서인이 주문한 고길 가져다 놓지 않았다고 벼락같이 화를 내며 부르는 바람에 볼 수도 없었습니다. 모든 성인을 걸고 맹세하지만, 그게 **제** 잘못이라고 하시는 것은 태어나지도 않은 아이를 안고 아이가 저지를 죄에 대해 비난하는 것과 같습"—

"썩 꺼져, 이 바보야! 네가 조잘대는 꼴을 보니 분통이 터지는구나! 가만! 어디로 가는 거냐? 잠깐 거기 있어 봐라. 사우스워크 쪽으로 갔다고 했느냐?"

"그렇긴 합니다, 나리—아까 말씀드린 그 빌어먹을 고기에 대해서 말하자면 아직 태어나지 않은 아이만큼이나 죄가 없습"—

"**아직도** 여기 있느냐! 그리고 여전히 재잘대고 있느냐? 당장 썩 꺼져 버려. 그렇지 않으면 네 목을 졸라 버릴 테다." 그 하인은 사라졌다. 헨던은 그를 뒤따라 가다가 지나쳐서 한 번에 두 계단씩 급히 내려가며 중얼거렸다. "그 애 아버지라고 주장하던 그 깡패가 틀림없어—아 너무 슬픈 일이야—그 아이에게 아주 정이 들었는데! 아니야! 결코 걔를 잃어버릴 수는 **없어**! 잃어버릴 수는 없어! 이 나라를 다 뒤져서라도 찾고야 말거야! 불쌍한 것. 저기 식사를 차려놓았는데—물론 내 식사도 있지만, 이제 배고픈 것도 모르겠군—그러니 쥐들이나 먹으라고 하지—빨리, 빨리! 지금은 서둘러야만 해!" 그는 다리에 모인 시끄러운 군중을 뚫고 재빨리 걸어가면서 몇 번이고 혼자서 중얼댔다. 그리고 마치 아주 기분 좋은 말이나 되는 것처럼 한 가지 생각에 집착했다—"투덜댔지만 **갔다고**, 그래 갔다고 했어—마일즈 헨던이 오라고 해서였어. 귀여운 것—다른 사람이 오라고 했으면 절대로 안 갔을 거야. 내가 잘 알지."

14 장

"왕께서 승하하셨다—상감마마, 만세"

그날 아침 동이 틀 무렵 톰 캔티는 깊은 잠에서 깨어나 어둠 속에서 눈을 떴다. 잠시 가만히 누워서 혼란된 생각을 정리하고 그는 거기서 어떤 의미를 찾아내려고 했다. 그러더니 갑자기 환희에 차 외쳤다—

"아 알았다, 아 알았다! 하느님, 감사합니다. 난 마침내 꿈에서 깨어난 거야. 기쁨이여, 오라! 슬픔이여, 사라져라! 오, 낸! 베트! 그 짚단을 걷어차고 이리로 와 봐. 정말 이 세상에서 가장 이상하고 신기한 꿈 이야기를 해줄게!……오, 낸, 오라니까! 베트!"

희미한 형체가 그의 옆에 등장하더니 말했다—

"뭘 명령을 하신 겁니까?"

"명령을 했냐고?…… 아 이런 그대 목소리를 알겠소! 말해 보시오—내가 누구요?"

"누구냐고 하셨습니까? 어제는 웨일즈의 왕자셨고 오늘은 영국의 왕 에드워드이십니다."

톰은 베개에 머리를 묻고 혼자서 애처롭게 중얼댔다—

"아, 꿈이 아니었구나! 가서 쉬시오—날 슬픔에 잠겨 있게 두시오."

톰은 다시 잠이 들었다. 잠시 후에 그는 이런 즐거운 꿈을 꾸었다. 때는 여름이었고 혼자서 굿맨 들판이라는 곳에서 놀고 있었는데 키가 일 피트밖에 안 되고 빨간 수염이 길게 난데다 꼽추인 난장이가 갑자기 나타나서 말했다. "저 그루터기 옆을 파 보아라." 톰이 그렇게 했더니 거기에는 반짝이는 새 동전이 12페니나 있었다 —신나게 큰 돈이 굴러들어 온 것이었다! 하지만 이것만이 아니었다. 난장이가 이렇게 말했기 때문이었다 —

"난 널 잘 안다. 넌 착한 아이고 상을 받을 만하다. 너의 고생은 이제 끝나고 보상의 날이 다가왔다. 일주일에 한 번씩 이 땅을 파 보아라. 그러면 늘 반짝이는 새 돈 12페니가 있을 것이다. 아무에게도 말하지 마라 —비밀을 지켜라."

그러고 나서 난장이는 사라졌고 톰은 그 보물을 들고 혼자 중얼거리며 쓰레기 궁전으로 날듯이 갔다. "밤마다 아버지에게 1페니씩 갖다 줘야지. 내가 구걸해 번 돈이라고 생각하고 기뻐할 거야. 더 이상 안 맞아도 돼. 날 가르쳐주시는 착한 신부님께 매주 1페니씩 드려야지. 나머지 4페니는 어머니와 낸, 베트에게 줘야지. 이제 굶주리거나 누더기 옷을 입는 것도, 겁을 먹고 불안해하거나 얻어맞는 것도 끝이야."

꿈에서 그는 그의 더러운 집으로 허덕거리며 달려갔지만, 눈은 기쁨으로 가득 차 빛났으며 그 돈을 어머니의 무릎에 던지며 소리쳤다 —

"어머니 다 드릴게요! —모두요, 한 푼도 안 빼고 모두요! —어머니와 낸과 베트가 나누어 가지세요 —정직한 돈이에요. 구걸하거나 훔친 게 아니에요!"

어머니는 너무 놀라고 행복해져서 그를 품 안에 꼭 끌어안았다. 그리고 외쳤다 —

"너무 늦으셨습니다 —일어나셔도 되시겠습니까?"

아, 이건 그가 기대하던 대답이 아니었다. 꿈은 산산조각이 나고—그는 깨어나 버렸다.

그는 눈을 떴다 —화려한 옷의 침실 담당관이 그의 긴 의자 옆에 무릎을 꿇고 있었다. 그의 꿈의 기쁨은 멀리 사라져 버렸다 —그 불쌍한 소년은 자신이 여전히 포로이며 왕이라는 사실을 깨달았다. 그 방에는 —조의를 표하기 위해—자주색 망토를 입은 대신들과 왕실 귀족 시종들로 우글댔다. 톰은 침대에서 일어나 침대에 쳐진 무거운 비단 커튼 사이로 이 잘난 사람들을 바라보았다.

다시 옷 입는 일, 그 어마어마한 일이 시작되었다. 그가 옷을 갈아입는 동안 대신들이 줄을 이어 무릎을 꿇고 문안을 드리고 그의 막중한 슬픔에 대해 조의를 표했다. 처음에는 시종대신이 셔츠를 집더니 사냥개 담당관에게 넘겨주었다. 그는 또 제2 침실 담당관에게, 그는 다시 원저 숲의 수석 감시원에게, 그는 다시 제 3 겉옷 담당관에게 넘겨주었다. 그는 그 셔츠를 다시 랑카스터 공령 상서관에게, 그는 의상담당관에게, 그는 노리 문장원장에게 넘겨주었다. 그러자 그는 런던탑 보안담당관에게 넘겨주었고, 그는 왕실 집사장에게, 그는 캔터베리 대주교에게, 그는 수석 침실 담당관에게 넘겨주었다. 그 침실담당관이 드디어 그 옷을 받아 톰에게 입혀 주었다. 이게 무슨 일인지 의아해하고 있던 톰에게는 이 절차가 불났을 때 양동이로 물 나르는 것과 비슷해 보였다.

옷마다 이 느리게 진행되는 엄숙한 절차를 거쳐야 했다. 톰은 이 의식이 너무 지겨워졌다. 마침내 긴 비단 양말이 그 줄을 따라 움직이기 시작하자 이제 이 일이 거의 끝날 것이라는 것을 깨닫고 거의 감사하는 마음이 샘솟을 지경이었다. 하지만 아직 기뻐하긴 일렀다. 수석 침실담당관이 양말을 받아 들어 톰에게 막 신기려고 했다. 그 순간 갑자기 얼굴이 붉어지더니 서둘러서 놀란 표정을 지으며 "보십시오, 경"하는—속삭임과 함께 양말과 관련된 무언가를 가리키면서 캔터베리의 대주교에게 그 양말을 도로 돌려주었다. 대주교 역시 얼굴이 창백해지더니 이어 붉어지면서 "보십시오, 경" 하고 속삭이면서 양말을 해군대신에게 넘겨주었다. 대신은 그 양말을 세습 냅킨 담당관에게 넘겨주면서 거의 숨도 못 쉬며, "보십시오, 경"하고 감탄사를 내뱉었다. 그 양말은 줄을 따라 왕실 집사장, 런던탑 보안 담당관, 노리 문장원장, 의상 담당관, 랑카스터 공령 상서관, 제3 겉옷 담당관, 윈저 숲 수석 감시인, 제2 침실 담당관, 수석 사냥개 담당관에게까지 흘러갔다. 계속 "보십시오! 보십시오!"라는—두려움과 놀라움이 가득 찬 말과 함께였다. 마침내 그 양말은 수석 시종대신의 손에까지 왔다.

그는 잠시 창백해진 얼굴로 이 모든 당혹감의 원인이 된 것을 바라보더니 속삭였다. "세상에, 양말 끄트머리에서부터— 올이 풀렸네! 왕의 양말 담당관과 함께 탑으로 가 보게!" —그리고서 그는 올이 나가지 않은 새 양말이 도달하는 동안 다시 기운을 회복하기 위해서 수석 사냥개 담당관의 어깨에 기대고 있었다.

하지만 모든 일에는 끝이 있게 마련이다. 그래서 어느 정도 시간이 흐르자 톰 캔티는 침대에서 나올 만한 상태가 되었다. 물 붓는 시종이 물을 붓자 세수를 해주는 시종이 세수를 해주었고 수건 시종이 수건을 들고 옆에 서 있었다. 차츰 톰은 안전하게 세수의 단계를 거쳐 왕실 이발사의 봉사를 받을 준비가 되었다. 마침내 그가 이 이발사의 손을 거치자 보라색 사틴 망토와 반바지를 입고 짙은 보라색 모자를 쓴 여자 아이처럼 예쁘고 말쑥한 모습을 한 우아한 인물이 되었다. 그는 이제 모인 대신들 사이를 뚫고 아침 식당으로 갔다. 그가 지나가자 이 대신들은 길을 터주기 위해 물러났고 무릎을 꿇었다.

그는 왕의 법도에 맞게 아침 식사를 한 후 수많은 대신들과 도금된 손도끼를 든 50명의 신사들로 구성된 경호원들의 호위를 받으며 옥좌가 있는 방으로 안내되었다. 거기서 그는 국사를 처리했다. 그의 "아저씨"인 허트포드 경이 옥좌 옆에 서서 지혜의 충고로 왕을 도와주었다.

고인이 된 왕에 의해 유언집행자로 지정된 일군의 저명인사들이 몇 가지 일에 대해 톰의 승인을 받기 위해 등장했다. 형식적인 절차이긴 했지만 그 당시에는 아직 호민관이 없었기 때문에 ― 완전히 형식만은 아니었다. 캔터베리의 대주교는 고인이 된 그 유명한 왕의 장례식에 관한 장례위원회의 결정을 보고했다. 보고는 집행관들의 서명을 읽는 것으로 끝났다. 즉 캔터베리의 대주교인 대법관 윌리엄, 세인트 존 경, 존 러셀 경, 에드워드 허트포드 백작, 존 리슬 백작, 뒤럼의 커스버트 주교 등으로 이어진 서명이었다 ―

톰은 그 말을 듣지 않고 있었다 ―그 문서의 앞 조항은 무슨 말인지 알 수가 없었다. 여기에 이르자 그는 허트포드 경에게 돌아서서 속삭였다 ―

"장례식 날짜가 언제로 정해졌다고 했소?"

"다음 달 십육 일이라고 했습니다."

"정말 이상한 멍청이 짓이군. 그렇게 늦게 한다 말이오?"

이 불쌍한 친구에게는 아직도 왕가의 관습이 새로웠다. 쓰레기 궁전에서는 이와는 딴판으로 시체를 신속하게 치우는 것을 흔히 볼 수 있었다. 하지만 허트포드 경은 한두 마디로 그의 마음을 안정시켜 주었다. 국무대신은 위원회에서 내일 열한 시를 외국 대사들의 접견시간으로 정했다며 왕의 동의를 구했다.

톰이 허트포드를 보고 어떻게 해야 하냐는 표정을 짓자 경이 속삭였다 ―

"동의한다는 표시를 하시면 됩니다. 그들은 전하와 온 영국을 비탄에 빠뜨린 선왕의 죽음에 대해 자신의 나라의 왕의 조의를 대신 표시하러 온 것입니다."

톰은 시키는 대로 했다. 또 다른 대신이 고인이 된 왕의 경비에 관해 모조리 읽기 시작했다. 지난 반년 간 쓴 돈이 28,000 파운드에 이르렀는데—그 어마어마한 액수를 듣자 톰 캔티는 숨을 쉴 수가 없었다. 그는 이 중 20,000 파운드가 아직 빚이라는 소리를 듣자 다시 숨이 막혔다. 왕의 금고가 거의 텅 빈 것이나 마찬가지고 1,200명이나 되는 하인들이 임금을 못 받아 아주 곤란하다는 사실을 알았을 때, 다시 한 번 숨이 가빴다. 톰은 몹시 걱정이 되어 솔직하게 말했다 —

"우린 곧 망할 게 분명해. 더 작은 집으로 집을 옮기고 시종들을 전부 없애야 해. 시종들은 아무 소용도 없어 일을 느리게 만들고 정신적으로 괴롭고 수치스러운 일로 부담을 줄 뿐이야. 두뇌도 없고 손발도 없는 인형에게나 시종이 어울려. 수산시장 너머의 빌링스게이트 옆에 있는 작은 집이 기억나는데" —

경이 톰의 팔을 꾹 누르는 바람에 그는 바보 같은 말을 멈추고 얼굴을 붉혔다. 하지만 모두 이 이상한 말을 못들은 척 했다.

대신이 돌아가신 왕께서 유언장에 허트포드 백작을 공작에 명하고, 그의 동생인 토마스 세이너 경에게 작위를 부여하며, 허트포드의 아들에게 백작의 작위를 주겠다는 것과 왕의 다른 시종들에게도 유사하게 더 높은 작위를 주겠노라고 했으므로 위원회에서 2월 16일에 이런 작위 수여식을 하기로 결의했다고 보고했다. 그리고 선왕께선 이런 작위에 적합한 영지를 부여하는 것에 대해서는 아무런 유언을 남기지 않으셨지만 장례위원회가 그 점에 관한 왕의 희망사항을 알고 있으므로 왕께서 허락하시면 세이너 경에게 '500파운드의 땅'을 허트포드의 아들에게 '800 파운드의 땅과 공석이 될 게 틀림없는 다음 주교의 300파운드 의 땅을' — 수여하는 게 적절하다고 했다 (작가의 주:흙).

톰은 돈을 이렇게 낭비하느니 선왕의 빚을 먼저 갚는 게 이치에 맞는 일이라고 쏘아주려고 했으나 바로 그때 사려 깊은 허트포드가 팔을 만지는 바람에 이런 경거망동을 하지 않았다. 그러므로 마음속으로는 몹시 불편했지만 아무 말 없이 동의했다. 잠시 찬란한 기적이 참으로 이상하게 쉽게 이루어진다고 생각하던 중 갑자기 행복한 생각이 떠올랐다. 어머니를 쓰레기 궁전의 공작 부인으로 명하고 영지를 주면 안 될까? 하지만 다음 순간 슬픈 생각이 몰려왔다. 자신은 말만 왕이고 실제로는 이 엄숙하고 능란한 대신들과 높은 귀족들이 왕이라는 생각이 들었다. 그들에게는 그의 어머니가 약간 미친 사람일 뿐이므로 자신이 말해 봤자 믿지 않고 의사를 부르러 보낼 것이다.

그 지겨운 일은 끝없이 계속되었다. 청원서를 읽어 주더니 이어서 성명서와 특허증과 공무와 관련된 온갖 종류의 지겨운 서류들을 계속 읽어 주었다. 마침내 톰은 처량하게 한숨을 쉬고 혼자 중얼거렸다.

"대체 내가 무슨 죄로 들판과 자유로운 공기와 햇빛을 버리고 여기에 갇혀 왕이 되어 이 고생이지?" 그러고 나서 그는 혼미해진 머리를 잠시 끄덕이더니 곧 어깨 쪽으로 고개를 떨어뜨렸다. 따라서 인준을 해줄 왕이 잠들어 버렸으므로 국사는 잠시 정지되었다. 잠자는 아이 주변에 침묵이 감돌았다. 현명한 대신들도 심의를 멈추었다.

그날 오후에 톰은, 허트포드와 세인트 존의 허락을 얻어, 엘리자베스 공주와 제인 양과 함께 즐겁게 보냈다. 물론 왕이 돌아가신 충격으로 공주가 다소 침울하고 이 방문이 끝날 무렵—후세에게 "유혈의 메리"로 알려진 — 근엄한 "누나"와 만나 오싹해지긴 했다. 그 만남의 장점은 단 하나였다. 짧다는 것이었다.

잠시 동안 그가 혼자 있는데, 열두어 살쯤 되어 보이는 여윈 남자아이가 들어왔다. 그 아이는 흰 옷깃과 소매 주위의 흰 레이스만을 제외하고는 윗옷이고 양말이고 모조리 검은색 옷을 입고 있었다. 상장은 달지 않았고 어깨에 보라색 리본만 달고 있었다. 모자를 쓰지 않은 머리를 숙이고 쭈뼛거리며 다가와 톰의 앞에 한쪽 무릎을 꿇었다. 톰은 가만히 앉아서 잠시 동안 긴장해 생각에 잠겼다. 그러고 나서 그가 말했다 —

"애야 일어나라. 넌 누구니? 무슨 일로 온 거니?"

그 아이는 일어나서 걱정스러운 표정을 지으며 쉬어자세를 취하고서 말했다 —

"분명히 절 기억하실 겁니다. 전하. 저는 전하의 매 맞는 아이입니다."

"나의 **매 맞는** 아이라고?"

"바로 그렇습니다, 전하. 험프리—험프리 말로우입니다."

그를 지켜 주는 두 대신이 이 인물이 어디 소속인지 알려주어야 했으나 마침 상황이 묘한 시점이라 그들이 없었다. "어떻게 해야 하지?—아는 척을 해야 하나, 아니면 한 번도 본 적이 없다고 다 털어놓아야 하나 아니야, 그럴 순 없어." 이 문제를 해결할 방법이 하나 떠올랐다. "허트포드 경과 세인트 존 경은 장례위원이니까 급한 일로 옆에 없는 경우가 많을 거야. 그러니 그런 긴급 상황에 대처할 계획을 짜 보는 것도 괜찮을 것 같은데. 그래. 그게 현명한 일일 거야. 이 아이한테 먼저 시험해 보아야지. 얼마나 성공할지 봐야겠군." 그래서 그는 어쩔 줄 모르며 잠시 이마를 두어 번 쓰다듬고 나서 곧 말했다 —

"이제 좀 기억날 듯하기는 한데—내 머리가 잘 돌지 않는데다 머리가 아파 기억이 희미하구나" —

"아, 불쌍하기도 하셔라!" 매 맞는 아이가 동정심에 차 말했다. 그리고 덧붙였다. "정말 소문대로—미치셨구나— 불쌍하셔라! 아이고 내 정신 봐! 왕자님이 이상하다는 것을 아는 척하면 안 된다고들 했는데."

"요즈음 기억이 왔다 갔다 하는구나." 톰이 말했다. "하지만 걱정마라—조금씩 나아가고 있으니까—실마리를 조금 주면 생각나지 않던 이름과 사정이 다시 기억이 나니까. [그런 것들 뿐 아니라 전에 듣도 보도 못한 것까지 다 기억이 날 테니까—두고 보렴] 무슨 일로 왔는지 말해보아라."

"전하. 별일은 아니옵니다. 하지만 말씀드리겠습니다. 이틀 전에 전하께서 그리스 어 수업에서—오전에,—말씀입니다, 세 번 실수를 하셨습니다. 기억이 나십니까?"

"그-으-래—기억이 나는 것 같다 [이건 큰 거짓말은 아니군. 늘 그리스 어는 엉망이니까. 세 번 실수 한 게 아니라 사십 번은 실수했을걸] 자—계속 하거라."

—"선생님께서 그렇게 조심성 없이 멍청한 실수를 하면 어찌 하냐고 하시면서 화가 나셔서 절 흠씬 때려 주겠다고 말씀하셨습니다 —그래서"—

"**널** 때린다고!" 톰이 깜짝 놀라 말했다. "내가 잘못했는데 왜 **널** 때리느냐?"

"아, 전하께서 또 잊으셨군요. 전하가 실수를 할 때마다 선생님은 절 때립니다."

"그래, 그래—내가 잊었구나. 네가 날 개인지도 하지—그래서 내가 틀리면 제대로 못 가르쳤다고 야단을 맞는구나. 그리고"—

"오 전하, 그게 무슨 말씀이십니까? 저같이 하인 중에도 제일 미천한 하인이 **전하를** 가르치다니요?"

"그러면 왜 네가 맞아야 하냐? 정말 알 수 없는 일이구나. 내가 미친 거냐 아니면 네가 미친 거냐? 솔직히 털어놓고—설명해 보아라."

"하지만 전하, 다시 설명할 필요도 없는 일입니다. —누구도 웨일즈 왕자의 신성한 몸에 손을 댈 수는 없습니다. 그래서 왕자님께서 실수를 하시면 제가 대신 맞는 것입니다. 아주 적절하고 올바른 일입니다. 제 밥벌이 이기도 합니다."

톰은 혼잣말로 중얼거리며 차분하게 서 있는 아이를 쳐다보았다. "오 멋지긴 한데, ―정말 이상하고 신기한 직업도 다 있구나. 나대신 머리를 빗고 나대신 옷을 입어 줄 아이를 고용하지 않은 게 오히려 이상하군―제발 그랬으면 좋겠군!―아마 그런 일을 해주면 좋겠군. 그러면 내가 대신 직접 맞을 텐데. 그것도 감지덕지하면서 말이야." 그러고는 큰 소리로 말했다 ―

"그러면 약속대로 맞았느냐?"

"아닙니다. 전하. 오늘 맞기로 했습니다. 하지만 상중이라 취소될 수도 있을 것 같습니다. 정확히는 모릅니다. 그래서 전하께서 전에 절 위해 말씀해주시겠다고 약속하신 일을 일깨워 드리려고 감히 찾아뵈었습니다" ―

"선생님께? 널 때리지 말란 말을 해준다고 했던가?"

"아 기억이 나시는군요."

"조금씩 더 기억이 난다. 걱정 말아라 ―네 등을 때리지 말라고 하마 ―내 특별히 신경을 쓰마."

"아, 정말 감사합니다, 전하!" 그 아이가 다시 무릎을 꿇고 말했다. "제가 드릴 말씀을 다 드렸습니다만."……

험프리가 망설이는 것을 보고 "무슨 부탁이든 들어줄 테니" 말해보라고 톰이 말했다.

"그러면 솔직히 말씀드리겠습니다. 제 마음에 걸리는 일이어서 말입니다. 왕자님께서는 이제 왕자님도 아니시고 왕이 되셨으니 마음대로 무슨 명령을 하셔도 아무도 반대하지 않을 겁니다.

그러므로 당연히 더 이상 지겨운 공부를 하느라고 애쓰지 않으실 겁니다. 아마 책을 태우시고 더 재미있는 일에 몰두하시겠죠. 그러면 저는 끝장입니다. 고아인 제 누이들도 끝장입니다!"

"끝장이라고? 어째서 그렇단 말이냐?"

"제 등은 제 밥벌이입니다, 전하! 만일 제가 맞지 않으면 전 굶어 죽습니다. 그리고 전하께서 공부를 그만 두시면 제 일이 없어집니다. 더 이상 매 맞는 아이가 필요 없을 겁니다. 제발 절 쫓아내지 마십시오.

톰은 이 아이의 불쌍한 처지에 깊은 동정심을 느꼈다. 그는 왕답게 너그럽게 말했다 ―

"애야, 더 이상 괴로워하지 말거라. 네 일은 너 뿐만 아니라 영원히 너의 자손에게까지 세습하라고 지시하마." 그러고서 그는 자기 칼의 평평한 면으로 그 아이의 어깨를 가볍게 치면서 외쳤다. "험프리 말로우는 일어나라. 그대를 영국 왕실에 세습 매 맞는 아이로 임명하노라! 더 이상 슬퍼하지 말거라 ―내가 다시 공부를 시작하마. 내가 공부를 잘 못할 테니 네 일이 엄청나게 불어나고 네 월급은 세 배가 될 것이다."

감읍한 험프리는 열띤 목소리로 대답했다 ―

"고맙습니다. 오, 너무나 고귀한 결정이십니다. 전하 이런 은혜를 입으리라고는 감히 꿈도 못 꾸었습니다. 저는 일생 행복할 겁니다. 그리고 말로우 가문의 후손들 역시 행복을 누릴 겁니다."

톰은 이 소년의 유용함 정도는 눈치 챘다. 그는 험프리에게 이야기를 해보라고 부추겼고, 험프리로선 꺼릴 게 없었다. 그는 자기가 톰의 "치료"를 도와준다고 믿어 기뻐하며, 그 일을 했다. 왜냐하면 왕실 교실과 궁전 주변에서 왕자의 여러 경험과 모험을 상세히 설명해주면 톰의 병든 정신이 깨어나 언제나 그 상황을 명확하게 "기억해 내서"였다. 한 시간이 지나자 톰은 조정의 인물과 사건들에 대해 아주 소중한 정보를 잔뜩 갖게 되었다. 그래서 이 아이에게 매일 정보를 알아내야지 하고 결심했다. 그런 목적을 위해 험프리가 궁전에 들었을 때, 만일 자신이 다른 사람과 약속이 되어 있지만 않으면, 언제든 궁정 내실로 오라는 명령을 내리기로 했다. 허트포드 경이 또 걱정거리를 가지고 도착하자 험프리는 곧 물러났다.

허트포드 경이 말했다. "추밀원의 귀족들은 전하의 건강이 좋지 않다는 소문이 해외로 새어나가 퍼지지 못하도록—전하께서 하루나 이틀 후부터는 공공 석상에서 저녁식사를 하시는 것이 가장 현명한 최선의 방법이라고 생각합니다. 전하께서 건강한 안색, 활기찬 걸음걸이, 신중하고 침착한 태도, 편안하고 우아한 행동을 보여주신다면—만에 하나 소문이 새어나가 약간의 동요가 있었더라도—틀림없이 동요가 모두 가라앉을 것입니다."

그러고 나서 백작은 아주 신경을 써 그런 국사에 알맞은 관례를 가르쳐 주었다. 물론 이미 알고 계시겠지만 알려드린다고 했다. 하지만 톰은 거의 도와줄 필요가 없는 정도여서 경은 대만족이었다—사실 험프리가 궁전에 삽시간에 퍼진 소문을 듣고 와 며칠 내로 공공 석상에서 식사를 하게 될 것이라고 알려주었기 때문에 톰은 험프리를 통해 이미 관례를 알아둔 참이었다. 하지만 톰은 이 사실을 아무에게도 말하지 않았다.

왕의 기억이 이렇게 살아나는 것을 보고 백작은 얼마나 정신이 돌아왔는지 알아보기 위해서—지나가는 말인 척하며—이것저것 시험해 보았다. 그 결과는 부분적으로 만족스러웠다. 험프리가 일깨워 준 부분들이었다. 허트포드 경은 아주 기분이 좋아졌고 또 고무되었다. 그는 정말이지 아주 고무되어 아주 희망에 차 고조된 목소리로 이야기 했다—

"이제 전하께서 조금만 더 기억을 살리려고 애쓰시면 옥쇄가 어디 있는지도 기억나실 것 같습니다. 상감마마의 별세와 아울러 그 효력이 끝났으므로 오늘에야 그 옥쇄의 분실이 큰 문제가 아니지만 어제까지는 아주 중요한 일이었습니다. 전하 한 번 기억해 보시겠습니까?"

톰은 망망대해에—있는 기분이었다. 옥쇄에 대해 그는 전혀 아는 바가 없었다. 잠시 망설이다가 아무것도 모르는 표정으로 그는 경을 올려 보며 물었다—

"그건 어떻게 생겼소, 경?"

백작은 깜짝 놀라서 자기도 모르게 혼자 중얼거렸다. "전하께서 다시 이상해지시는구나!—계속 기억을 짜내라고 부추긴 게 잘못이었어."—그리고서는 얼른 화제를 바꾸었다. 그 불행한 옥쇄건을 톰의 머리에서 지우기 위해서였다. 물론—그 목적은 쉽게 성공을 거두었다.

15 장

왕이 된 톰

그다음 날 외국대사들은 어마어마한 수행원을 거느리고 나타났다. 톰은 단단히 위엄을 갖추고 그들을 맞이했다. 처음에는 이 휘황찬란한 광경에 눈이 휘둥그레지고 상상력이 타올랐다. 하지만 그 행렬은 길고 지겨웠으며 그들이 하는 말들 역시 마찬가지였다. 처음에는 재미있었으나 차츰 지겨워지고 집이 그리워졌다. 톰은 때때로 허트포드 경이 일러주는 대로 말을 하고 적절하게 처신하려고 몹시 애썼으나, 이런 일은 너무나 새로운데다 마음 편히 하기엔 너무나 불편하기까지 해서 그저 그런 정도 이상은 할 수가 없었다. 그는 충분히 왕다워 보였으나 본인에겐 그런 느낌이 들지 않았다. 그 의식이 끝나자 톰은 정말 기뻤다.

그는 하루의 대부분을 왕이 할 일을 하면서 '낭비했다'—그는 마음속으로 그렇게 규정지었다. 놀이를 하며 지내는 두 시간조차도 그에겐 부담스러웠다. 무엇보다도 그 놀이에 너무나 많은 구속과 관례가 있어서였다. 하지만 매 맞는 아이와 개인적으로 만난 시간은 분명히 그에게 이익이 되었다. 이 아이와 함께 있는 것으로 오락거리와 필요한 정보 두 가지가 다 해결되어서였다.

톰 캔티가 왕이 된지 사흘이 되었고 그날도 다른 날과 마찬가지로 흘러갔다. 하지만 한 가지 면에서는 마음이 조금 더 가벼워졌다—즉 처음보다는 조금 덜 불편했다. 그 환경에 조금은 익숙해졌다. 여전히 구속감이 괴롭기는 했지만 늘 그렇지는 않았다. 시간이 흐름에 따라 대단한 인물들이 와 문안을 드리는 것도 덜 괴롭고 덜 당혹스러워졌다.

사람들 앞에서 식사하는 일—그 단 한 가지 일만 두렵지 않았다면 나흘째도 그럭저럭 지낼 만했을 것이다. 그날 그 식사가 예정되었다. 계획에 의하면 더 중요한 문제들도 있었다—그날 그는 추밀원 회의를 주재해야 했다. 추밀원에서는 세계 각처에 있는 다른 나라에 대해 어떤 외교정책을 취할지에 대해 그의 의견을 듣고자 했다. 또한 그날 허트포트는 호민관이라는 큰 직책에 임명되도록 되어 있었다. 그 외에도 역시 그 나흘째에 해야 할 중요한 일들이 많았으나 톰에게는 이 모두가 식사보다는 나았다. 여러 사람이 그를 보고 여러 사람이 그의 행동에 대해 평하는 가운데 혼자 식사하는 것은 그 무엇보다도 괴로운 일이었다. 만일 그가 재수 없이 실수를 하면—그에 대해서 평을 할 것이다.

하지만 여전히 나흘째 날이 다가오는 것을 막을 순 없었고 그래서 나흘째가 되었다. 톰은 침울하고 정신이 나갔다. 이런 기분이 계속되었다. 그런 기분을 떨쳐 버릴 수가 없었다. 그날 오전에는 평상적인 일들을 질질 끌었고 그런 일을 하기가 지겨워졌다. 포로가 되었다는 느낌이 다시 한 번 강력하게 몰려왔다.

오후 늦게 그는 여러 사람을 접견할 수 있는 큰 방에서 허트 포드 백작과 이야기하면서 수많은 고관대작들을 만나기로 정해진 시간이 되길 우울하게 기다리고 있었다.

잠시 후에 톰은 무심코 창가로 갔다. 곧 궁전 밖의 길에서의 움직임과 생기에 관심이 생겼다 —그렇게 자유롭고 활기 있게 사는 사람들 속에 끼일 수 있으면 얼마나 좋을까 하며 보고 있는데 —지저분한 남자들과 여자들, 아이들이 길에서부터 소리를 치고 야유를 하며 떼거지로 몰려왔다. 가장 비천하고 가난한 사람들이었다.

"무슨 일이 일어났는지 알고 싶소!" 그는 그런 사건에 대한 남자아이다운 호기심을 보이며 외쳤다.

"전하께선 왕이십니다!" 백작이 경의를 표하면서 엄숙하게 대답했다. "제가 알아보아도 되겠습니까?"

"오 쾌히 허락하오! 오 기꺼이 허락하오!" 톰은 흥분하여 외친 다음 생생한 만족감을 느끼며 혼잣말로 덧붙였다. "사실 왕이 되는 게 아주 지겨운 일만은 아니구나 —나름대로 보상도 있고 편리한 점도 있구나."

백작은 이런 명령과 함께 시종을 경호 대장에게 보냈다.

"군중더러 멈추라고 하고 무엇 때문에 이렇게 몰려다니는지 알아보라고 해라. 왕명이시다!"

몇 초 후에 번쩍이는 철갑옷을 입은 왕실 경호원들이 열을 지어 문을 나서더니 큰 길을 지나 군중 앞에까지 갔다. 돌아온 전령이 말하기를, 군중은 이 지역의 평화와 위엄에 반하는 죄를 지어 처형당하게 된 여자와 남자, 어린 여자아이를 따라가는 것이라고 보고했다.

이 불쌍하고 재수 없는 사람들에게 죽음—그것도 난폭한 죽음—이라니! 이 생각이 들자 톰은 가슴이 아팠다. 다른 모든 고려의 대상을 물리치고 동정심이 그를 사로잡았다. 그가 법을 어긴다거나 이 세 명의 범죄자들 때문에 희생자들이 손해를 보았다거나 하는 것은 생각하지 않고 교수대와 범죄자들의 머리 위에 떠돌 소름끼치는 운명만을 생각했다. 이 생각 때문에 잠시 동안 자신은 왕의 거짓 그림자 일뿐 실제로 왕이 아니라는 사실조차 잊기까지 했다. 그 사실을 채 깨닫기도 전에 불쑥 명령을 내리고 말았다—

"그들을 이리로 데려오너라!"

그러고 나서 그는 얼굴이 갑자기 달아올랐고 사과 비슷한 말이 입가를 맴돌았다. 하지만 그의 명령에 대해 백작이나 시중드는 시종은 전혀 놀라지 않는 것을 보고 막 사과하려던 말을 삼켰다. 시종은 당연히 깊이 고개를 숙이고 명령을 전달하기 위해 뒤로 물러나 방을 나갔다. 톰은 빛나는 자부심과 왕의 책무를 보상해주는 이점에 대해 다시금 체험했다. 그는 혼자 말했다. "정말이지 늙은 신부님의 책을 읽을 때의 느낌과 비슷하구나. 왕이 되어 법을 정하고 '이런 일을 해라, 저런 일을 해라', 하고 명령해도 아무도 내 명령을 거스르지 않는구나."

이제 문이 활짝 열렸다. 높은 작위가 공표되었고 이어 그런 작위를 지닌 인물들이 나타났다. 그 곳은 화려한 옷을 입은 귀족들로 반쯤 찼다. 하지만 톰은 이 사람들이 있는 것에 신경을 쓰지 않았다. 그는 다른 일에 너무나 흥분하고 몰두해 있었다. 그는 옥좌에 멍하게 앉아서 초조하게 기다리며 문 쪽으로 눈길을 돌렸다. 왕의 그런 모습을 보고 거기 모인 사람들은 왕을 귀찮게 하지 않고 자기네들끼리 공사와 궁전의 소문 등을 이야기하기 시작했다.

잠시 후에 군인들의 규칙적인 발자국 소리가 나고 주장관대리가 범죄자들을 끌고 나타났다. 왕실 경호원이 그들을 호위하고 있었다. 그 관리는 톰 앞에 무릎을 꿇고 나서 옆으로 비켜섰다. 세 명의 죄수들은 물론 무릎을 꿇고 그대로 있었다. 경호원은 톰의 의자 뒤에 섰다. 톰은 호기심에 차서 죄수들을 훑어보았다. 그 남자 죄수의 옷과 외모를 보자 희미하게 기억이 떠올랐다. "전에 이 남자를 본 적이 있는 것 같은데……언제 어디서 봤지" 하고— 톰은 생각했다. 바로 그때 그 남자는 재빨리 올려다보더니 왕의 무서운 모습을 견딜 수 없다는 듯이 다시 얼굴을 떨어뜨렸다. 하지만 톰은 그의 얼굴을 잠시 본 것만으로도 충분히 알 수 있었다. 그는 혼자 중얼거렸다. "이제 알겠다. 그 바람 불고 춥던—설날 템스 강에서 가일주 위트를 끌어내 목숨을 살려주었던 그 사람이구다. 정말 용감했는데. 그가 나쁜 짓을 해서 이런 애처로운 지경이 되다니 안 되었구나…… 날짜와 시간까지도 잊지 않고 있는데. 그 일이 있고 한 시간 후에 할머니가 열한 시가 치자마자 날 때렸지. 그때 얼마나 아팠던지 그에 비하면 그 전이나 그 후에 맞은 매는 사랑스럽다고 쓰다듬는 것이었어."

톰은 여자와 여자아이는 잠시 물러나 있으라고 한 다음, 주 장관 대리에게 말했다 —

"자, 이 사람은 무슨 잘못을 저질렀느냐?"

그 관리는 무릎을 꿇고 대답했다 —

"전하, 그는 전하의 백성 중 한 사람을 독살했습니다."

톰은 그 죄수를 동정하고 물에 빠진 소년을 구한 그의 용기를 우러러보고 있었으므로 이 말에 심한 충격을 받았다.

"그가 한 일이라는 게 입증되었느냐?" 그가 물었다.

"분명한 증거가 있습니다."

톰은 한숨을 쉬고 말했다 —

"그를 데려가라 — 사형에 처하겠구나. 정말 유감이군. 용감한 사람인데 — 아니 — 아니, 용감해 **보인다는** 뜻이다!"

죄수는 갑자기 힘껏 깍지를 끼더니 절망에 차서 손을 비틀었다. 동시에 "임금님께" 띄엄띄엄 애원했다 —

"오 상감마마. 불쌍한 이 몸을 동정해 주시옵소서! 전 아무 죄도 없습니다 — 저의 죄는 제대로 입증되지도 않았습니다 — 하지만 죄가 없다는 걸 말씀드리려는 것은 아닙니다. 유죄 판결은 이미 났고 바꿀 수도 없습니다. 하지만 제발 이 극형만은 면할 수 있게 자비를 베풀어 주십시오. 이 판결은 도저히 견딜 수가 없습니다. 상감마마 제발, 제발 자비를 베풀어 주십시오! 상감마마 제발 불쌍히 여겨 주시옵소서─절 교수형에 처하라고 명령해 주시옵소서!"

톰은 깜짝 놀랐다. 그의 예상과는 영 딴판이었다.

"세상에, 별 이상한 **자비**도 다 있구나! 그럼 교수형을 받은 게 아니란 말이냐?"

"오 전하 그렇지 않습니다! 절 **산채로 삶아서** 죽이라는 판결이었습니다!"

이 놀라운 소름끼치는 말을 듣고 톰은 의자에서 벌떡 일어났다. 그는 정신을 차리자마자 큰 소리로 말했다─

"너의 소원대로 해주마! 아무리 많은 사람을 독살했다 해도 그렇게 비참하게 죽게 하진 않겠노라."

죄수는 땅에 얼굴이 닿도록 절을 하면서 감사의 말을 했다. 그는 이런 말로─끝을 맺었다─

"전하께 불행이 닥치면─절대로 그런 일은 없을 것입니다만! ─그때 제게 오늘 베풀어 주신 선행이 기억되어 은총이 내리길 빕니다!"

톰은 허트포드 백작에게 돌아서서 말했다─

"허트포드 경, 이 사람에 대한 야만적인 판결이 정당하다고 믿소?"

"전하, 독살자들에 대한─법입니다. 독일에서는 화폐 위조자들을 **기름**에 넣고 죽을 때까지 삶습니다. 그것도 한꺼번에 기름

속에 넣는 것이 아니라 줄에 매달아 천천히 조금씩 기름에 들어가게 하는 것입니다. 처음에는 발 그다음에는 다리 그다음에는"—

"오 제발 그만 하시오. 더 이상 견딜 수가 없소!" 톰이 눈앞에 떠오르는 모습을 막으려는 듯이 손으로 눈을 가렸다. "이 법을 바꾸길 부탁드리오—오, 더 이상 불쌍한 백성들에게 이런 고통을 주지 마시오."

백작의 얼굴에 적으나마 만족하는 빛이 나타났다. 그는 원래 자비롭고 관대한 사람이었다—이 거친 시대의 귀족층에서 보기 드문 성품이었다. 그가 말했다—

"전하의 고귀한 말씀으로 그런 판결은 없어졌습니다. 역사상 이 왕실의 명예로 남을 조처이십니다."

주장관이 죄수를 데려가려고 하는 찰라 톰은 기다리라는 손짓을 했다. 그리고 말했다.

"이 문제를 더 살펴보겠노라. 그 죄인의 말르는 증거가 충분치 않다고 한다. 아는 대로 고해보아라."

"전하, 재판 결과 이 사람이 아이슬링톤이라는 작은 마을에 있는 병자의 집에 들어갔다고 합니다—세 명의 목격자가 오전 열 시에 들어가는 것을 보았다고 했고 두 사람의 목격자는 그보다 몇 분 뒤라고 했습니다—병자는 그 당시 줍에서 혼자 자고 있었습니다—그리고 이 사람이 곧 집에서 나와 사라졌습니다. 병자는 한 시간도 안 되어 구역질을 하며 발작을 일으키다 죽었습니다."

"독약을 먹이는 것을 본 사람이 있느냐? 독약은 발견되었느냐?"

"아니옵니다. 전하."

"그러면 도대체 독약을 먹었다는 것을 어떻게 알았느냐?"

"전하, 의사들이 독약을 먹여야만 그런 증상이 나타난다고 증언했습니다."

이런 소박한 시대에는—의사의 증언은 대단한 것이었다. 톰은 의사의 말이 얼마나 대단한 것인지를 인정하고서 말했다—

"의사가 잘 알겠지—그들의 말이 옳겠지. 이 불쌍한 사람한테는 불리한 증거로구나."

"하지만 이것만이 아닙니다, 전하. 더 불리한 증거가 있습니다. 어딘가로 사라져 버린 마녀가 그 병자는 독살 되리라고 예언을 했다고 많은 사람들이 증언을 했습니다. 그 마녀는 아마도 낯선 사람이 그 병자를 **독살할 것이고**—더구나, 그 독살자는—갈색 머리에 낡은 평범한 옷을 입고 있는 사람이리라고 은밀히 알려 주었답니다. 그리고 분명히 이 죄수는 그런 묘사에 여러 가지로 들어맞습니다. 전하께서 **예언된** 일이라는 사실을 아셨으므로 적절하게 상황을 참작하시기 바랍니다."

미신이 성행하던 그 당시로는 이것은 막강한 주장이었다. 톰은 이제 결론이 났다는 느낌이 들었다. 이만한 증거가 있다면 이 불쌍한 죄수의 죄는 증명된 것이었다. 그런데도 그는 죄수에게 기회는 주었다. 그가 말했다—

"할 말이 있으면 하여라."

"무죄임을 증명할 수가 없습니다만, 전하. 저는 무죄입니다. 하지만 증명할 길이 없습니다. 제겐 친구가 없습니다. 만일 친구만 있어도 제가 그날 아이슬링턴에 가지 않았고 또 그들이 말한 그 시간에 제가 일 리이그나 떨어진 웨핑 계단에 있었다는 것을 증언할 것입니다. 더욱이 전하, 내가 사람을 죽였다고 하는 그 순간에 저는 사람의 목숨을 **구하고** 있었습니다. 물에 빠진 소년을 **구해주고** 있었습니다" —

"가만! 주 장관, 언제 이 사건이 벌어졌는지 말해라!"

"설날 오전 열시나 열시에서 몇 분 후에 벌어졌습니다. 바로 설날" —

"그 죄수를 석방해라 — 왕명이다!"

왕답지 않게 갑작스레 소리를 지르고 나서 톰은 다시 얼굴을 붉혔다. 자기의 좀 이상한 행동을 무마하려고 이런 말을 덧붙여 말했다 —

"그런 엉성한 증거로 교수형에 처하다니 내가 분통이 터지는 구나!"

모인 사람들 사이에 소곤소곤 찬사가 퍼져 나갔다. 톰이 내린 명령을 칭찬하는 말은 아니었다. 유죄 판결을 받은 죄수를 용서해주는 이유가 합리적이고 적절하다고 인정하거나 칭찬하는 사람은 —별로 없었다. 사람들은 톰의 재치와 올바른 정신에 감탄하고 있었다. 소곤소곤 하는 말 중 몇을 옮기면 다음과 같다 —

"미치신 게 아니셔─제 정신이셔."

"얼마나 제 정신으로 질문을 하셔─예전처럼 갑작스럽게 혼자 알아서 문제를 처리하시잖아!"

"병이 나으시다니 하느님 감사합니다! 병이 다 나으시고 왕다운 왕이 되셨군요. 선왕을 아주 꼭 빼닮으셨습니다."

모두들 찬탄을 금치 못하고 있었으므로 톰도 그중 일부를 들었다. 그 결과 그는 아주 마음이 편해졌고 자신의 처리 방식에 대해 스스로도 아주 만족감이 들었다.

하지만 이런 즐거운 생각과 감정보다 어린 아이다운 호기심이 앞섰다. 그는 그 여자와 여자아이는 무슨 극악한 죄를 지었는지 몹시 알고 싶어졌다. 그래서 겁에 질려 흐느끼고 있는 두 사람을 대령하라고 명령했다.

"이 사람들은 무슨 짓을 했느냐?" 그는 주 장관에게 물었다.

"그들은 악독한 범죄를 저질렀습니다. 그 죄는 분명히 입증되었습니다. 그래서 판사들은 법에 따라 교수형을 언도했습니다. 그들은 악마에게 혼을 팔았습니다─그것이 이들의 죄목입니다."

톰은 몸을 부르르 떨었다. 그는 이런 사악한 짓을 한 사람을 혐오하도록 배워왔다. 하지만 호기심을 채우고 싶은 욕심을 뿌리칠 수 없었다. 그래서 물어보았다─

"어디서 그런 일이 이루어졌느냐?─그리고 언제?"

"12월의 자정에─다 허물어진 교회에서 입니다."

톰은 다시 몸을 부를 떨었다.

"누가 거기에 있었느냐?"

"오직 이 두 사람이 있었습니다, 전하 —그리고 **또 한 사람이** 있었습니다."

"이 사람들이 자백을 했느냐?"

"아닙니다. 그렇지 않습니다 — 부인하고 있습니다."

"그러면 도대체 어떻게 알았느냐?"

"어떤 목격자들이 그들이 그리로 가는 것을 보았답니다, 전하. 그것을 보고 의심을 하게 되었고 끔찍한 결과로 그 의심이 옳았다는 것이 확인되었습니다. 특히 사악한 힘으로 폭풍을 불러와 주변을 모두 황무지로 만들어 버렸습니다. 그 폭풍을 목격한 사람은 사십 명이 넘습니다. 그리고 모두가 폭풍의 피해를 보았으므로 그 폭풍을 기억하고 있습니다. 목격자를 찾으려면 수천 명이라도 갖다 댈 수 있습니다."

"이건 아주 심각한 문제이구나." 톰은 잠시 이런 황당무계한 비난에 대해 생각하다 물었다 —

"이 여자도 폭풍의 피해를 보았느냐?"

모여 있던 사람들 중 몇몇 원로가 현명한 질문이라고 생각해 고개를 끄덕였다. 하지만 주장관은 이 질문이 외 중요한지 전혀 눈치 채지 못했다. 그는 솔직하게 대답했다 —

"모두들 그렇지만, 이 여자도 정말 큰 피해를 당했습니다. 그렇게 피해를 당하는 것이 당연합니다. 집이 폭풍에 날아가는 바람에 이 여자와 아이는 집이 없습니다."

"내 생각에는 자기 자신에게 피해를 주는 거래를 했다니 거래를 잘못한 것 같구나. 이 여자가 한 푼을 주었어도 속은 것인데 자신과 딸의 영혼을 주었다면 미친 짓을 한 것이다. 만일 이 여자가 미친 사람이라면 자신이 무슨 짓을 하는지도 모르는 것이고 따라서 죄가 안 된다."

원로들이 다시 한 번 톰의 기지를 인정해 고개를 끄떡였다. 그리고 한 사람이 나서서 중얼거렸다. "그리고 임금님께서 미치셨다는 소문이지만, 미쳐서 저렇게 된다면 하느님의 섭리로 미치는 게 나을 사람도 많잖소?"

"그 아이는 몇 살이냐?" 톰이 물었다.

"아홉 살입니다, 전하."

"영국의 법에 따르면 이 아이 나이면 계약을 하거나 자기를 팔 수 있소?" 톰이 박식한 판사에게 몸을 돌리고 물어보았다.

"법에 따르면 어린아이는 심각한 계약을 하거나 계약에 끼어들 수가 없습니다. 어린아이의 미숙한 머리로는 어른들의 능란한 머리와 사악한 음모에 대처할 수 없다고 생각해서입니다. **악마**는 원하면 아이를 살 수도 있습니다. 그리고 이 아이는 거기에 동의했습니다. 하지만 영국인은—그럴 수가 없습니다. 영국인이 아이와 계약을 맺었을 경우에는 계약은 무효가 됩니다."

"영국법이 영국인들의 특권을 무시하고 악마에게 좌우되는 것은 말도 안 되는 이교도적인 판결이다!" 톰은 정말로 열이 나서 말했다.

이 문제에 대한 이런 새로운 견해를 듣자 사람들은 미소를 지으며 톰의 정신 건강이 나아지는 증거로서 뿐만 아니라 얼마나 기발한가의 예로 들기 위해 이 말을 기억해 두었다.

여자는 울기를 멈추고 희망으로 가슴이 설레면서 톰의 말에 매달렸다. 톰은 이 사실을 눈치 챘다. 그녀의 위험하고 외로운 처지가 몹시 불쌍하게 여겨졌다. 곧 그가 물었다—

"어떻게 이 여자가 폭풍을 일으켰느냐?"

"스타킹을 벗어서 폭풍을 일으켰습니다. 전하."

이 말을 듣고 톰은 놀라기도 하고 호기심도 후끈 달아올랐다. 그는 흥분해서 말했다—

"그것 참 멋지구나! 그렇게만 하면 언제나 폭풍을 일으킬 수 있느냐?"

"늘 그렇습니다—적어도 저 여자가 원해서 마음속으로나 입 밖으로 필요한 주문만 외우면 됩니다."

톰은 그 여자에게로 몸을 돌려 열심히 말했다—

"네 힘을 보여 다오—폭풍을 보고 싶구나!"

거기 모여 있던 미신을 믿던 사람들의 얼굴이 창백해졌다. 그리고 모두가 말은 안했지만 이 자리를 벗어나고 싶어 했다—그러나 톰 때문에 모두 그냥 그 자리에 있을 수밖에 없었다. 여자가 당황하고 놀라는 표정을 짓자 그는 흥분해서 덧붙였다—

"두려워하지 마라—누구도 그대를 비난하지 못하게 하겠다. 더욱이—그대를 풀어 주라고 하겠노라—누구도 그대의 몸에 손을 대지 못하게 하겠노라. 그러니 힘을 보여 다오."

"오 상감마마, 제겐 그런 힘이 없습니다─저를 잘못 고발한 것입니다."

"겁이 나서 그러는 구나, 걱정마라, 네게 해를 끼치지 못하게 하겠노라. 폭풍을 일으켜 보아라─아무리 적은 폭풍이라도 괜찮다─엄청난 폭풍이나 해를 입힐 폭풍을 원하는 게 아니다. 정말이지 오히려 작은 폭풍이 더 낫다─폭풍을 일으키면, 네 목숨을 살려주마─그렇게만 하면 너를 무죄로 하고 네 딸과 함께 풀어 주마. 이 나라 어디든 가서 모함을 받거나 상처 입는 일 없이 안전하게 지낼 수 있게 해주마."

그 여자는 엎드려서 눈물을 흘리며 자기에게는 기적을 행할 능력이 없다고 말했다. 그럴 능력만 있다면 그런 은혜를 베풀어 줄 왕명에 복종해서 딸의 목숨만이라도 살리겠다고 했다. 딸의 목숨을 살릴 수만 있으면 자기는 죽어도 상관없다고 했다.

톰은 계속 다그쳤고─그 여자는 여전히 못한다고 했다. 마침내 그가 말했다─

"이 여자의 말이 사실이라고 생각한다. **나의** 어머니가 이 여자의 입장이고 악마의 힘이 있고 그 힘을 써서 내 목숨을 구할 수만 있으시다면 주저하지 않고 곧 폭풍을 일으켜 온 나라를 쑥대밭으로 만드셨을 것이다! 어떤 어머니든 그렇게 할 것이다. 이제 널 풀어 주마. 착한 여인이여─그대와 그대의 딸은 석방이다─그대가 무죄라고 생각해서이다. **이제** 내가 용서했으니 겁낼 것

없다—스타킹을 벗어라!—폭풍을 일으키면 내가 널 부자로 만들어 주마!"

다시 살아난 여자는 큰 소리로 감사를 표하고 톰이 시키는 대로 했다. 톰은 약간은 걱정스러우면서도 호기심에 차 바라보았고 대신들은 역력하게 불편해 했다. 그 여자는 스타킹을 벗었고 어린 딸도 벗었다. 그리고 지진을 일으켜 왕의 관대한 처분에 보답하려고 최선을 다했으나 실패했다. 톰은 한숨을 쉬고 말했다—

"자, 더 이상 애쓸 것 없다. 이제 네 능력이 사라졌구나. 평화롭게 가거라. 그리고 그 능력이 다시 돌아오거든 그때는 날 잊지 말고 폭풍을 일으켜 다오."

16 장

왕실의 만찬

저녁 식사 시간이 다가왔다 — 이상하게도 저녁 식사 시간이 다가온다는 생각이 전혀 불편하지 않았고 두렵지 않았다. 아침의 경험으로 톰은 아주 자신감을 갖게 되었다. 불쌍한 작은 꼬마는 나흘을 지내다 어느새 이 낯선 다락방에 익숙해졌다. 어른이라면 한 달이 걸려도 그렇게 익숙해지지 않았을 것이다. 어린이가 환경에 쉽게 익숙해지는 것을 이보다 더 잘 보여준 경우는 아마 없을 것이다.

특권을 지닌 우리가 거대한 연회실로 가서 톰이 이 어마어마한 행사에 맞추어 준비를 하는 동안 한번 둘러보자. 그 연회실은 도금한 기둥과 장식용 벽기둥과, 그림이 그려진 벽과 천정이 있는 거대한 방이었다. 문에는 조각상처럼 키가 큰 경호원이 서 있었다. 그들은 화려하고 값비싼 옷을 입고 창을 들고 있었다. 그 방을 빙 둘러 있는 맨 위층 관람석에는 악대와 남녀 시민들이 번쩍이는 옷을 입고 빽빽이 들어서 있었다. 방 한 가운데 약간 솟은 단이 있었는데 거기에 톰의 식탁이 있었다. 이제 고대 역사가가 하는 말을 옮겨 보자.

"한 신사가 지팡이를 들고 방에 들어왔다. 그의 옆에는 식탁보를 든 또 한 신사가 있었다. 그들은 아주 공손하게 세 번이나 무릎을 꿇더니 그 식탁보를 식탁 위에 폈다. 그리고 다시 한 번 무릎을 꿇은 후 그 두 사람은 물러났다. 그러고 나서 두 사람이 더 등장했는데 한 사람은 다시 막대기를 들고 있었고 다른 사람은 소금과 접시, 빵을 들고 있었다. 그들도 앞 사람들처럼 무릎을 꿇고 그들이 가져온 것을 식탁에 놓더니 역시 같은 의식을 한 다음 물러났다. 끝으로 두 명의 귀족이 나타났다. 두 사람 모두 값비싼 옷을 입고 칼을 들고 왔다. 그들은 가장 우아한 태도로 엎드린 후에 식탁으로 다가가더니 마치 왕이 참석해 있는 것처럼 빵과 소금으로 테이블을 문질렀다." (저자 주: 리 헌트의 《런던 시내》, 408 쪽, 당대 여행객의 말을 인용)

이렇게 엄숙한 준비가 끝났다. 이제 저 아래 복도에서 나팔소리가 울려 퍼지고 명확하진 않지만 "상감마마 납시오! 길을 비켜라!"하는 소리가 들렸다. 이 소리들이 잠시 반복되더니—점점 가까워졌고—곧 우리의 얼굴 앞에서 우렁찬 나팔 소리가 울리고 외치는 소리가 울려 퍼졌다. "상감마마 납시게 길을 비켜라!" 그리고 이 순간에 빛나는 행렬이 나타나더니 박자를 맞추어 일렬로 문안으로 걸어 들어 왔다. 다시 역사가의 이야기를 들어보자.

"처음에는 신사들, 남작들, 백작들, 가터 기사들이 들어왔다. 모두 화려한 차림이었고 머리에는 아무것도 쓰지 않았다. 그다음으로 대법원장이 왔다. 그의 양 옆에는 두 사람이 호위하고 있었는데 한 사람은 왕의 홀을 들고 있었고 또 한 사람은 금 꽃무늬로 장식된 붉은 칼집에 넣은 왕실의 칼을 세워서 들고 나왔다. 그 다음에 왕 자신이 나타났다. 왕이 나타나자―열두 개의 트럼펫과 수많은 드럼들이 환영하여 일제히 울렸다. 이때 맨 위층 관람석에 있던 사람들이 모두 일어나 '신이여 왕을 보호하소서!'라고 외쳤다. 그의 뒤로 시중을 드는 귀족들이 따라 왔고 그의 오른쪽과 왼쪽에는 의장대가 있었다. 이들은 50명이나 되는 왕위 기사단으로 도금한 전투용 도끼를 들고 있었다."

아주 훌륭하고 기분 좋은 광경이었다. 톰은 가슴이 뛰었고 눈에는 즐거운 빛이 역력했다. 그는 우아한 자세를 취했다. 그의 정신이 온통 주위의 즐거운 광경과 소리에 팔려서 자신이 어떻게 해야 하는 지를 의식하지 않았기 때문에 더욱더 우아해 보였다―게다가 누구라도 몸에 잘 맞는 아름다운 옷에 약간 익숙해진 상태에서 그런 옷을 입으면 우아해지지 않을 수 없다―특히 그가 잠시 그 옷을 의식하지 않을 땐 더욱 우아해 보이기 마련이다. 톰은 그가 받은 지시를 기억하고는 깃털 달린 머리를 약간 기울이면서 정중하게, "고맙다, 내 착한 백성들이여."라고 말하는 것으로 환영에 답했다.

그는 모자를 벗지 않고 식탁에 앉았으며 조금도 당황하지 않고 그렇게 했다. 왜냐하면 모자를 쓴 채 식사를 하는 것은 왕실과 캔티 집안의 유일한 공통점이어서였다. 그리고 왕실이나 캔티 집안이나 그 관습에 익숙하기는 매일반이었다. 그 행렬은 해산해서 화려하게 삼삼오오 무리를 지었고 머리에는 아무것도 쓰지 않은 채 있었다.

자, 즐거운 음악 소리에 맞추어 영국왕의 근위병들이 들어왔다—"이런 일에 대비해서 영국에서 가장 키가 크고 힘이 세어 뽑힌 사람들이었다"—하지만 이 점에 대해서는 역사가의 말을 인용하자.

"그들은 등에는 황금색 장미를 새기고 주홍색 옷을 입고 머리에는 아무것도 쓰지 않고 들어왔다. 그들은 왔다 갔다 했는데 올 때마다 접시에 요리를 담아 왔다. 이 요리들을 한 신사가 가져온 순서대로 받아서 식탁 위에 차렸다. 한편 맛보는 사람이 요리를 가져온 사람들 한 사람 한 사람에게 자기가 가져온 요리를 한 입씩 먹어보게 하였다. 혹시 독이 들어 있나 해서였다."

화약보다도 더 강렬해서 그를 산산 조각을 낼 만큼 강렬한 호기심을 갖고 수백 명의 사람들의 눈길이 왕의 한 입 한 입을 따라와서 먹는 것을 지켜보는데도 톰은 맛있게 식사를 했다. 그는 서두르지 않도록 주의했으며 자기가 하는 일이 아닌 것은 하지 않고 그 일을 맡은 시종이 무릎을 꿇고 그 일을 할 때까지 기다리도록 조심했다. 그는 실수 하나 하지 않고 그 모든 일을 해냈다—흠 하나 없는 귀중한 승리였다.

마침내 식사가 끝나고 그는 화려한 행렬 한 가운데로 행진을 해 나갔다. 그의 귀에 나팔 소리가 울리고 드럼 소리가 둥둥 거렸으며 우레와 같은 소리가 들렸다. 사람들이 본 가운데 최악의 식사를 했더라도 그렇게 해서 훨씬 더 어마어마한 왕의 업무에서 해방될 수만 있다면 하루에 몇 번이라도 기꺼이 그런 시련은 견딜 수 있으리란 느낌이 들었다.

17 장

푸우푸우 1세

마일즈 헨던은 서둘러서 그 다리의 사우스워크 끝 쪽으로 갔다. 그가 찾는 사람들이 있는지 여기저기 자세히 살펴보았다. 그들을 곧 쫓아가 따라 잡을 수 있었으면 하고 바랐으나 실망스럽게도 그러지를 못했다. 이리저리 물어서 사우스워크로 가는 길 도중까지는 그들을 따라갔으나 그다음에는 아므런 흔적이 없었다. 그는 어디로 가야 하는지 당혹스러웠다. 그래도 하루 종일 최선을 다해 그들을 찾으러 다녔다. 밤이 되어 지치고 배가 고팠고 찾을 희망은 전혀 보이지 않았다. 그래서 그는 타바드에서 요기를 하고 내일 아침 일찍 일어나 시내를 샅샅이 뒤져보아야겠다는 마음을 먹고 잠자리에 들었다. 누워서 내일 어떻게 할지 계획을 세우다가 곧 이런 생각이 떠올랐다. '그 아이는 아버지가 아니라고 한 그 악당에게서 도망쳐올 거야. 그러면 런던으로 돌아가 옛집으로 기어들어 갈까? 아니야 그러지는 않을 거야. 다시 잡히고 싶진 않을 테니까. 그러면 어떻게 할까? 이 세상에 나 말곤 친구도 보호자도 없으니까 날 찾으려고 애쓸 것이고 내가 런던에 있지 않은 다음에야 굳이 위험을 무릅쓰고 런던으로 가진 않을 거야.

그래 그 아이는 틀림없이 헨던 홀로 갈 거야. 내가 고향으로 가고 있는 것을 알고 있고 거기서 날 만날 수 있다고 생각할 거야. 그래. 이제 모든 것이 분명해졌어—더 이상 사우스워크에서 꾸물거리지 말고, 당장 켄트를 지나 몽크스 홈으로 가야지. 가면서 숲을 뒤지고 그가 지나갔는지 물어봐야지.' 이제 사라진 어린 왕에게로 돌아가 보자.

다리 위에 있는 여관에서 웨이터가 본 불한당은 그 젊은이와 왕과 곧 "합류하려고"했으나 그들 뒤에 바싹 붙어서 뒤따라가기만 했다. 그는 말을 걸지 않았다. 왼쪽 팔을 삼각건으로 매고 있었고 왼쪽 눈에는 커다란 초록색 안대를 하고 있었다. 그는 약간 다리를 절고 목발을 짚고 있었다. 젊은이는 왕을 끌고 사우스워크의 꾸불꾸불한 길을 지나 차츰 저 멀리 있는 고갯길로 접어들었다. 왕은 이제 짜증이 나서 더 이상 따라가지 않겠다고 했다—헨던이 그에게 와야 마땅하지, 그가 헨던을 찾아가는 것은 말이 안 된다고 했다. 이런 무례함은 더 이상 견딜 수가 없고 더 이상 가지 않겠다고 했다. 그 젊은이가 말했다—

"친구가 저기 숲에 다쳐서 누워 있는데 여기서 꾸물대겠다는 말이니? 그렇다면 마음대로 해라."

왕의 태도가 갑자기 변했다. 그는 외쳤다—

"다쳤다고? 누가 감히 그런 짓을 했단 말이냐. 하지만 그게 문제가 아니고 빨리 가자, 빨리 가자! 좀 더 빨리! 총에 맞았나? 그가 다쳤단 말이지? 공작의 아들이 한 짓이라도 따끔하게 벌을 줄 테다!"

숲까지는 멀었으나 재빨리 그 곳으로 달려갔다. 그 젊은이는 주위를 둘러보다가 누더기가 달린 나뭇가지가 땅에 꽂힌 것을 보고서 숲으로 들어가서 그 비슷한 가지가 있는지 지켜보다 가끔씩 보이는 그런 가지를 따라갔다. 그 가지들이 그가 가는 목적지의 안내판인 게 분명했다. 마침내 그들은 빈터에 도착했다. 그곳에 타 버린 농가가 있었고 그 근처에는 다 쓰러져 가는 외양간이 있었다. 어디에도 전혀 인기척이 없었고 아주 조용했다. 그 젊은이는 외양간으로 들어갔고 왕은 열심히 그 뒤를 따라갔다. 그곳에는 아무도 없었다. 왕은 놀라서 그 젊은이를 의심스러운 눈길로 바라보았다. 그리고 물었다 —

"그는 어디 있느냐?"

대답대신 그 젊은이는 비웃으며 웃었다. 왕은 벌컥 화를 내면서 나무토막을 집어 들고 그 젊은이를 공격하려고 했다. 그때 또다른 비웃는 웃음소리가 났다. 바로 멀찌감치 뒤에서 따라오던 불한당이었다. 왕이 돌아보고서는 화가 나서 말했다 —

"넌 누구냐? 넌 도대체 무슨 상관이 있냐?"

"바보 같은 소리 마라," 그 사람이 말했다. "가만히 있어라. 내가 하도 변장을 잘해서 네 애비도 못 알아보는 구나."

"넌 내 아버지가 아니야. 난 널 모른다. 나는 왕이다. 어디다 내 하인을 숨겨 놓았다면 다시 찾아 다오. 그렇지 않으면 널 가만두지 않겠다."

존 캔티는 정중한 목소리로 엄숙하게 말했다 —

"넌 미친 게 틀림없구나. 벌을 줄 생각은 없다. 하지만 날 화나게 하면 그럴 수밖에 없다. 여기서야 아무도 없으니까 네가 아무리 명청한 말을 해도 상관없지만 다른 데 가서는 입조심 하는 게 나을 거다. 난 살인을 하고나서 집에 명청히 앉아 있을 수는 없어 —난 네 도움이 필요하니까 너도 나와 함께 있어야 해. 난 이름을 바꿨어. 홉스—존 홉스지. 네 이름은 잭이다—그러니 잘 기억해 두어라. 자, 그럼, 말해보아라. 네 어미는 어니 있냐? 그리고 누나들은 어디 있냐? 약속 장소에 안 왔더구나—그들이 어디로 갔는지 아냐?"

왕은 뚱하게 대답했다—

"그런 문제로 날 괴롭히지 마라. 어머니는 죽었고 누나들은 궁전에 있다."

곁에 있던 젊은이가 말도 안 되는 소리라는 식으로 마구 웃어댔다. 그러자 왕은 그를 공격하려 했으나 캔티인지 아니면—자기 말대로 이젠 홉스인지가—왕을 말렸다. 그리고 그 젊은이에게 말했다—

"휴고 가만있어. 얘를 자극하지 마. 정신이 왔다 갔다 하는데 네가 그러면 얘가 더 이상해져. 잭 앉아서 진정해라. 그러면 곧 먹을 것을 주마."

홉스와 휴고는 조용조용 이야기하기 시작했다. 왕은 그 불쾌한 무리로부터 가능한 멀리 떨어졌다. 그는 어두운 외양간 구석으로 물러났다. 그 곳의 바닥에는 일 피트쯤 되는 짚으로 된 침대가 있었다. 그는 거기에 누워서 이불대신 짚을 덮었다. 그리고는 곧 깊은 생각에 빠졌다. 우울한 일이 한두 가지가 아니었으나 아버지가 돌아가신 일에 비하면 다른 것은 아무 일도 아니었다. 다른 사람들은 헨리 8세의 이름만 들어도 벌벌 떨었다. 헨리 8세가 다른 사람에게는 파멸을 가져오는 숨결과 채찍, 죽음을 뜻하는 손길을 지닌 두려운 존재였으나, 이 아이에게는 너무나 기쁨을 주는 존재였다. 그에게 그 이름은 늘 사랑에 찬 인자한 모습을 지닌 사람을 뜻했다. 그는 아버지와 나누었던 사랑을 떠올리고는 그에 대한 추억에 잠겼다. 그는 하염없이 눈물을 흘렸다. 그 눈물은 그가 얼마나 진심으로 깊이 왕의 죽음을 슬퍼하고 있는지 보여주었다. 오후가 지나가자 슬픔에 지친 그 아이는 차츰 깊은 잠 속으로 빠져 들어갔다.

얼만지 정확히 알 순 없었으나—시간이 한참 지난 후에—가까스로 반쯤 정신을 차렸다. 눈을 감고서 여기가 어디며 무슨 일이 벌어지고 있는지 의아하게 생각하며 누워 있는데, 둔탁하게 지붕을 때리는 빗소리를 들었다. 아늑하고 편안한 기분이 들었으나 그것도 잠시였다. 어디선가 불쑥 시끄러운 잡담과 천한 웃음소리가 울려 퍼졌다. 어디서 이런 소리가 나는지 보려고 눈을 떴다. 차마 눈뜨고 볼 수 없는 소름끼치는 장면이 눈앞에 펼쳐졌다. 외양간 저쪽 끝에서 벌어지는 광경이었다. 바닥 한 가운데는 횃불이 밝게 불타고 있었다. 그리고 그 주위에 다 떨어진 누더기를 입은 남녀 거지들이 여기저기서 빈둥대고 있었다. 붉은 빛이 비춰진 그들의 모습은 기괴하기까지 했다. 왕으로서는 듣도 보도 못한 거지들의 모습이었다. 덩치가 크고 건장한 남자들이 있었다. 그들은 햇볕에 탄 갈색 피부를 지니고 있었고 머리는 길었으며 다 떨어진 누더기를 입고 있었다. 키가 중간쯤 되는 젊은이들도 있었다. 그들은 비슷한 옷차림을 하고 있었고 사나워 보였다. 눈에 안대를 했거나 붕대를 감은 맹인 거지와 목발을 짚은 다리를 저는 거지도 있었다. 깡패 같아 보이는 안대를 한 행상, 칼 가는 사람, 땜장이, 이발사, 등 직업상 필요한 용구들을 들고 와 있었다. 여자들 중에는 아직 어린 소녀, 한창 때인 처녀, 주름살투성이 인 노파들이 있었다. 모두가 큰 소리로 욕설을 하며 시끄럽게 떠들고 있었다. 모두 더럽고 지저분했으며 얼굴에 상처투성이인 아기들도 세 명 있었다. 말라비틀어진 똥개도 두어 마리 있었는데 목에는 줄이 매달려 있었다. 이 개들은 맹인 인도용이었다.

밤이 다가왔다. 그 거지들은 이제 막 식사를 끝냈고 이제 잔치를 벌이기 시작했다. 깡통을 돌려 가면서 술을 마시다 말고 다들 소리를 질렀다 ―

"노래! 베트와 딕 도트, 노래 한 곡조하게!"

맹인 중 한 사람이 일어나더니 그 훌륭한 눈을 가리고 있던 안대를 벗어버리고 어떻게 맹인이 되었는지 구슬프게 노래를 불렀다. 도트는 그의 나무다리를 벗어버리고 건장한 다리로 친구 옆에 섰다. 그리고는 발랄한 민요를 크게 불러 제쳤다. 노래의 끝마디는 함께 큰 소리로 불러 제쳤다. 노래가 끝날 즈음에는 취한 사람들이 열광이 절정에 달해 모두가 처음부터 그 노래를 다시 불렀다. 온 집안이 떠나가도록 고래고래 소리를 질러가며 노래를 불렀다. 그 멋진 가사는 이런 내용이었다.

'자, 잘 자게. 마시게 여인네여 그리고 술꾼들이여.
착한 남자는 멀리 간다네.
런던의 멋쟁이들이 식사하는 근처에서
교수형에 처해지러 간다네.
마침내 긴 잠이 들걸세.
착한 여인이여 나가서 보고 또 보시게.
런던 시 밖으로 나가서,
그대 물건을 훔친자가 교수형에 처해지는 걸' *

이어서 이야기들을 했다. 노래처럼 도둑들의 은어로 이야기 하는 것은 아니었다. 그런 은어는 들으면 안 되는 적대적인 사람이 있을 때만 쓰는 것이었다. 그 대화 중에 "존 홉스"가 신병은 아니고 전에 언젠가 이 집단에서 훈련을 받은 적이 있는 사람이라는 게 밝혀졌다. 그가 그 후 어떻게 지냈는지를 물었고 그가 "어쩌다가" 사람을 죽였다고 말하자 아주들 만족한다는 표시를 했다. 그리고 그가 죽인 사람이 신부라고 하자 모두들 크게 박수를 치면서 모두와 함께 건배를 들자고 했다. 전에 알던 친구들은 아

---

* 영국의 부랑자, 런던, 1665.

주 기뻐하며 그를 환영했고 새로 알게 된 사람들은 아주 자랑스러워하며 그와 악수를 했다. 왜 "여러 달 동안 오지 않았냐고" 하자 그는 대답했다 —

"런던이 시골보다 나아. 요새처럼 법이 강화되어서 엄격한 때에는 더 안전하기도 해. 그런 사고만 치지 않았으면 런던에 더 머물렀을 거야. 거기에 계속 있으려고 결심을 했어. 다시는 시골 쪽으로 오지 않으려고 했는데—그놈의 사고 때문에 모든 일이 끝장이 났어."

그는 이젠 이 무리에 몇 사람이나 있냐고 물어보았다. 대장인 "두목"이 대답했다 —

"스물다섯이야. 도둑, 거지, 떠돌이들이지. 대부분이 여기 있고, 나머지 사람들은 겨울 동안 동쪽 지방으로 갔어. 우리도 새벽에 그들 뒤를 따라가려고 해."

"웬이 보이지 않는군요. 어디에 있는 거죠?"

"불쌍한 사람이야. 이제 지옥의 유황불 속에서 유황 맛을 보고 있겠지. 맛있다고 하기에는 너무 뜨겁겠지. 한여름쯤에 싸우다가 죽었어."

"유감이군요. 웬은 유능하고 용감한 사람이었는데요."

"정말 그랬어. 그의 딸인 검은 베스는 아직도 우리하고 함께 있는데 동쪽 지방으로 떠난 사람들과 함께 가서 지금 없는 거야. 정말 좋은 여자야. 태도도 좋고 행동도 얌전하지. 일주일에 나흘 이상 취해 있는 걸 못 봤으니까."

"그 애는 항상 그렇게 단정했어요—저도 잘 기억하고 있어요 —정말 좋은 여자고 칭찬 받을 만하죠. 그 애 엄마는 그렇게 얌 전하진 않고 좀 더 분방한 편이었죠. 아주 성질이 더럽고 골치 아 픈 노파였죠. 하지만 아주 영리한 노파였어요."

"그래서 죽은 셈이야. 그녀가 손금을 보고 점을 치는 바람에 마침내 마녀라는 소문이 났지. 그녀를 천천히 구워 죽이라는 판 결이 났어. 그녀가 그런 운명을 기꺼이 받아들이는 모습을 보고 눈물이 날 뻔했어—그녀는 불길이 얼굴까지 타올라 오고 그녀의 몇 줌 안 되는 머리카락에까지 올라붙어 그 뿌발에서 탁탁하는 소리가 나는데도 주위에 모여들어 입을 벌리고 쳐다보는 군중을 향해—저주와 욕설을 퍼부었지—욕을 했단 달이야. 세상에 모 인 사람들을 향해 글쎄 욕을 했다니까! 천년만 년 살아도 그런 멋진 욕은 들을 수 없을 거야. 안 됐지만 그녀와 함께 그녀의 주 술 점성술도 사라졌지. 그것을 시원찮게 모방하는 사람들이 있긴 하지만 신성모독에 지나지 않아."

대장은 한숨을 쉬었다. 듣던 사람들도 한결같이 한숨을 쉬었 다. 잠시 동안 모인 사람들이 모두 우울해졌다. 이런 비정한 추방 자들도 감정이 모두 죽어 버린 건 아니었다. 아주 가끔씩 특별히 그럴 만한 환경이 되면—순간적으로 애도의 감정을 느낄 수는 있다. 그럴 만한 환경이란 예를 들면 지금처럼 후계자 없이 재능 있는 사람이 사라져 버리는 경우이다. 하지만, 거나하게들 한 잔 씩 돌아가자 애도의 감정은 사라지고 그들은 다시 활기를 띠었다.

"또 재수 없는 일을 당한 사람은 없나요?" 홉스가 물었다.

"몇 명은—당했어. 새로 거지가 된 사람들이 특히—재수가 없었어. 농토가 목초지가 되는 바람에 먹고 살기가 막막해져 우리에게 온 사람들 말이야. 그들은 구걸을 했다는 이유로 달구지 끝에 매달려서 웃통을 벗은 채 피가 줄줄 흐를 때까지 맞은 다음에는 족쇄를 차고 얻어맞았지. 그리고 나선 다시 구걸을 하고 다시 맞았고 이번엔 귀가 한쪽 달아났지. 그러고도 다시 구걸을 했고—불쌍한 것들 그다음에는 무슨 일을 당했는지 아나?—벌겋게 달구어진 쇳덩어리로 뺨에 낙인을 찍혀 노예로 팔렸다네. 그리고는 도망을 가고 추적을 당해 사형에 처해졌다네. 간단히 말해 이런 일을 당했다네. 나머지 사람들이야 이보다는 더 재수가 좋았지. 요켈, 번즈, 호쥐—나와라. 어떤 장식을 걸치게 되었는지 보여 다오."

그들은 일어서더니 누더기를 벗고 등을 드러냈다. 등에는 가죽 채찍으로 맞은 자욱이 나 있었다. 한 사람은 머리카락을 제치고 한때 왼쪽 귀가 있었던 곳을 보여주었다. 또 한 사람은 어깨에 —새겨진 낙인인 브이(v)와—귀가 잘려 나간 자리를 보여주었다. 마지막으로 남은 사람이 말했다—

"내 이름은 요켈이오. 한때는 나도 사랑스러운 아내와 자식을 거느린 잘 나가는 농부였죠—이제는 집도 절도 없고 직업이 달라졌지만 말이오. 아내와 자식들은 죽었소—아마 천국에 갔을 거요—어쩌면 지옥에 갔을지도 모르겠소. 하지만 더 이상 그들이 **영국**에 살지 않아도 되는 게 고마울 뿐이오! 착한 내 어머니는 간병인으로 생계를 이어가고 있었소. 환자들 중 한 사람이 죽었는데 의사들도 그 이유를 알 수가 없었소. 그래서 내 어머니는 내 아이들이 울며 지켜보는 가운데 마녀라고 화형을 당했소. 영국 법을 위해!—모두 건배하세!—자 모두 건배!—영국이라는 지옥에서 **어머니**를 구해 준 영국 법을 위해! 친구들이여, 모두 고맙소. 나와 아내는—배고픈 아이들을 데리고—집집마다 구걸을 다녔소—하지만 영국에서는 배고픈 것도 죄였소—우리에게 채찍질을 하고 세 도시나 끌고 다녔소. 자비로운 영국 법을 위해 건배!—그 채찍이 내 아내 메리의 피를 깊이 빨아들여 다행히도 빨리 고통에서 해방시켜 주었으니 말이오. 그녀는 저 공터에 누워 있소. 이젠 어떤 벌도 받을 염려가 없소. 그리고 내 새끼들은—내가 영국 법에 의해 채찍을 맞으며 이 도시 저 도시로 끌려 다니는 사이에 굶어 죽었소. 불쌍한 내 새끼들을 위해—한 모금씩만—듭시다. 그 아이들은 누구에게도 해를 끼친 적이 없는 아이들이었소. 나는 다시—구걸을 시작했소. 빵부스러기를 얻기 위해 다시 구걸을 했고 족쇄를 찼고 귀를 잃었소. 자, 보시오. 귀의 흔적만 여기 있소. 나는 다시 구걸을 했고 나머지 한쪽 귀 역시 잘려 나갔소. 그래도 다시 구걸을 했고 노예로 팔려 갔소—뺨에 낙인을 찍혔소. 깨끗이 세수만 하면 에스(S)라는 달군 쇠로 찍은 낙인이 보이오! **노예**란 말이오! 그 말을 이해하겠소! 영국 **노예**라니 말이오!—당신 앞에 바로 영국 노예가 서 있는 거요. 나는 주인에게서 달아났소. 그리고 다시 잡히면—사형에 처해질 거요!
그런 법을 지닌 나라의 법에—엄청난 저주가 퍼부어지길!"

음울한 분위기를 뚫고 한 사람의 목소리가 울려 퍼졌다—

"널 사형에 처하지 **못하게** 하마!—오늘로 그 법은 끝났노라!"

모두가 돌아보았고 황급하게 달려오는 어린 왕의 환상적인 모
습을 보았다. 그가 환한 데로 와 그 모습이 뚜렷이 드러나자 모두
일제히 질문을 퍼부었다.

"이건 누구야? **뭐 하는** 아이야? 꼬마야 넌 누구냐?"

그 아이는 모든 사람이 놀라서 질문을 던지는 눈길로 보는데
도 전혀 당황하지 않은 채 서서 왕자답게 당당하게 대답했다—

"나는 영국 왕인 에드워드이다."

모인 사람들은 배를 잡고 웃었다. 반은 조롱이고 반은 그런
멋진 농담이 재미있어서였다. 도리어 왕이 충격을 받았다. 그는
날카롭게 말했다—

"이 무례한 거지들아, 이게 내가 약속한 은총에 대한 보답이
냐?"

그는 흥분한 몸짓으로 화를 내며 더 말했으나 웃음과 조롱에
싸여 들리지도 않았다. "존 홉스"는 이 소란을 뚫고 한 마디를 하
려고 몇 번이나 시도를 하다 마침내—성공했다—

"친구들이여, 이 아이는 내 아들인데 몽상가이며 바보인데다
아주 미쳤소—그 애의 말은 신경 쓰지 마시오—자기가 왕**이라
고** 생각하고 있소."

"난 왕**이다**," 에드워드가 홉스 쪽으로 돌아보며 말했다. "차차 쓰라린 경험을 겪고 나서야 알도록 해주마. 살인을 저질렀다고 네 입으로 말했지—널 교수형에 처하겠노라."

"**네가** 날 배반하겠다고?—**네가?** 날 배반하겠다고? 네 이놈을 당장?"—

"쯧 쯧!" 하고 건장한 대장이 제때 끼어들어 왕을 구해 주었다. 그는 홉스를 주먹으로 때려눕히며 강력하게 말했다. "네겐 왕들도 대장**들도** 안보이냐? 내 앞에서 다시 한 번 무례하게 굴면 내가 널 사형에 처하겠다." 그러고 나서는 왕을 돌아보며 말했다. "얘야, 친구들에게 협박을 하면 못쓴다. 그런 말은 하지 않도록 입 조심해라. 왕이 되는 게 미친 너의 기분을 좋게 한다면 왕이 **되어라.** 하지만 남에게 해로운 짓을 해서는 안 된다 왕이라고 한 것을 취소해라—그건 반역이란다. 우리가 사소한 잘못을 저지르는 나쁜 놈들이기는 하지만 우리 중 누구도 왕에게 반역할 만큼 비열하진 않단다. 우리 모두 왕을 사랑한단다. 내가 진실을 말하는 것이라면 주의해야 한다. 자—모두 함께 '영국의 왕, 에드워드시여, 만수무강하소서!'

"영국의 왕 에드워드시여, 만수무강하소서!"

각양각색의 사람들이 일제히 소리를 지르는 바람에 건물이 다 흔들렸다. 어린 왕의 얼굴은 잠시 기쁨으로 빛났다. 그는 가볍게 고개를 숙인 후 엄숙하며 간략하게 답했다—

"내 착한 백성들이여, 고맙다."

전혀 예상치 못한 결과가 나타나자, 모인 사람들은 배를 쥐고 웃었다.

곧 다시 정적 비슷한 것이 감돌자, 대장이 확고하긴 하지만 선의에 차 말했다 ―

"그만해라, 애야. 그건 현명한 짓도 잘하는 짓도 아니야. 상상은 자유지만, 다른 직함을 택하여라."

땜장이가 한 가지 제안을 했다 ―

"푸우푸우 1세, 백치들의 왕이여!"

즉시 그 직함이 "받아들여졌다." 모든 사람이 그에 답하여 소리 높여 외쳤다 ―

"백치들의 왕인 푸우푸우 1세여 만수무강하소서!" 이어서 농담과 야유와 비웃음이 쏟아졌다.

"그를 앞으로 데려와 왕관을 씌워!"

"옷을 입혀!"

"홀을 들게 해!"

"옥좌에 앉혀!"

스무 여명이 동시에 소리를 질러 댔다. 그리고 불상한 어린 희생자가 숨도 채 쉬기 전에 양철로 된 왕관이 씌워졌고 다 떨어진 옷이 입혀졌고 술통 위에 앉혀졌으며 땜장이의 땜질용 인두가 홀로 들리어졌다. 그들은 모두 그의 주위에 무릎을 꿇었고 더러운 누더기 소매와 헝겊 조각으로 눈을 훔치며 입을 모아 읍소를 하고 탄원을 하는 척 했다 ―

"은총을 베푸시오. 오, 친절한 임금님이시여!"

"이 애원하는 무지렁이들을 짓밟지 마소서, 오 고귀하신 전하!"

"그대의 노예들을 불쌍히 여기시고 그들을 콤소 차 버리는 것으로 위로해주소서!"

"오 타오르는 태양이시여, 그대의 자비로운 빛으로, 우리를 즐겁게 해주고 우리를 따뜻하게 해주소서."

"우리가 전하께서 밟은 흙을 먹고 고귀해질 수 있도록 몸소 이 땅을 밟아 주소서!"

"우리 새끼들이 왕의 은혜에 대해 이야기하며 영원히 자랑스러워할 수 있도록 제발 우리에게 침을 뱉어 주소서."

하지만 익살맞은 땜장이가 가장 성공을 거두는 영예를 차지했다. 그는 무릎을 꿇고 왕의 발에 키스를 하는 척했으나 곧 발길질을 당했다. 그러자 그는 왕의 발이 닿은 자리에 부칠 누더기 조각을 구걸하며 다녔다. 그러면서 이 자리는 상스러운 공기의 접촉을 피해야 하고 고속도로로 가서 한 번 보여주는데 100 실링을 받아 팔자를 고치겠다고 했다. 그가 배꼽이 빠질 만큼 익살맞게 구는 바람에 거기 모인 어중이떠중이들의 칭찬과 부러움을 한 몸에 살 정도였다.

어린 왕의 눈에 수치심과 분노에 찬 눈물이 어렸다. 그는 마음속으로 생각했다. "내가 큰 잘못을 했어도 이렇게 잔인하게 굴 순 없는데—더구나 난 단지 친절을 베풀었을 뿐인데—친절에 대한 보상으로 날 이렇게 놀리는구나!"

18 장

왕자와 떠돌이들

떠돌이들은 이른 새벽에 일어나 행진을 시작했다. 하늘은 낮게 드리워져 있고 길은 미끄러웠으며 겨울 공기는 싸늘했다. 이들 사이에서 즐거운 기분은 모조리 사라져 버렸다. 몇은 아무 말도 안하고 무뚝뚝했으며 몇은 신경질을 내며 뾰로통했고 기분 좋은 사람은 아무도 없었다. 모두 목이 말랐다.

대장은 몇 가지 간단한 지시사항과 함께 휴고더러 "잭"을 맡으라고 했다. 그리고 존 캔티에게는 잭에게서 멀찌감치 떨어져 혼자 내버려 두라고 했다. 그는 또한 휴고에도 그 소년에게 너무 거칠게 대하지 말라고 했다.

잠시 후에 날씨가 따뜻해지고 어느 정도 구름이 걷혔다. 그 거지 떼는 더 이상 떨지 않았고 기분도 좋아지기 시작했다. 그들은 점점 더 기분이 좋아졌으며 마침내 서로 장난질을 치고 길가의 사람들에게 욕설을 퍼붓기 시작했다. 이것은 그들이 인생과 인생의 즐거움에 다시 한 번 감사하고 있다는 것을 보여 주는 일이었다. 이런 거지 떼를 사람들이 얼마나 두려워하는지는 모든 사람들이 길을 양보하는 것을 보면 알 수 있었다. 그들이 아무리 무례하게 굴어도 대꾸할 엄두도 못 내고 순순히 길을 내주었다. 거지 떼들은 주인이 뻔히 보는 앞에서 울타리에 걸쳐져 있는 빨랫감을 걷어 내기도 했으나 주인은 아무런 항의도 하지 않고 그들이 울타리를 걷어 가지 않은 것만도 고맙게 여겼다.

차츰 그들은 작은 농가를 점령하고 편안히 머물렀다. 반면에 농부들과 그 식구들은 덜덜 떨면서 식료품실에 있는 것을 몽땅 긁어 와 그들을 대접했다. 그들은 농부의 아내와 그 딸들이 음식을 건네줄 때면 고개를 내밀고 천박한 농담을 하며 욕설을 퍼부었고 낄낄댔다. 그들은 또 농부와 그 아들에게는 뼈다귀와 먹다 만 야채를 던졌다. 이리저리 피하던 야채나 뼈다귀가 명중하게 되면 그들은 마구 박수를 쳤다. 그들은 그들의 농담에 대해 화를 낸 농부의 딸들 중 하나의 머리를 후려치는 것으로 끝냈다. 그들은 떠나면서 만일 당국에 조금이라도 알린다면 다시 돌아와서 그 집을 모조리 불태우겠다고 협박했다.

길고 피곤한 행진 끝에 그들은 정오쯤에 거대한 마을의 동구밖에 있는 산울타리 뒤에 멈추어 섰다. 한 시간의 휴식이 허락되었다. 그래서 각자 흩어져 갖가지 직업에 어울리는 행동을 하면서 서로 다른 지점에서 그 마을로 들어갔다. —"잭"은 휴고와 함께 갔다. 그들은 얼마 동안 여기저기를 헤매었다. 휴고는 기술을 발휘할 기회를 노렸으나 찾지 못하고—마침내 말했다—

"훔칠 게 없군. 시시한 곳이군. 할 수 없이 우린 구걸을 해야겠군."

"**같이** 구걸을 하자고, 세상에! 자네야 그게 직업이니까 — 구걸을 하게. 하지만 **나는** 구걸을 하지 않겠다."

"구걸을 하지 않겠다고!"휴고가 놀라서 왕을 쳐다보면서 말했다. "넌 언제 부터 그렇게 변했냐?"

"무슨 말을 하는 거냐?"

"무슨 말을 하냐고? 네가 일생 동안 런던의 길거리에서 구걸하지 않았단 말이냐?"

"내가! 이런 멍청아!"

"말조심해라 —그게 신상에 좋을 거다. 네 아버지가 거짓말을 한 건지는 몰라도 네가 평생 동안 구걸을 했다고 했단 말이다. 감히 네 애비가 거짓말을 **했다고는** 못하겠지," 휴고가 비웃었다.

"**너가** 지금 그를 내 아버지라고 하는 거냐? 그가 거짓말을 하고 있는 것이 사실이다."

"자, 이제 미친 사람 놀이는 그만 하자. 장난이 지나치면 손해를 보게 될 거야. 내가 네 아버지에게 이 일에 대해 말하게 되면 널 가만 두지 않을 거야."

"그런 수고할 거 없다. 내가 몸소 말하겠노라."

"너의 그런 정신은 좋다. 정말로 좋다. 하지만 너의 판단능력이 좋지 않아. 일부러 매 맞을 짓을 하지 않아도 얻어맞을 일은 이 세상에 얼마든지 있단다. 하지만 이 문제에 대해서 협상을 하자. **나는** 네 아버질 믿는다. 그가 거짓말을 할 순 있다고 생각한다. 물론 그가 가끔 거짓말을 **하는** 것도 사실이다. 우리 중 가장 훌륭한 사람도 가끔 거짓말은 하니까. 하지만 이건 거짓말을 할 일이 아니야. 현명한 사람은 쓸데없이 거짓말을 하지는 않는단다. 자, 하지만, 구걸을 할 기분이 아니라니 그럼 뭘 할까? 남의 집 부 엌에 들어가 도둑질을 할까?"

왕은 짜증을 내며 말했다 —

"바보 같은 말은 그만해라. 네 말을 듣고 있으니 — 정말 피곤 하구나!"

휴고는 화를 내며 대답했다 —

"자, 내 말 들어, 넌 구걸도 안 하겠다. 도둑질도 안 하겠다. 그 말이지. 그럼 너 **좋을 대로** 해라, 하지만 네가 뭘 해야 하는지 알 려 주마. **내가** 동냥을 하는 동안 넌 사람들을 유인해 와라. 거절 하면 가만 두지 않겠다!"

왕은 경멸에 차 대답하려 했으나 그때 그의 말을 막고 휴고가 말했다 —

"가만히 있어라! 착해 보이는 사람이 한 사람 온다. 이제 내가 발작을 일으키며 쓰러질 테니, 저 사람이 내게도 달려오거든 울 면서 무릎을 꿇어라. 우는 척해야 한다. 그리고는 될 수 있는 대 로 애처롭게 외치면서 '오 선생님, 내 형님인데 이렇게 아프십니다. 우리는 아는 사람도 하나 없습니다. 오, 신의 이름으로 제발 이 불쌍하고 외로운 비참한 제 형에게 자비를 베풀어 주십시오. 신 에게 버림받고 곧 죽으려고 하는 이 불쌍한 사람에게 한 푼만 주 십시오!'—그리고 **계속** 울어야 한다. 알았지. 한 푼을 줄때까지 구슬프게 울어야 해. 그렇게 하지 않으면 가만 두지 않겠다."

그러고 나서 휴고는 곧 울면서 신음을 하고 눈을 굴리며 떼굴 떼굴 몸을 굴렸다. 그 사람이 가까이 오자 그는 비명을 지르며 사지를 뻗고 먼지 속에서 아픈 것처럼 몸부림을 치며 울어댔다.

"오 이런, 이런!" 인자해 보이는 그 남자가 소리쳤다. "오 불쌍해라, 불쌍해라, 정말 너무 아픈가 보군요! 자—제가 일으켜 줄게요."

"오 인자한 선생님, 당신 같은 신사분이야 신의 사랑을 받으십니다—하지만 제가 발작을 일으킬 때는 몸에 손이 닿기만 해도 견딜 수 없이 심해집니다. 저기 제 동생이 제가 이런 발작을 일으킬 때 얼마나 아픈지 말해 줄 겁니다. 제게 먹을 것을 사게 한 푼 한 푼만 주십시오. 그리고 제가 아픈 것에는 신경을 쓰지 마십시오."

"한 푼이라고! 내 세 배라도 주겠소. 불쌍 하기도해라."—그리고는 그는 황급히 호주머니를 뒤져 돈을 꺼냈다. "자, 불쌍한 아이야. 이 돈을 받아라. 괜찮다. 이리 오너라. 나와 함께 불쌍한 네 형을 저 집으로 데려가자. 그리로 가서"—

"이 사람은 내 형이 아니오." 왕이 말을 막으며 말했다.

"뭐! 네 형이 아니라고?"

"얘 좀 보세요!" 휴고가 몰래 이를 갈면서 끙끙대며 말했다. "형도 형이 아니라고 하는 구나—형이 다 죽어 가는 데도."

"얘야, 이 사람이 정말 네 형이라면 넌 정말 냉정하구나. 부끄러운 줄 알아라!—형은 꼼짝도 못하는데. 만일 네 형이 아니라면 이 환자는 누구란 말이냐?"

"거지고 도둑이죠! 당신 돈을 구걸해 얻고 훔쳐 가죠. 지팡이로 어깨를 한 대 후려갈기고 신의 뜻에 맡기면 아마 기적적인 치료효과가 나타날 겁니다."

그러나 휴고는 기적이 일어날 때까지 기다리지 않았다. 그는 벌떡 일어나더니 바람과 같이 사라졌고 그 신사는 고래고래 고함을 지르면서 그를 쫓아갔다. 왕은 풀려나게 된 걸 하늘에 깊이 감사하면서 반대 방향으로 뛰어갔다. 그리고 안전한 거리에 이를 때까지 발걸음을 멈추지 않았다. 그는 눈에 띠는 첫 번째 길로 달려 곧 그 마을을 벗어났다. 그는 가능한 서둘러 빨리 달려갔다. 몇 시간이고 누가 따라 오나 하고 어깨 너머로 뒤를 돌아보았다. 하지만 마침내 두려움은 사라지고 안심이 되었다. 이제는 배가 고프고 몹시 피곤하다는 것이 의식됐다. 그래서 한 농가 앞에서 멈추어 섰다. 하지만 막 말을 하려고 하자 그의 말을 중간에 막고 거칠게 쫓아냈다. 그의 옷이 남루한 탓이었다.

그는 상처 받고 화가 나서 계속 헤매었다. 그리고 더 이상은 이런 박대를 당하지 않으리라고 결심했다. 하지만 굶주림은 자부심을 이겼다. 그래서 저녁이 다가왔을 때 그는 또 다른 농가에 가서 시도해 보았다. 하지만 여기서 그는 전보다 더 박대를 받았다. 그에게 욕설을 퍼부으면서 빨리 가지 않으면 부랑자로 체포하겠다고 했다.

밤이 다가왔다. 그는 춥고 처량해졌다. 하지만 왕은 지친 발을 이끌고 천천히 걸었다. 그는 걷는 수밖에 없었다. 앉아서 쉬려고 할 때마다 뼈 속 깊이 추위가 스며들었다. 엄숙하게 음울하고 공허하고 막막한 그날 밤에 그가 움직이며 겪은 감각과 경험은 그에게는 모두 신기한 것이었다. 가끔 사람들의 소리가 다가와 스쳐 지나가고 사라지는 것을 들었다. 그리고 그 목소리들의 주인공들은 보이지 않고 형체 없이 사라졌으므로 유령같이 무시무시한 느낌이 들어 소름이 끼쳤다. 가끔 불빛이 반짝이는 것을 보았으나 ―늘 멀리서 반짝이는 것 같아서― 거의 저 세상의 불빛 같았다. 양을 부르는 소리를 듣기는 했으나 멀리서 희미하게 들렸다. 들릴락말락한 소떼들의 울음소리가 구슬프게 밤바람을 타고 밀려와 나지막이 사라져 갔다. 가끔씩 보이지 않는 숲과 들판 너머로 컹컹대는 개 소리가 들렸다. 모든 소리들이 멀리서 들렸고 어린 왕은 삶의 모든 활동이 그에게서 아주 멀어졌고 자신은 끝없는 고독의 한 가운데 혼자 서 있는 것처럼 느꼈다.

그는 이 섬뜩하고 환상적인 새로운 경험을 하면서 비틀거리며 걸어갔다. 그는 때로는 머리 위에서 바스락대는 조그만 나뭇잎 소리에도 놀랐다. 나뭇잎 소리는 너무나 사람 소리 같았다. 얼마 안 있어 그는 아주 가까이에서 양철로 된 램프가 반짝이는 것을 보았다. 그는 그늘 속으로 물러나 기다렸다. 램프는 외양간의 열린 문 옆에 서 있었다. 왕은 잠시 기다렸다―아무런 소리도 아무런 인기척도 없었다. 가만히 서 있다 보니 너무나 추워졌다. 그러자 그 외양간이 너무나 매력적으로 보였다. 마침내 그는 모든 위험을 감수하고 들어가기로 했다. 그는 재빨리 몰래 들어갔다. 그리고 막 문지방을 넘어가는 순간 그는 뒤에서 사람 소리가 나는 것을 들었다. 그는 외양간 안의 통 뒤로 재빨리 피했다. 두 명의 농장 일꾼들이 램프를 들고 들어와 서로 이야기를 하며 일을 했다. 그들이 램프를 들고 움직이는 동안 왕은 눈을 크게 뜨고 외양간 한쪽 구석에서 꽤 커 보이는 외양간의 윤곽을 알아내려고 애썼다. 그들이 떠난 뒤 외양간으로 들어가 보기 위해서였다. 그는 또 길 중간에 있는 말을 덮기 위한 담요 더미도 유심히 보아 두었다. 하룻밤 영국의 왕의 몸을 덮기 위해서였다.

잠시 후에 일꾼들은 일을 마치고 문을 잠그고 램프를 들고 가 버렸다. 왕은 추위에 떨며 어둠 속에서 가능한 빨리 담요 쪽으로 갔다. 담요를 모아서는 다시 안전하게 마구간 쪽으로 갔다. 담요 두개를 요로 삼고 나머지 두 개로 몸을 덮었다. 물론 담요가 낡고 얇은데다 아주 따뜻하지는 않았지만 왕은 그럭저럭 만족했다. 게다가 지독한 말 냄새 때문에 거의 숨이 막힐 지경이었다.

춥고 배고프기는 했지만 왕은 너무 피곤하고 너무 졸려서 곧 배고픔과 추위도 있고 곧 반쯤 정신을 잃고 꾸벅 꾸벅 졸기 시작했다. 그때 그가 막 잠으로 빠져들려고 하는 그 순간에 무언가가 그를 만지는 게 분명히 느껴졌다! 그는 순식간에 잠이 달아났고 숨이 막혔다. 어둠 속에서 차가운 알 수없는 물체 때문에 공포에 질려 심장이 멎는 것 같았다. 그는 꼼작도 않고 거의 숨도 쉬지 않으면서 들었다. 하지만 아무것도 움직이지 않았고 아무 소리도 나지 않았다. 그는 계속 들으며 기다렸다. 오랜 시간이 지난 것 같았으나 여전히 아무것도 움직이지 않았고 아무 소리도 나지 않았다. 그래서 그는 마침내 다시 한 번 졸기 시작했다. 그런데 갑자기 그 알 수 없는 물체가 다시 그를 만졌다! 소리도 없고 보이지도 않는 이 존재의 감촉이 가볍고 끈적끈적했다. 아이는 너무나 무서워서 기절할 지경이었다. 어떻게 해야 하지? 그게 문제였으나 그는 답을 찾을 수가 없었다. 이 괜찮은 안락한 숙소를 떠나서 이 알 수 없는 공포의 대상으로부터 도망을 가야하나? 하지만 어디로 간다지? 그는 외양간 밖으로 갈 수는 없었다. 이 네 벽 속에 갇힌 채 이 유령이 그의 뒤를 쫓아 미끄러져 와 그의 곁을 스쳐 가며 뺨과 어깨를 만지고 그는 어둠 속에서 마구 여기저기로 도망쳐 다닌다는 생각은 견딜 수가 없었다. 하지만, 하지만 여기 그대로 있으면서 밤새도록 이렇게 죽을 지경을 당하는 게ー나을까? 아니다. 그렇다면 뭘 할 수 있는가? 아. 한 가지 밖에 없다. 그는 그게 뭔지를 잘 알고 있었다ー손을 뻗쳐 그 물체가 뭔지를 알아내는 것이었다.

이런 생각을 하기는 쉬웠으나 이런 일을 할 용기를 내기는 어려웠다. 세 번쯤 어둠 속으로 멈칫거리며 손을 조금 내밀었다가 헐떡거리며 갑자기 뒤로 뺐다ー어떤 물체가 닿아서가 아니라 곧 그것이 **다가오리라는** 느낌이 들어서였다. 하지만 네 번째엔 조금 더 앞으로 손을 내밀었다. 무언가 따뜻하고 부드러운 것이 손에 닿았다. 그는 놀라서 기절초풍을 했다ー그의 마음의 상태로는 그것이 시체, 이제 막 죽어서 따뜻한 시체로밖에 여겨지지 않았다. 그것을 다시 만지니 죽는 게 낫겠다고 생각했다. 하지만 그건 잘못된 생각이었다. 인간의 호기심이 얼마나 강한지 몰라서 그런 생각을 한 것이었다. 곧 그는 떨면서—다시 손으로 더듬기 시작했다—그의 판단과는 달리 제멋대로 손은 계속 더듬거렸다. 손에 긴 털이 한 움큼 만져졌다. 그는 부르르 떨면서도 계속 그 털을 더듬어 갔다. 마침내 따듯한 줄처럼 보이는 것에 닿았다. 그는 그 줄을 따라 갔는데 그 끝에서 찾아낸 것은 단지 착한 송아지였다!—그 줄은 줄이 아니라 송아지의 꼬리였다.

왕은 잠자는 송아지 같은 아무것도 아닌 것 때문에 그렇게 겁을 내고 불행해졌다는 게 조금은 부끄러워 졌다. 하지만 그는 부끄러워할 필요가 없었다. 그가 무서워한 것은 그 송아지가 아니라 송아지가 상징하던 존재하지도 않았던 무서운 그 무엇이기 때문이었다. 그리고 그런 미신적이던 옛날엔, 어떤 다른 남자 아이라도 그처럼 행동하고 무서워했을 것이다.

왕은 그 물체가 단지 송아지여서 기뻤을 뿐만 아니라 송아지와 함께 있게 된 것도 즐거웠다. 너무나 외롭고 친구 하나 없어서 이런 미천한 동물이라도 함께 친구가 되어 주는 게 반가웠다. 인간에게 너무나 냉대와 박대를 받아오던 차라 마침내 적어도 부드러운 마음과 온순한 정신을 지닌 송아지와 함께 있게 된 것이 정말로 위안이 되었다. 인간에 비해 송아지가 고귀한 속성이 부족하겠지만 그랬다. 그래서 그는 신분을 무시하고 송아지와 사귀기로 결심을 했다.

송아지가 그와 가까이 누워 있어—쉽게 만줄 수 있었으므로

—송아지의 등을 만지다가 송아지를 다르게 이용할 수도 있을지 모른다는 생각이 들었다. 그래서 그는 다시 송아지와 아주 가까운 곳에 다시 잠자리를 깔았다. 그는 송아지의 등에 꼭 붙어서 송아지와 함께 담요를 덮었다. 그리고 곧 웨스트민스터 왕궁의 안락한 침대에 못지않게 따뜻하고 편안하게 잠이 들었다.

곧 즐거운 생각들이 떠올랐고 인생이 더 즐거워 보였다. 더 이상 거지 떼의 노예가 되어 범죄를 저지를 필요가 없었고 비열하고 잔인한 범법자들과 어울리지 않아도 되었다. 그는 따뜻했고 잘 곳이 있었으며 한 마디로 행복했다. 밤바람이 점점 강해져서 가끔씩 돌풍을 일으켜 외양간을 뒤흔들다가는 잠시 후에는 차차 가라앉아 모퉁이에서 신음 소리를 내며 울면서 사라져 갔다ㅡ 하지만 왕에게는 이 모든 소리가 음악이었다. 그는 아늑하고 편안했다. 바람이 쌩쌩 불어도 아무리 외양간을 흔들어도 아무리 신음소리를 내며 울어대도 그에게 아무 상관이 없었다. 그에겐 그 소리가 즐거울 따름이었다. 그는 따뜻한 곳에 있는 호사스러움을 맘껏 즐기면서 그의 친구에게 더 바싹 붙어서 행복하게 깊은 잠 속으로 빠져들었다. 꿈 하나 꾸지 않은 평화롭고 고요한 잠이었다. 멀리서 개들이 짓고 음울한 암소는 툴툴대고 있고 바람은 계속 윙윙대고 비가 사납게 지붕을 때리고 있었다. 하지만 영국의 왕은 전혀 방해를 받지 않고 계속 잠잤고 그 송아지도 마찬가지였다. 송아지야 단순한 동물이라 왕과 같이 잔다고 당황할리도 폭풍소리에 불안해 할리도 없어서였다.

19 장

왕자와 농부들

아침 일찍 일어났을 때 왕은 밤사이에 비에 젖은 영리한 쥐 한 마리가 그곳으로 기어 들어와 그의 가슴에 안락하게 자고 있는 것을 보았다. 그가 들썩거리자 그 쥐는 펄쩍 뛰어 멀리 사라졌다. 소년은 미소를 짓고 말했다. "불쌍한 바보야, 뭐가 그렇게 무섭니? 나도 너처럼 외롭단다. 나도 이렇게 불쌍한 처지인데, 너같이 불쌍한 동물을 해치겠니? 게다가 너는 행운이 온다는 표시니 오히려 고맙구나. 비천해질 대로 비천해져 쥐마저 나를 침대로 삼는구나. 더 이상 비천해질 수는 없으니 이 쥐는 틀림없이 다시 내가 운이 좋아질 징조로구나."

그는 일어나서 외양간 밖으로 나갔다. 나오자마자 그는 아이들의 소리를 들었다. 외양간 문이 열리고 여자아이 둘이 들어왔다. 그를 보자마자 그 여자아이들은 웃고 떠들던 것을 멈추고 가만히 서서 호기심 가득히 그를 바라보았다. 그 아이들은 곧 속삭이기 시작했다. 그러더니 더 다가오고 다시 멈추어 서서 그를 바라보고는 속삭였다. 잠시 후에 그들은 용기를 내어 그에게 큰 소리로 말하기 시작했다. 한 아이가 말했다 ─

"쟨 얼굴이 예쁜데."

다른 아이가 덧붙였다 —

"머리카락도 예뻐."

"그런데 옷이 후졌어."

"그리고 아주 배고픈 것 같아."

그들은 부끄러워하면서도 점점 더 다가와 그의 곁으로 갔다. 마치 그가 신기하고 새로운 동물인 것처럼 그를 구석구석 자세히 살폈다. 하지만 그가 물기라도 할 것처럼 반쯤 무서워하면서 조심스럽게 뜯어보았다. 마침내 그 아이들은 만일의 경우에 대비하는 것처럼 손을 꼭 잡고서 그 앞에 섰고 그들의 순순한 눈으로는 안심하는 눈빛을 던졌다. 그러고서 한 아이가 용기를 내 솔직하게 직선적으로 물었다 —

"애, 넌 누구니?"

"난 왕이다," 하고 엄숙하게 대답했다.

그 아이들은 깜짝 놀라 눈을 크게 뜨고 할 말을 잃은 채 잠시 그러고 있었다. 그러고 나서 호기심이 나 그 침묵을 깼다 —

"**왕**이라고? 무슨 왕이니?"

"영국의 왕이다."

아이들은 의아한 표정으로 난감해 하며 서로 쳐다보다가 — 그를 쳐다보고 — 서로를 쳐다보다가 — 한 아이가 말했다.

"마저리, 너 들었니? — 자기가 왕이래. 정말일까?"

"정말은 무슨 정말이니, 프리시? 거짓말하는 것 아닐까? 자 봐라, 프리시, 만일 사실이 아니면 거짓말**일거야**. 거짓말인 게 틀림없어. 자 생각해 봐. 사실이 아닌 것은 모두 거짓말이니까. 달리 어떻게 설명할 수 있겠니?"

빈틈없는 아주 멋진 주장이었다. 프리시로서는 의심할 여지가 전혀 없었다. 그녀는 잠시 생각하다가 간단히 이렇게 말함으로써 왕의 명예를 회복시켜 주었다 ―

"진짜 왕이면, 그러면 널 믿을게."

"난 진짜 왕이야."

이것으로 이 문제는 결정이 났다. 더 이상 질문을 하거나 수군거리지 않고 그 아이들은 그가 왕이라는 사실을 받아들였다. 두 여자 아이는 동시에 그가 어떻게 이곳에 오게 되었는지, 어떻게 이다지도 남루한 차림을 하게 되었는지 어디로 가고 있는 중인지 등등 그에 관한 모든 것을 물었다. 왕으로서는 비웃음이나 의심을 사지 않고 자기가 겪은 고생을 털어놓는 게 큰 위안이 되었다. 그래서 그는 감격하여 자기 이야기를 했고 그러느라고 잠시 동안은 배고픈 것도 잊었다. 그 온순한 작은 아가씨들은 왕을 깊이 동정하며 다정하게 그 이야기를 들어주었다. 하지만 그가 최근에 겪은 일을 이야기 하기에 이르렀고 그가 얼마나 오랫동안 아무것도 안 먹었는지를 알자 여자 아이들은 그의 이야기를 막고 아침을 차려주기 위해서 서둘러 집안으로 데려갔다.

왕은 이제 행복하고 명랑해져서 혼잣말을 했다. "내가 다시 왕위를 찾게 되면 내가 고난을 격고 있을 때 스스로를 현명하다고 생각하는 어른들이 날 비웃고 거짓말쟁이라고 여길 때 이 어린아이들이 얼마나 날 신뢰하고 내 말을 들어주었는지를 기억하면서 늘 어린아이들을 존중해야지."

그 아이들의 어머니도 왕을 친절하게 맞이하고 그를 몹시 동정했다. 쓸쓸한 처지와 분명히 머리가 돈 것 같아 보인 점 때문에 특히 마음이 아팠다. 그녀는 과부에다 형편이 어려운 편이였으므로 불운한 그의 어려움을 충분히 이해하고 애처롭게 여길 수 있었다. 그녀는 머리가 돈 이 아이가 친구나 보호자로부터 도망쳐 나왔다고 상상했다. 그래서 그를 돌려보내기 위해 어디에서 왔는지부터 알아내려고 했다. 하지만 그녀가 이웃 도시와 마을을 아무리 들이대도, 그런 식의 질문을 아무리 퍼부어도 아무 소용이 없었다 ―그의 표정이나 대답하는 투로 보아 그녀가 하는 이야기가 무슨 말인지 모르는 것 같았다. 그는 열심히 궁정에 대해서만 말했다. 그리고는 죽은 왕을 "아버지"라고 하면서 서너 번 정신없이 울었다. 하지만 더 세속적인 주제로 이야기가 바뀌면 왕은 전혀 무관심해졌다.

그 여자는 아주 당황했으나 포기하지 않았다. 그녀는 계속 요리를 하면서 이 아이를 깜짝 놀래 줘서 정체를 탄로나게 할 방법을 찾아내는 데 착수했다. 소 이야기를 해보았으나 ―그는 아무런 관심도 보이지 않았다. 그다음에는 양 이야기를 해보았으나 ―결과는 마찬가지였다 ―그래서 목동은 아닌가 보구나 하고 생각했다. 그녀는 방앗간에 대해, 차례로 직조공, 땜질공, 대장장이, 온갖 종류의 직업에 대해서 말해 보았다. 그리고 나서는 정신병원, 감옥, 구빈원에 대해 말해 보았으나 결국 그녀 쪽에서 난감해지고 말았다. 하지만 아주 난처해진 것은 또 아니었다. 자기가 너무 가내업만 물어서 이렇게 되었다는 생각이 들어서였다. 그래 이번에는 맞을 거야 —앤 틀림없이 하인이었을 거야. 그래서 그렇게 물어보았으나 그 결과는 여전히 실망스러웠다. 청소에 대한 이야기를 하자 그는 지겨워하는 것 같았고 불 피우는 이야기는 전혀 관심을 불러일으키지 않는 것 같았고 걸레질과 닦기 이야기에도 아무런 열의를 보이지 않았다. 그래서 그 아낙네는 별 희망을 걸지 않고 그냥 형식적으로 요리 이야기를 꺼냈다. 놀랍게도 기쁘게도 왕의 얼굴이 곧 환해졌다! 아, 마침내 그의 정체를 밝혀냈구나 하고 그녀는 생각했다. 그녀는 이런 일을 빙 둘러서 해낸 자신의 현명함과 재치 또한 자랑스러웠다.

이제 그녀는 피곤해진 입을 잠시 쉴 수 있었다. 왕이 속이 쓰릴 정도로 배고픈데다 냄비와 프라이팬에서 나는 향긋한 냄새에 자극받아, 말문을 열고 맛있는 음식에 대해 유창하게 열변을 늘어놓았다. 그래서 채 삼분도 안 지나서, 그 여자는 혼잣말로 중얼거렸다. "내가 맞았어—앤 부엌일을 했나 봐!" 그러고 나서 그가 음식의 종류를 더 갖다 대며 아주 박식하고 활기차게 말하자 그 아낙네는 혼잣말로 중얼거렸다. "이런! 어떻게 이렇게 많은 음식과 이렇게 훌륭한 음식들에 대해서 아는 거지? 이건 부자나 높은 사람들의 상에나 오르는 건데. 아, 이제 알겠다! 얘가 지금은 누더기를 걸친 거지지만, 이렇게 떠돌이가 되기 전에는 궁전에서 일한 게 틀림없어. 그래, 왕궁의 부엌에서 조수로 일한 게 틀림없어! 그를 한번 시험해 보아야지."

자신의 현명함을 증명해보겠다는 열의에 차서—그녀는 왕에게 잠시 음식을 만들어 보겠냐고 했다. 하려고만 한다면 한두 가지 정도 요리는 할 수 있을 것이라고 암시를 주고 나서—그녀는 방에서 나왔고 그 여자 아이들에게도 따라오라는 신호를 했다. 왕은 중얼거렸다—

"옛날에 다른 왕들도 이런 일을 한 적이 있었지—알프레드 대왕도 해보려고 했던 일인데 내가 한다고 해서 내 품위가 떨어질 건 없지. 하지만 알프레드 대왕보다야 잘해내야지. 그는 케이크를 여러 개 태웠으니까."

의도는 좋았으나 결과는 의도에 미치지 못했다. 이 왕 역시 곧 알프레드 대왕과 마찬가지로 자기 주변의 더 어마어마한 일들에 대해 깊은 생각에 빠졌다. 그리고 같은 결과를 가져왔다—그 음식은 다 타 버렸다. 그 여자가 마침 때 맞춰 돌아오는 바람에 아침식사가 모조리 타 버리는 것은 막을 수가 있었다. 그녀는 즉시 가볍게 꾸짖어서 왕을 꿈에서 깨웠다. 그러고 나서 자신의 실수에 대해 그가 얼마나 괴로워하는지를 보자 다시 누그러져서 아주 상냥하고 유순하게 그를 대했다.

왕은 아주 만족스럽게 마음껏 식사를 했고 아주 기분이 좋아졌다. 이 식사는 아주 이상한 식사였다. 양편에서 신분을 무시한 채 넘어갔으나 양편 모두 그런 호의를 입고 있다는 사실을 몰랐다. 그 아낙네는 이 어린 떠돌이를 다른 거지나 아니면 개처럼 한쪽 구석에서 끄트머리 음식을 먹게 하려 했으나 그를 꾸짖은 게 마음에 걸려서 식구들이 먹는 식탁에서 같이 먹자고 하여, 그보다 신분이 높은 사람들과 마치 평등한 것처럼 해주었다. 그리고 왕으로서는 자신의 신분과 품위에 어울리게 자기는 혼자 식탁을 차지하고 그 여자와 아이들은 시중을 들게 하는 대신, 이 집 식구들이 그렇게 친절하게 대해 주었는데 음식을 만들다 실수한 것이 마음에 걸려서, 할 수 없이 자신을 낮춰 가족과 한 식탁에서 함께 식사함으로써 그 실수를 만회하려고 했다. 때로는 모르는 게 모두에게 약이 될 수도 있다. 그 착한 여자는 하루 종일 자신이 거지에게 너그럽게 군 것 때문에 행복했고 왕도 똑같이 비천한 농촌 여자에게 은혜를 베푼 것이 흐뭇했다.

아침 식사가 끝났을 때 그 아낙네가 왕에게 설거지를 하라고 했다. 순간적으로 왕은 이 명령에 충격을 받아 반박을 할 뻔했으나 그다음 순간 혼잣말로 중얼거렸다. "알프레드 대왕도 케이크를 구우셨지. 물론 해야 했으면 설거지도 하셨을 거야—그러니 나도 해봐야지."

그는 아주 엉망으로 일을 했다. 그 자신도 놀랐는데 보기에는 나무 숟가락과 큰 나무접시를 닦는 게 아주 쉬워 보였다. 그것은 아주 힘들고 지겨운 일이었으나 그는 마침내 그 일을 끝냈다. 그는 다시 길을 나서고 싶어 초조해졌으나 이 알뜰한 여자는 그렇게 쉽게 놓아주지 않았다. 그 여자는 그에게 여러 가지 잡동사니 일을 시켰고 그는 별 실수 없이 말끔하게 그 일들을 해냈다. 그러고 나자 그 여자는 그와 그 여자 아이들에게 겨울 사과의 껍질을 깎으라고 했으나 이 일을 서투르게 하자 그만 두게 하고 고기용 칼을 갈라고 했다. 그다음에 그녀는 그에게 양모를 빗질하라고 했다. 이야기책이나 역사책에 나오는 영웅적인 육체적인 일과 비교하더라도 현대라는 시대를 고려하면 충분히 알프레드 대왕만큼 했다는 생각이 들어 마침내 그 일을 그만 두려는 생각이 반쯤은 일어났다. 그리고 점심 직후에 그 아낙네가 고양이들을 한 바구니 주면서 물에 담구라고 했을 때 그만 두었다. 적어도 그는 그만 두려고 했다 — 어딘가에 선을 그어야 한다고 느꼈는데 그에게는 고양이 담그기가 선을 긋기에 적절한 일인 것처럼 보였다 — 그런데 바로 그 순간에 누군가가 끼어들었다. 끼어든 사람은 — 바로 등에 행상 봇짐을 진 존 캔티와 — 휴고였다!

상대편에서 그를 보기 전에 왕은 이 불한당들이 현관을 향해 오는 것을 발견했다. 그래서 그는 선을 긋는 것에 대해서는 아무 말도 하지 않고 고양이 바구니를 들고서 조용히 뒷길로 나왔다. 그 고양이들은 헛간에 두고 뒷골목길로 줄행랑쳤다.

20 장

왕자와 은둔자

그와 집 사이의 산울타리가 그를 가려주고 있었다. 공포에 질려 멀리 있는 숲으로 달려갔다. 그는 숲 속에 완전히 들어설 때까지 뒤도 돌아보지 않았다. 그러고 나서는 뒤를 돌아보았는데 멀리 두 사람의 모습이 보였다. 이제 충분히 먼 거리였다. 그는 그들을 자세히 살펴보지 않고 계속 달려갔다. 어두컴컴한 곳까지 숲 속 깊이 들어간 다음에 발걸음을 늦추었다. 그러고서 이제 안심해도 되겠다 싶어서 멈추어 섰다. 그는 열심히 들었지만 숲의 적막은 심오하고 엄숙했고— 두렵기까지 했으며 기분이 우울해졌다. 긴장한 그의 귀에 아주, 아주 가끔씩 소리가 들렸으나 너무나 멀리서 들리는 소리인데다 알 수 없고 신비로워서 진짜 소리가 아니라 죽은 사람들의 유령이 신음하고 불평하는 소리처럼 들렸다. 그래서 침묵보다 침묵을 깨는 소리가 더 황량했다.

처음에는 날이 저물 때까지 그 자리에 서 있으려고 했으나 곧 땀나던 몸이 부르르 떨렸다. 그래서 몸을 따듯하게 하기 위해서 움직일 수밖에 없었다. 그는 숲을 가로질러 갔다. 그러다 보면 곧 길을 만나려니 했으나 길은 나타나지 않았다. 그는 계속해서 걸었다. 하지만 가면 갈수록 숲이 더 깊어지는 것 같았다. 잠시 후 더 어두워지기 시작했고 왕은 밤이 다가오고 있다는 것을 깨달 았다. 이런 무시무시한 곳에서 밤을 지내야한다고 생각하니 몸이 부르르 떨렸으나 발걸음을 늦추는 일밖에는 할 수 없었다. 왜냐 하면 이제는 잘 보이지 않아서 제대로 한 발 한 발 옮기기도 힘들 었다. 그러다 보니 뿌리에 걸려 넘어지고 넝쿨에 걸리고 가시에 찔렸다.

마침내 불빛을 보자 너무나 기뻤다! 그는 조심스럽게 다가갔 다. 자주 멈추어서 주위를 돌아보고 귀를 기울였다. 그 빛은 작은 오두막의 유리가 없는 창에서 새어 나오는 것이었다. 사람 소리가 들리자 도망쳐서 숨고 싶었다. 하지만 그 소리는 기도 소리인 게 분명해서 곧 마음을 바꾸었다. 그는 그 오두막의 창으로 다가가 발끝으로 서서 그 안을 몰래 훔쳐보았다. 방은 작았고 바닥은 다 니다 보니 다져진 맨 땅이었다. 한쪽 구석에는 골풀로 된 침대 하 나와 낡은 담요가 두어 개 있었다. 그 곁에 들통과 컵, 대야가 하 나씩 있었고 냄비와 프라이팬이 두어 개 있었다. 낮은 긴 의자와 세발 의자가 있었고 난로에는 장작불의 잔재가 연기를 내고 있었 다. 초가 하나 켜진 제단 앞에 나이 든 남자가 무릎을 꿇고 앉아 있었다. 그의 옆에 있는 나무 상자 위에는 펼쳐진 책과 사람 해골 이 있었다. 그 남자는 골격이 큰 남자였다 머리카락과 수염이 아 주 길고 눈처럼 하얬다. 목에서 발목까지 양가죽으로 만든 옷을 걸치고 있었다.

"신성한 은둔자구나!" 왕은 혼잣말을 했다. "이젠 정말 살았다."

그 은둔자는 일어섰고, 왕은 문을 두드렸다. 심각한 목소리가 대답했다 —

"들어오시오! — 하지만 당신이 닿는 땅은 신성한 땅이니 죄는 버리고 오시오!"

왕은 들어가서 멈추었다. 그 은둔자는 번뜩이는 눈알을 굴리며 그를 보더니 말했다 —

"넌 누구냐?"

"나는 왕이다," 하고 아주 태연히 짧게 대답했다.

"왕이여, 환영하옵니다!" 은둔자는 열광했다. 그러고 나서 부산을 떨며 끊임없이 말을 했다. "환영하옵니다. 환영하옵니다." 그는 긴 의자를 정리하고 왕을 난로 근처에 앉히고 불에다 장작을 몇 개 던졌다. 그러고 나서 신경질적으로 걷기 시작했다.

"환영하옵니다! 이 성전을 찾은 사람은 많았지만 다 쓸데없는 인간들이라 쫓아내 버렸습니다. 하지만 왕관을 버리고 허황되게 찬란한 왕의 일을 경멸하고 누더기 옷을 입으시고 일생을 성스러움과 육체의 고행에 바치시는 왕이시라니 — 훌륭하옵니다, 환영하옵니다! — 여기서 죽으실 때까지 묵으셔도 됩니다!" 왕은 그의 말을 막고 설명을 하려고 했으나 그 은둔자는 — 본 척도 안했다. 왕의 말을 듣지도 않은 것처럼 보였으나 목소리를 높여 점점 더 활기차게 이야기를 계속했다. "여기서 평화를 누리실겁니다. 누구도 이 은둔처에 찾아와 신의 뜻에 따라 저버리신 그 공허하고 어리석은 삶으로 다시 돌아가라고 괴롭히지 못하게 하겠습니다. 여기서 기도를 하시고 성경을 공부하시고 이 세상의 어리석음과 망상에 대해 그리고 내세의 영광에 대해 생각하시면 됩니다. 딱딱한 빵 조각과 약초를 드시고 매일 영혼을 정화하기 위해 채찍으로 육체를 때리시면 됩니다. 내의 없이 바로 양털 옷을 입으시고 물만 마시셔야 합니다. 그러면 평화를 얻게 될 겁니다. 그렇습니다. 완벽한 평화를 얻게 되십니다. 전하를 찾으러 오는 사람은 당황해서 돌아가게 될 겁니다. 전하를 찾지도 괴롭히지도 못할 겁니다."

그 노인은 여전히 왔다 갔다 하긴 했지만 크게 말하는 것은 멈추고 중얼거리기 시작했다. 왕은 좀 잠잠해진 틈에 자신의 상황을 설명했고 불안하고 불편해서인지 말이 술술 나왔다. 하지만 그 은둔자는 계속 중얼거리면서 그의 말을 전혀 듣지 않았다. 그리고 여전히 중얼거리면서 왕에게 다가와 감격한 어조로 말했다 —

"쉿! 비밀을 한 가지 말씀드리겠습니다!" 그는 비밀을 알려주기 위해 몸을 숙이다가 자제하고 무슨 소리가 들리는지 귀를 기울였다. 잠시 후에 그는 창문으로 발끝으로 살살 걸어가서는 머리를 내밀고 어둑한 바깥에 아무도 없는지 살펴보고는 그리고는 다시 발끝으로 살살 걸어 돌아와서는 왕에게 얼굴을 숙이고서 속삭였다 —

"나는 천사장이요!"

왕은 깜짝 놀라서 혼잣말을 했다. "다시 무법자와 함께 있게 되었구나. 이제 미친 사람에게 잡혔구나!" 그는 점점 더 걱정이 되었고 얼굴에 그런 기미가 드러났다. 나지막이 흥분한 목소리로 그 은둔자는 계속 말했다 —

"그대가 나의 분위기를 느끼는 것을 나는 알겠소! 얼굴에 경외감이 서려 있소! 이런 분위기에 있으면 누구나 경건해질 거요. 이게 바로 하늘의 분위기요. 나는 눈 깜짝할 사이에 하늘로 날아갔다 돌아올 수 있소. 오년 전에 바로 이 자리에서 천사장이 되었소. 하늘에서 천사들이 내려와 그 경건한 직위를 부여해 주었소. 그 천사들은 눈부시게 밝은 빛으로 이곳을 채우고 내게 무릎을 꿇었소! 내가 그들보다 위대하기 때문이었소. 나는 하늘나라 궁전으로 걸어가 가부장들과 이야기를 나눈 적도 있소. 내 손을 만지시오 — 두려워하지 마시오 — 만지시오. 자 — 이제 아브라함과 이삭과 야곱과 악수한 손을 만진 것이오! 나는 황금 궁전을 거닐어 보았고 하느님의 얼굴을 정면으로 바라보았소!" 그는 이 말의 효과를 높이기 위해서 잠시 멈추었다. 그러고 나서는 갑자기 얼굴 표정을 바꾸더니 마구 화를 내면서 발을 구르기 시작했다. "그래 난 천사장이야. **겨우 천사장이란 말이야**! — 교황이라도 될 수 있었을 내가 말이야! 그건 정말이야. 이십년 전에 꾼 꿈에서 하늘에서 내려온 그런 명령을 들었어. 아 그래 난 교황이 될 사람이었어! — 그리고 하늘의 명이니 내가 교황이 **되었어야만** 해 — 그런데 왕이 내 교회를 폐쇄시키는 바람에 불쌍하고 의지할 데 없는 무명의 수도사였던 나는 그 영광스러운 운명을 박탈당하고 집 없는 거지가 되어 버렸어!" 여기서 그는 다시 중얼거리기 시작했고 화가 나 어쩔 줄 모르며 주먹으로 앞이마를 때렸다. 심한 욕설을 퍼부었다가, 애처로운 목소리로 "그래서 난 겨우 천사장이란 말이야—교황이 되었어야 하는데!"

이런 식으로 그는 약 한 시간가량 계속 말을 했다. 그동안 불쌍한 작은 왕은 앉아서 괴로워하였다. 그러고 나서 갑자기 노인의 광기가 사라지고 그는 아주 온순해졌다. 그의 목소리는 부드러워졌고 그는 구름 속에서 걸어 내려와 아주 소박하고 아주 인간적으로 이야기를 걸어와서 곧 왕의 호감을 완전히 얻었다. 그 늙은 수도자는 왕을 난로가로 옮겨 주고 편안하게 앉히고는 그의 상처와 멍든 곳을 능숙한 솜씨로 아프지 않게 치료해 주었다. 그리고는 저녁을 준비하기 시작했다—내내 즐겁게 이야기하면서 가끔 그 소년의 뺨을 만지거나 머리를 쓰다듬었다. 이렇게 귀여움을 받자 곧 천사장에게 느꼈던 두려움과 역겨움은 인간에 대한 존경과 애정으로 바뀌었다.

이런 행복한 상태는 둘이서 저녁을 먹는 동안만 유지되었다. 그러고 나서 신전에서 기도를 드린 후 그 은둔자는 소년을 옆에 있는 작은 방의 침대에 뉘이고 마치 어머니처럼 다정하고 사랑스럽게 그를 덮어 주었다. 그러고 나서 마지막으로 그를 쓰다듬고는 그를 떠나서는 난롯가에 앉아 멍하니 그저 쇠꼬챙이로 쑤시기 시작했다. 곧 그는 멈추었다. 그러고 나서 손가락으로 앞이마를 몇 번 때렸다. 마치 기억이 나지 않는 뭔가를 되살리려는 것 같았다. 그래도 기억이 떠오르지 않는 것 같았다. 그러다 갑자기 벌떡 일어나서는 손님방으로 들어가 말했다 —

"네가 왕이라고?"

"그렇다," 졸린 목소리로 대답했다.

"무슨 왕이지?"

"영국의 왕이다."

"영국의 왕이라고! 헨리 왕은 죽었는데!"

"그건 그렇다. 나는 그의 아들이다."

그 은둔자는 얼굴을 찌푸리더니 앙심에 차 앙상한 손을 꼭 쥐었다. 그는 헐떡이고 침을 삼키면서 잠시 서 있었다. 그러고 나서는 목쉰 소리로 말했다 —

"날 집 없는 거지로 만들어 버린 게 바로 그라는 걸 아느냐?"

아무런 대답이 없었다. 그 노인은 몸을 굽혀 소년의 평온한 얼굴을 훑어보고 그의 고른 숨소리를 들었다. "잠 들었군 — 완전히 잠들었군." 그리고 인상 쓴 얼굴을 펴더니 대신 사악한 생각을 하고 흐뭇해하는 표정을 지었다. 꿈꾸는 소년의 얼굴에 미소가 스쳤다. 그 은둔자는 중얼거렸다. "그래 — 앤 행복하군." 그리고는 사라졌다. 그는 뭔가를 찾으러 살금살금 이 구석 저 구석을 뒤졌다. 멈추어서 듣기도 했다가 고개를 내밀고 여기저기 보았다가 침대를 잽싸게 보곤 했다. 그러는 내내 중얼거렸고 그것도 내내 혼잣말을 했다. 마침내 그는 원하던 것처럼 보이는 것을 발견했다

—녹슨 고기용 칼과 숫돌이었다. 그러고 나서 그는 난로가의 자기 자리로 기어가 앉아서는 조용히 그 숫돌에 칼을 갈기 시작했다. 여전히 중얼대다, 우물대다, 탄사를 자아내곤 했다. 외로운 그곳 주변에는 바람 소리가 들렸고 멀리서 밤의 신비한 목소리가 흘러 들어왔다. 모험적인 쥐들이 은신처의 틈 사이로 그 늙은이를 바라보았으나 그는 흥분하고 몰두해서 그의 일을 계속했고 쥐들이 자기를 바라보고 있다는 사실조차도 몰랐다.

한참 지난 후에 그는 칼날을 엄지손가락으로 쓱 쓰다듬어 보더니 고개를 끄덕이며 만족하였다. "더 날카로워졌군." 그가 말했다. "음, 더 날카로워졌군."

그는 시간이 흐르는 것도 모른 채 자기 생각에 빠졌고 가끔씩 그 생각을 말로 하면서 계속 조용히 일했다.

"쟤 아버지가 우리에게 사악한 짓을 했어, 우리를 망하게 한 거야—그리고 본인도 영원히 불타는 유황불에 떨어졌으니! 맞아, 영원히 타는 유황불에 떨어졌지! 그는 우리를 피했지만—신의 불에 빠진 거야. 그래 그게 신이 뜻이야. 안될 것도 없어. 그가 그 불을 피하지 못했단 말이지! 그래, 아직도 가차 없이 활활 타는 그 불 속에 있을 거야—**그 불은** 영원히 탈거야!"

그러면서 그는 칼을 갈았다. 칼을 갈면서 중얼 거리다—가끔씩 나지막이 킬킬댔다. 그리고 가끔씩은—이렇게 말했다.

"이게 다 쟤 아버지 때문이야. 난 겨우 천사장이야—쟤 아버지만 아니었으면 교황이 되었을 거야!"

왕이 뒤척였다. 은둔자는 조용히 침대 옆으로 달려가서 무릎을 꿇고 누워 있는 아이에게로 몸을 숙이더니 칼을 쳐들었다. 그 아이가 다시 뒤척였다. 잠시 눈을 떴으나 그를 본 기색은 없었다. 그다음 순간 다시 고요히 숨을 쉬고 깊이 잠이 들었다.

그 은둔자는 그 자세로 거의 숨도 귀지 않그 잠시 동안 지켜보며 듣더니 천천히 팔을 내리고 옆으로 기어가서 말했다 —

"이젠 자정이 한참 지났으니 — 우연히 누가 지나가면서 듣진 않겠지."

그는 그 오두막 주위를 조용히 걸으면서 여기서 다 떨어진 누더기를 저기서 끈을 또 저쪽에서 다른 끈을 모아서 돌아와 조심스럽게 왕의 발목을 살살 묶었다. 그래도 왕은 깨지 않았다. 그다음에는 손목을 묶으려고 했다. 그는 손을 모으려고 여러 번 시도했으나 막 끈으로 묶으려고 하면 이 손을 치우거나 다른 손을 치우거나 했다. 그러나 마침내 천사장이 절망하려는 순간에 그 아이가 스스로 자기 손을 포개서 그 순간 손을 묶었다. 이제 턱에 붕대를 두르고 그의 머리 위까지 꼭 묶었다 — 그나마 살살, 너무나 조금씩, 너무나 솜씨 좋게 묶어서 그 아이는 그 일이 진행되는 동안 내내 뒤척이지도 않고 아주 평화롭게 잠을 잤다.

21 장

헨던이 구하러 오다

그 늙은 은둔자는 고양이처럼 몸을 숙이고 살금살금 기어가서 낮은 의자를 가져왔다. 그리고 그 위에 앉았다. 그의 몸의 반은 깜박이는 희미한 빛에 드러났고 나머지 반은 그림자에 가리어졌다. 그러고 나서는 그의 이글거리는 눈동자를 자는 아이에게 고정시키고 시간이 얼마나 흐르는지 개의치 않고 그를 밤새 바라보더니 조용히 칼을 갈면서 중얼거리고 킥킥댔다. 그의 태도나 모습은 거미줄에 걸려 꼼짝달싹 못하는 재수 없는 곤충을 보고 침을 흘리는 기괴한 회색 거미 같았다.

한참 후에도 여전히 바라보고 있는 — 아니 그는 몽상에 잠겨 있으므로 정확히 말하자면 보고 있는 게 아니지만 — 어쨌든 갑자기 그 아이가 눈을 뜬 것을 — 눈을 크게 뜨고 그를 바라보고 — 있는 것을 보았다. 바짝 얼어서 그 칼을 바라보고 있었다. 그 노인의 얼굴에 흐뭇해하는 악마의 미소가 떠올랐다. 그는 자세 혹은 하던 일을 멈추지 않고 말했다 —

"헨리 8세의 아들아, 기도는 했느냐?

그 아이는 묶인 채 몸부림을 쳤으나 소용이 없었다. 동시에

봉한 입으로 억지로 소리를 냈으나 그 은둔자는 그게 그의 질문에 그렇다고 대답한 것으로 정했다.

"그러면 다시 기도를 해라. 죽음에 대비해 기도를 해라!"

그 아이는 온 몸을 부르르 떨었고 얼굴은 창백해졌다. 그러고 나서 그는 빠져나오려고—다시 몸부림을 쳤다. 이리저리 몸을 돌리고 뒤틀고 미친 듯이 사납게 필사적으로—묶은 것을 풀려고 했으나—소용이 없었다. 그러는 동안 내내 그 괴물 같은 노인은 그를 내려다보면서 미소를 지었고 고개를 끄덕였으며 태연히 칼을 갈면서 가끔 중얼거렸다. "죽을 때가 얼마 안 남았다. 순간순간이 소중하니—죽음에 대비해 기도나 해라!"

그 아이는 절망에 싸여 신음 소리를 내다가 헉헉대며 더 이상 몸부림을 치지 않았다. 그러고 나서 눈물이 그의 뺨을 타고 흘러내렸다. 하지만 이런 불쌍한 모습을 보아도 그 노인의 마음은 전혀 누그러지지 않았다.

이제 새벽이 다가오고 있었다. 그 은둔자는 그 사실을 알고서 약간 초조한 목소리로 날카롭게 말했다—

"이 환의를 더 이상 즐길 수 없겠군. 벌써 밤이 다 지나갔잖아. 잠시인 것 같은데—정말 순식간에 지났군. 일 년을 이러고 있으면 좋을 텐데! 이 교회를 부순 파괴자의 아들아, 그 망할 눈을 감아라. 그러면 보게 되리니……"

그다음 말은 웅얼대서 무슨 소리인지 알 수가 없었다. 그 노인은 칼을 손에 쥐고 무릎을 꿇더니 신음하는 아이에게로 몸을 숙였다 —

가만! 오두막 근처에서 사람 소리가 났다 —그 은둔자는 칼을 떨어뜨렸다. 그 아이 위로 양가죽을 던지고 떨면서 벌떡 일어났다. 그 소리는 점점 커졌고 곧 화난 목소리가 되었다. 그러고 나서 채찍 소리와 살려 달라는 소리가 났다. 그리고 재빨리 사라져 가는 발자국 소리가 들렸다. 곧 그 오두막 문을 쾅쾅 두드리는 소리가 났다 —

"여보시오! 문 여시오! 빌어먹을, 빨리 좀 여시오!"

오, 이것은 왕의 귀에는 가장 축복받은 소리였다. 바로 마일즈 헨던의 목소리였다!

은둔자는 분해서 이를 갈면서 할 수 없이 문을 닫고서 침실에서 재빨리 나왔다. 그리고 곧 왕은 "예배당" 운운하며 이런 이야기를 하는 게 왕의 귀에 들렸다.

"존경하옵는 신부님, 문안 인사드립니다! 그 아이 —**내** 아이는 어디에 있습니까?"

"무슨 아이 말이오, 친구여?"

"무슨 아이냐고요! 신부님 제게 거짓말하시거나 저를 속일 생각 마십시오! —전 농담할 기분이 아닙니다. 이 근처에서 내 아이를 빼내간 건달들을 만났는데 자백을 했습니다. 그들은 아이를 놓쳤는데 신부님 댁 문 앞에까지 따라 왔다고 했습니다. 내게 그 아이의 발자국까지 보여주었습니다. 이제 더 이상 얼버무리지 마십시오. 신부님, 신부님 댁에 개가 없다면 —어디에 있겠습니까?"

"오, 아마 어젯밤에 여기 머물렀던 누더기를 걸친 왕족 떠돌이를 말하나 보군요. 찾고 계신 게 바로 그라면 제가 지금 심부름을 보냈습니다. 곧 돌아올 겁니다."

"곧 이라니 얼마나? 얼마나 있어야 옵니까? 자, 시간 낭비 맙시다—내가 지금 가면 따라잡을 수 있습니까? 얼마나 있어야 돌아옵니까?"

"가실 필요 없습니다. 곧 돌아올 겁니다."

"그러시다면 기다리겠습니다. 그런데 잠깐만!—**신부님께서** 심부름을 보냈다고 하셨습니까?—신부님께서요! 정말 그건 거짓말입니다—그 아이는 가지 않으려고 했을 겁니다. 아마 수염을 잡아 당겼을 겁니다. 감히 그에게 그런 무례한 청을 했단 말이지요. 제게 거짓말을 하신 겁니다. 틀림없이 거짓말을 하신 겁니다! 그 아이는 당신의 심부름이든 그 어떤 사람의 심부름도 하지 않을 겁니다."

"그 어떤 **사람**의—심부름도 하지 않는다고 말씀하시는 거지요. 아마 그럴 겁니다. 하지만 난 사람이 아닙니다"

"뭐라고요? 그러면 도대체 뭡니까?"

"이건 비밀이니까—당신만 알고 계십시오. 난 천사장입니다!"

마일즈 헨던은 탄성을 질렀다. 하지만 불경한 탄성만은—아니었고 이어서—이런 말을 덧붙였다—

"아 왜 기꺼이 당신 심부름을 갔는지 알겠군요! 사람이 육체적인 일을 시켰으면 아마 꼼짝도 안했을 겁니다. 하지만 왕이라도 천사장께서 명령을 내리셨을 땐 따라야 되겠지요! 제가—쉿! 저 건 무슨 소리인가요?"

이 이야기가 벌어지는 동안 내내 왕은 두려움으로 떨다가 희 망에 부풀었다가 하며 저쪽 편에 있었다. 그리고 그동안 내내 힘 껏 신음소릴 내었다. 끊임없이 그 소리가 헨던의 귀에 들리길 바 랐으나 언제나 들리지 않거나 그런 기척도 눈치 채지 못한 것을 깨닫고 실망했다. 그래서 그의 시종의 이 마지막 말이 그에게는 죽어 가는 사람에게 신선한 들판에서 불어오는 생명의 숨결 같 았다. 그래서 그는 다시 한 번 기운을 내 힘껏 신음 소리를 냈다. 바로 그때 은둔자가 말했다—

"소리라고요? 제겐 바람 소리만 들리는데요."

"아마 그럴지도 모르겠군요. 그렇군요. 틀림없이 바람소리이군 요. 내내 이 소리가 희미하게 들려오는군요—다시 들리는군요! 바람 소리가 아닌데요! 참 이상한 소리인데요! 자, 어디서 나는지 찾아보죠!"

왕은 거의 환호성을 지를 만큼 기뻤다. 그는 힘껏—희망을 갖 고—숨을 들이마셨으나 유감스럽게도 양가죽으로 입이 봉해져 있어서 신음 소리를 낼 수가 없었다. 그러고 나서 불쌍한 왕은 가 슴이 철렁했다. 은둔자가 이런 말을 하는 소리가 들렸다—

"아, 밖에서 나는 소리군요—저쪽 숲에서 나는 소린데요. 자, 절 따라오십시오."

왕은 두 사람이 이야기를 하며 나가는 소리를 들었다. 그들의 발자국은 곧 사라져 갔다—그러고 나자 그는 다시 불길하고 끔찍한 침묵에 휩싸였다.

발자국소리와 목소리가 다시 다가올 때까지는 수십 년이 흐른 것 같았다—그리고 이번에는 또 다른 소리도 들렸다—말발굽 같은 소리였다. 그러고 나서 헨던이 말하는 소리가 들렸다—

"더 이상 기다리지 않겠습니다, 더는 기다릴 **수가 없습니다.** 아마 깊은 숲에서 개가 길을 잃은 것 같군요. 어느 방향으로 갔습니까? 빨리—어느 방향인지 가리켜 주십시오."

"그는—잠깐. 내가 같이 가겠습니다."

"좋습니다—좋습니다! 왠지, 당신은 보기보다 좋은 분이시군요. 당신처럼 곧은 마음을 지닌 천사장도 없단 생각이 드는군요. 내 아이를 태우려고 데려온 당나귀를 타시겠습니까 아니면 당신의 신성한 다리를 제가 타려고 데려온 미천한 노새의 등에 걸치시겠습니까?—놀고 있는 땜장이에게 한 푼의 한 달 치 이자만 주고 샀어도, 속은 게 틀림없는 노새이긴 합니다."

"아니오—당신 노새를 당신이 타고 당나귀는 끌고 가시오. 난 내 발로 걸어가겠소."

"그러면 내가 목숨을 걸고 노새를 타는 동안 작은 당나귀를 좀 봐 주십시오."

그러고 나서 타고 붙잡고, 달려가고 꼬꾸라지고 하는 소리가 계속 욕설을 퍼붓는 소리와 섞여서 들려왔다. 그리고 마지막으로 노새를 심하게 꾸짖자, 더 이상 싸우는 소리가 들리지 않았다. 미루어 짐작컨대 노새의 기가 꺾인 것 같았다.

꽁꽁 묶인 왕은 그들의 목소리와 발소리가 희미해지더니 마침내 사라지는 소리를 듣고서 이루 말할 수 없이 불행해졌다. 이제 당분간 모든 희망이 사라졌으며 암울한 절망이 가슴에 몰려왔다. "내 유일한 친구마저 속아서 사라졌구나." 그가 말했다, "그 은둔자는 돌아올 거고—" 그는 말을 맺지 못하고 흐느꼈다. 그리고 동시에 너무 미친 듯이 몸부림을 치는 바람에 그의 입을 막고 있던 양가죽이 벗겨졌다.

그러고 나서 문이 열리는 소리를 들었다! 그 소리에 그는 등골이 오싹해졌다—벌써 목에 칼의 감촉이 느껴지는 것 같았다. 너무나 두려워서 그는 눈을 감아 버렸다. 그리고 두려워서 다시 눈을 떴다—그런데 바로 앞에 존 캔티와 휴고가 서 있다니!

마음대로 입을 뗄 수 있었다면 아마 "하느님 감사합니다." 라고 했을 것이다.

곧 그의 사지가 풀렸고 두 사람에서 그의 팔을 한쪽씩 잡았다. 그리고는 서둘러서 전 속력으로 숲을 가로질러 갔다.

22 장

사기 당한 희생자

다시 한 번 "푸우푸우 1세"는 거지들 및 벌법자들과 떠돌아 다니게 되었다. 그는 그들의 천한 농담과 아둔한 조롱의 대상이 되었다. 그리고 대장이 보지 않을 때는 캔티와 휴고에게 가끔 얻어맞기도 했다. 캔티와 휴고를 제외하고는 아무도 그를 싫어하지 않았다. 나머지 사람들 중 몇은 그를 좋아하기도 했다. 모두 그의 용기와 활기에 대해서는 칭찬을 했다. 이삼일 동안 왕을 돌보고 보살피던 휴고는 그 아이를 불편하게 하는 일을 기회가 되면 몰래 했다. 그리고 밤에 늘 잔치가 벌어지는 동안 휴고는 늘 우연인 척—하면서 그에게 사소한 일로 모욕을 줘 사람들을 즐겁게 했다. 두 번 그가 왕의 발을—우연인 것처럼—밟았고, 왕은 왕의 위엄에도 불구하고 경멸하며 그것을 모른 체하고 무시했다. 하지만 휴고의 그런 식으로 세 번째 장난을 할 때는 왕은 막대기로 그를 쓰러트려 사람들을 아주 즐겁게 해주었다. 휴고는 분노와 수치심이 가득차서 벌떡 일어나 막대기를 쥐고 분노로 이글거리며 그의 작은 적에게 대들었다. 곧 두 검투사 주위에 사람들이 빙 둘러서서 내기를 걸고 환호성을 질렀다. 하지만 불쌍한 휴고는 지독

히도 운이 없었다. 그가 미친 듯이 아무렇게나 덤벼들어 보지만, 유럽 제일의 검객으로부터 목검과 육척 장대를 다루는 법과 모든 검술을 익힌 왕과 겨루어 보아야 번번이 패배 당했다. 어린 왕은 기민하나 우아하고 편안하게 서서 휴고가 마구 휘둘러 대는 막대기를 능숙하고 정확하게 파악하고 피했다. 뒤엉켜 바라보던 구경꾼들은 감탄을 금치 못했다. 가끔씩 왕이 훈련된 눈으로 빈틈을 감지해 잽싸게 휴고의 머리를 때릴 때마다 그곳에 울려 퍼진 군중들의 환호성과 웃음은 듣기에 좋았다. 십오 분이 지나자 휴고는 온통 두들겨 맞고 멍든 데다 가차 없이 쏟아지는 야유의 표적이 되어 물러났고 그 싸움에서 손끝 하나 다치지 않은 영웅은 들뜬 군중들의 어깨 위로 헹가래를 받으며 대장 바로 옆에 있는 영예로운 자리로 옮겨졌다. 거기서 그는 대대적인 의식을 거쳐 싸움닭 왕이 되었다. 동시에 더 보잘 것 없는 이전의 직위는 엄숙하게 폐기되었고 다시 그 직위를 입에 올리는 사람은 그 집단에서 추방되리라는 칙령이 내려졌다.

그를 거지 떼의 일원이 되게 만들려는 시도는 모조리 실패했다. 그는 어떤 행동도 완강히 거부했다. 게다가 늘 도망치려고 했다. 돌아온 첫날 아무도 지켜보는 사람 없는 부엌에 처넣었으나 빈손으로 나올 뿐 아니라, 사는 사람까지 깨우려 했다. 땜질장이의 일을 도와 보라고 보냈더니 일은 안하고 땜질 인두로 오히려 땜질장이를 위협했다. 마침내 휴고와 땜질장이는 하루 종일 그가 도망가지 못하게 지키는 단순한 일만 하게 되었다. 그는 자기 마음대로 하는 것을 방해하거나 억지로 일을 하게 하는 사람 누구에게나 왕답게 호령을 했다. 휴고의 감독 하에 더러운 여자와 병든 아이와 함께 구걸을 하라고 내보냈으나 그 결과는 역시 실망스러웠다—그는 구걸을 하거나 그들과 함께하는 일이면 뭐든지 거부했다.

이렇게 며칠이 흘렀다. 이 잡혀온 왕은 이 거지 생활의 비참함과 그것의 피곤함, 더러움, 상스러움이 차츰 더 견딜 수 없었다. 마침내 그는 은둔자의 칼에서 해방된 것이 잘해야 죽음이 일시적으로 유예된 것에 지나지 않았다는 느낌을 갖기 시작했다.

하지만 밤이 오면 꿈속에서 이런 일들을 다 잊고 그는 왕좌에 올라 다시 왕이 되었다. 물론 이런 꿈을 꾸고 나면—아침에 깨어났을 때 더욱 괴로웠다. 그가 다시 붙잡혀 와서 휴고와 결투를 하기까지 그 며칠 동안에는 아침마다 점점 더 괴로웠고 더욱더 견디기가 힘들었다.

그 결투 다음날 아침 휴고는 왕에 대한 앙심에 가득차 일어났다. 그에게는 특히 두 가지 계획이 있었다. 하나는 왕의 자부심이나 "상상속의" 왕의 품위에 상처를 줘 특히 굴욕스럽게 느낄 만한 일을 하는 것이었다. 또 하나는 만일 이 계획이 실패할 경우 왕에게 무언가 죄를 뒤집어씌운 뒤에 가차 없이 법의 손아귀에 넘기는 것이었다.

첫 번째 계획을 실천하기 위해 왕의 다리에 '가짜 상처'를 만들자고 했다. 그렇게 하면 왕이 완벽하게 굴욕감을 느끼리라고 상상하였다. 그 가짜 상처가 제대로 자리를 잡으면 캔티에게 도움을 청해 **강제로** 왕을 큰 길에서 다리를 드러내 보이게 하여 구걸을 하라고 시키려고 했다. '가짜 상처'란 일부러 만든 상처에 대한 은어였다. 가짜 상처를 만들기 위해서는 제대로 반죽이 되지 않은 석회와 비누와 오래된 쇠의 녹과 함께 풀을 만들어서 그것을 가죽조각 위에 넓게 바른 다음 그 가죽을 다리에 단단히 붙여야 했다. 이렇게 하면 살갗이 벗겨지고 벗겨진 살이 드러나, 보기 싫어질 것이었다. 그다음에 다리에 피를 문지르면 피가 완전히 마르고 나면 칙칙하고 구역질나는 색깔을 띠게 되는 것이었다. 그다음에 더러운 누더기 붕대를 교묘하게 아무렇게나 두른 것처럼 둘러서 그 소름끼치는 상처가 보이게 해 행인들의 동정을 사는 것이었다.(작가의 주 "영국의 깡패," 런던,1665)

휴고는 왕에게 땜질 인두로 협박을 받았던 땜질장이의 도움을 받았다. 그들은 땜질 일을 빙자해 그 아이를 데리고 나왔다. 캠프를 벗어나자마자 그들은 그를 쓰러뜨리고 땜질장이가 그를 붙잡고 휴고는 그 반죽을 그의 다리에 단단히 붙였다.

왕은 소리를 지르고 몸부림을 치면서 다시 왕위에 오르는 순간 너희 둘을 사형에 처하겠노라고 했으나 그들은 그를 꼭 붙잡고는 무력한 그의 몸부림을 즐기기도 하고 그의 협박을 조롱하기도 했다. 이런 상태가 계속되는 동안 반죽이 살갗을 조여오기 시작했다. 만일 방해하는 사람만 없었으면 곧 완벽한 가짜 상처가 생겼을 것이다. 하지만 끼어든 사람이 있었다. 영국의 법을 규탄

하는 연설을 했던 '노예'가 바로 이쯤에 나타나서 멈추라고 한 후 반죽과 붕대를 벗겨 냈다.

왕은 구원자의 막대기를 빌려서 그 자리에서 두 악당을 맘껏 두들겨 패 주고 싶었으나 그 사람은 안 된다고 했다. 그렇게 하면 문제를 일으키게 되니까 밤이 될 때까지—가만히 내버려 두었다가 모두 모였을 때 처리하면 바깥세상 사람들이 방해하거나 끼어들 엄두를 내지 못할 것이라고 했다. 그는 그들을 다시 캠프로 데려가서 그 일을 대장에게 보고했다. 대장은 가만히 듣고 생각에 잠기더니 왕은 다시는 구걸을 하지 말라고 결정했다. 왕은 그 보다는 더 나은 고상한 일을 할 가치가 있는 사람인 게 그 이유라고 했다—그래서 그는 그 자리에서 구걸하는 신분에서 도둑으로 임명된 것이었다.

휴고는 기뻐 날뛰었다. 그는 이미 왕에게 도둑질을 시키려고 했으나 실패했었다. 이제는 그런 고민은 안 해도 되는 것이었다. 물론 왕이라도 대장이 직접 내린 명령을 거역하진 않을 것이기 때문이었다. 그래서 그는 바로 그날 오후에 도둑질을 개시해 왕을 법의 손아귀에 넘겨줄 작정이었다. 그리고 그 일을 아주 교묘하게 해서 누가 보아도 우연히 생긴 일처럼 보여야 했다. 왜냐하면 이제 싸움닭 왕은 인기가 높은데다 그런 왕을 공동의 적인 법에게 넘겨주는 심각한 배신을 한 입맛 떨어지는 동료에게는 다정하게 대하려 들지 않을 것이기 때문이다.

아주 잘 된 일이었다. 한참 동안 휴고는 그의 먹이와 함께 이

윗 마을을 배회했다. 그리고 둘이서 천천히 이 길 저 길을 오르락 내리락 했다. 한 사람은 자신의 사악한 목적을 달성할 확실한 기회를 노리고 있었고 다른 사람은 내빼서 이 치욕적인 포로 상태에서 영원히 자유로워질 기회를 노리고 있었다.

두 사람 모두 꽤 괜찮아 보이는 기회를 그냥 지나쳤다. 은밀히 두 사람 모두 이번에는 확실히 일을 해치워야 한다고 생각하고 있어서 성급한 욕심에 불확실한 기회를 포착해 실패하는 일은 피하고 싶어서였다.

휴고의 기회가 먼저 왔다. 마침내 커다란 꾸러미가 담긴 바구니를 든 여인이 다가오고 있었다. 휴고는 혼잣말을 하면서 사악한 즐거움으로 눈이 번쩍였다. "오 제발 그에게 **저 일을** 뒤집어씌울 수 있기만 하면 좋을 텐데. 절호의 찬스야. 신의 가호를 싸움닭 왕이여!" 그는 겉으로는 태연한 채 기다리고 지켜보았지만— 흥분하여 속이 바싹바싹 타면서—그 여자가 지나가길 기다렸다. 적절한 때가 왔다. 그래서 그는 나지막하게 말했다—

"내가 다시 올 때까지 여기서 서성이고 있어." 그리고는 그 먹이를 향해 쏜살같이 달려갔다.

왕은 너무 기뻐 가슴이 벅차올랐다—이제 휴고가 멀리 가기만 하면 도망갈 수 있게 된 것이었다.

하지만 그에게 그렇게 재수 좋은 일은 일어나지 않았다. 휴고는 그 여자 뒤로 기어가서 그 꾸러미를 낚아챘고 그가 팔에 들고 있던 낡은 담요에 그것을 싸들고는 뒤로 돌아 달려왔다. 그 여자는 곧 소리를 질렀다. 그 여자는 도둑질하는 장면은 보지 못했지만 들고 있던 짐의 무게가 가벼워지는 바람에 도둑맞은 걸 알았다. 휴고는 주저 없이 그 짐을 왕에게 넘겨주면서 말했다, —

"다른 사람들과 함께 날 쫓아오면서 '서라 도둑놈아!'하고 소리를 질러. 사람들을 엉뚱한 쪽으로 이끌어 가는 것을 명심하고."

다음 순간 휴고는 모퉁이를 돌아 꾸불꾸불한 골목길로 쏜살같이 달려갔다,—그리고 잠시 후 그는 어슬렁거리며 다시 나타나 아무것도 모르는 척하면서 기둥 뒤에 서서 결과를 지켜보았다.

모욕을 당한 왕은 그 꾸러미를 땅에 내던졌다. 마침 그 여자와 그 뒤에 불어난 군중이 도착했을 때 그 담요가 떨어져 나갔다. 그녀는 한 손으로는 왕의 손목을 잡고 다른 손으로는 꾸러미를 낚아챘다. 그리고는 그 소년에게 장황하게 욕설을 퍼부었다. 그동안 그는 그녀의 손에서 빠져나오려고 했으나 아무 소용이 없었다.

휴고는 충분히 본 셈이었다—그의 적은 잡혔고 이제—법이 그를 처리할 것이다. 그래서 그는 기분이 좋아 낄낄대면서 몰래 빠져나와 사람들에게 뭐라고 둘러댈지를 생각하면서 캠프를 향해 갔다.

왕은 그 여자의 손아귀에서 계속 몸부림을 치면서 이따금씩 당황해서 소리를 쳤다 —

"날 놔 다오. 이 멍청아. 이 거지같은 물건을 훔친 건 내가 아니란 말이야."

사람들이 점점 곁으로 몰려들면서 왕을 협박하고 야유했다.

가죽 앞치마를 입고 소매를 팔꿈치까지 걷어 올린 건장한 대장장이가 그에게 따끔한 맛을 보여주겠다며 손을 번쩍 뻗은 순간 긴 검이 공중에서 번쩍하더니 칼날을 위로해서 그 남자의 팔을 세게 내리쳤다. 동시에 그 칼의 주인이 경쾌한 목소리로 말했다 —

"자, 이보게 피를 흘리거나 서로 험한 말 할 것 없이 점잖게 처리하세. 이건 법으로 처리할 문제지 개인이 사적으로 처리할 일이 아니네. 부인 이 소년을 놓아주시오."

그 대장장이는 건장한 군인을 흘어 보더니 뭐라고 중얼거렸고 팔을 문지르면서 갔다. 그 여자는 마지못해 소년의 손목을 놓아주었다. 군중은 그 낯선 사람을 못마땅해 하며 바라보았으나 현명하게 입을 다물었다. 왕은 그 구원자의 곁으로 뛰어갔다. 뺨이 발그레해지고 눈은 빛나면서 그는 외쳤다 —

"그대는 몹시 지체했소. 하지만 때맞춰 왔구려, 마일즈 경. 이 폭도들을 능지처참하시오!"

23 장

왕자 감옥에 갇히다

헨던은 억지로 미소를 짓고 왕의 귀에다 대고 속삭였다 —

"가만, 가만 나의 왕자님. 조심해서 말씀을 하셔야죠—아니 아무 말씀도 마세요. 절 믿으세요—결국 모든 일이 잘 될 거예요." 그러고 나서 혼잣말로 덧붙였다. "마일즈 **경**! 저런, 내가 기사인 걸 완전히 잊었네!…… 미친, 이상한 환상도 이렇게 생생히 기억하다니 참 별일이군! 이 작위가 말도 안 되는 엉터리이기는 하지만, 그래도 지킬 만한 가치는 있지. 꿈과 그림자 왕국의 유령기사가 되는 것이 **진짜** 왕국의 비열한 백작이 되는 것보다 낫지."

경관이 다가오자 군중은 흩어졌다. 경관이 왕의 어깨를 잡으려는 순간 헨던이 말했다 —

"여보게, 손을 치우게—조용히 따라갈 거니. 내가 책임짐세. 앞장서게. 우리가 따라가겠네."

경관과 보따리를 든 여인이 앞장서고, 마일즈와 왕이 뒤따랐다. 군중들이 뒤를 이었다. 왕은 말을 듣지 않으려 했으나 헨던이 조용히 그에게 말했다 —

"전하, 생각해보십시오—전하의 법은 전하의 건강한 숨결입니다. 원천이신 전하께서 법을 어기시면서 신하들더러 지켜야 한다고 하시겠습니까? 법 중 한 가지는 이미 어기셨습니다. 그렇지만 다시 왕이 되실 때를 생각해보십시오. 민간인처럼 보이던 시절 왕으로서 호령하시지 않고 시민으로서 법의 권위에 순종하신 일이 기억나면 후회되시겠습니까?"

"네가 옳다. 더 이상 아무 말도 말거라. 영국 왕이 백성에게 고통스럽더라도 법을 따라야 한다고 요구한 것이라면, 내가 백성인 한 내 자신도 고통스럽더라도 법을 따르겠노라."

치안판사 앞에서 증언을 하라고 그 여인이 호출되었을 때, 법정에 있는 작은 죄수가 도둑이라고 맹세했다. 이를 반박할 증거가 없었으므로, 왕은 유죄 판결을 받았다. 보따리를 풀자 그 안에서 살찐 새끼 돼지가 한 마리 나왔다. 판사는 고민하는 것처럼 보이고, 헨던은 안색이 창백해지고 당황해서 온 몸이 떨렸다. 하지만 아무것도 모르는 왕은 전혀 동요하지 않았다. 잠시 불길한 침묵 속에서 판사가 생각에 잠기더니 그 여인 쪽을 보며 이렇게 물었다―

"이게 얼마나 되느냐?"

그 여인은 절을 하고 "3 실링 8펜스입니다, 판사님―한 푼도 보태지 않고 정직하게 말씀드린 겁니다."

판사는 불편해하며 군중을 둘러보더니, 경관에게 고개를 끄덕인 후 말했다―

"사람들을 다 내보내고 법정 문을 닫아라."

그렇게 했다. 남은 사람은 두 명의 관리와 피고와 원고와 마일즈 헨던밖에 없었다. 헨던은 몸이 굳고 안색이 창백했다. 앞이마에는 진땀이 고여 그의 얼굴을 타고 뚝뚝 떨어졌다. 그 판사는 다시 그 여인 쪽을 보며 동정심에 차 말했다 —

"아무것도 모르는 불쌍한 아이다. 아마 너무 배가 고파서 그랬을 것이다. 이즈음이 못사는 사람들에게는 어려운 때이지 않느냐. 잘 보아라, 악한 데가 없는 얼굴이지 않느냐 — 하지만 너무 배가 고플 때는 어쩌겠느냐 — 착한 여인이여! 13펜스 반 페니 이상의 물건을 훔치면 **교수형에 처해지는** 것을 아느냐?

작은 왕은 깜짝 놀랐다. 대경실색하여 눈이 휘둥그레졌으나 자제하고 침착함을 유지했다. 그러나 그 여인은 그렇지 않았다. 그녀는 벌떡 일어나 깜짝 놀라 몸서리치며 외쳤다 —

"세상에, 내가 무슨 짓을 한거야! 하느님 맙소사. 난 절대로 저 불쌍한 아이를 교수형에 처하고 싶지 않아요. 판사님, 제발 도와주세요 — 제가 뭘 해야 하나요? 아니 제가 뭘 **할 수** 있을까요?"

판사는 판사로서의 침착함을 유지하면서 이렇게만 말했다 — "물론, 그 가격을 바꿀 수 있다. 아직 기록을 하지는 않았으니."

"그러면, 맹세코 이 돼지는 8펜스입니다. 제발 이런 끔찍한 일에서 절 놓아주세요."

마일즈는 너무 기쁜 나머지 예법을 잊고 왕을 끌어안았다. 왕은 이런 행동에 놀라고 왕의 품위를 손상시켰다고 생각했다. 그 여인은 감사해하며 작별인사를 한 후 돼지를 데리고 물러났다. 경관은 그녀에게 문을 열어 주고 좁은 홀까지 배웅했다. 판사는 계속 기록을 했고 늘 민첩한 헨던은 왜 경관이 바깥까지 그녀를 배웅하는지 알고 싶었다. 그래서 그는 조용히 어두운 홀로 잠입해서 그들의 대화를 들었다. 이런 내용이었다 —

"돼지가 통통하게 살이 쪄서 맛있겠는 걸. 내가 사겠소. 여기 8펜스 있소"

"8펜스라고요, 참! 이러지 마세요. 한 푼도 에누리 없이 3실링 8펜스에요. 죽었던 해리가 살아서 와도 그 이하는 절대 아니에요. 8펜스라니 말이 되는 소리야."

"이런 상황에서 한 번 당해보고 싶소? 맹세를 하고 증언을 했는데, 8펜스라고 했을 때 위증을 한 거요. 자 함께 판사님 앞으로 가서 도둑질에 대해 다시 대답하시오!—그러면 그 아이는 교수형에 처해질 거요."

"가만, 가만, 더 이상 말하지 마세요. 됐어요. 8펜스나 주고 더 이상 딴 소리하지 마세요."

그 여인은 울면서 가 버렸다. 헨던은 법정으로 슬쩍 되돌아왔고, 경관이 곧 뒤따라 왔다. 돼지는 어디 편리한 곳에 감추고 온 참이었다. 판사가 잠시 더 쓰더니 왕에게 현명하고 우호적인 연설을 한 후 일반 감옥에 잠시 있다가 공공장소에서 매 맞는 벌을 내린다고 판결했다. 왕은 경악해서 입을 벌리고 아마도 그 착한 판사의 목을 당장 베버리라고 명령하려고 했다. 그러나 그는 헨던이 보내는 경고의 표시를 보고 아무 말도 않고 입을 닫았다. 헨던은 그의 손을 잡고, 판사에게 절을 했다. 그리고 두 사람은 그 경관을 따라 감옥으로 갔다. 길에 도착하자마자, 분노한 군주는 멈추더니 그의 손을 빼내고 소리쳤다 ―

"이 바보야. 내가 멀쩡하게 **살아서** 일반 감옥에 갈 것 같으냐?"

헨던은 고개를 숙이고 약간 날카롭게 말했다 ―

"저를 믿으시**나요**? 가만히 계십시오! 위험한 말을 해서 상황을 더 악화시키면 안 됩니다. 신의 뜻은 이루어 질 것입니다. 전하가 서두르실 수도, 전하가 바꾸실 수도 없습니다. 그러니 인내심을 지니고 기다리십시오―일어날 일이 이루어지면 그때 기뻐하거나 저주하십시오."

24 장

탈출

　짧은 겨울 해가 저물고 있었다. 길에는 귀가가 늦어진 사람들만 몇몇 있을 뿐 아무도 없었다. 이 사람들마저도 날은 어두워 가고 바람이 심해지는데 가능한 한 일을 빨리 끝내고 곧장 아늑한 집으로 돌아가고 싶은 표정으로 서두르고 있었다. 그들은 좌우를 살피지도 않고 갔다. 그들은 이 무리에 관심갖지도 않았다. 심지어 그들을 보지도 않는 것 같았다. 에드워드 6세는 왕이 감옥으로 가는데 이런 놀라운 무관심이 역사상 있었을까 의아했다. 얼마 안 있어 경관은 텅 빈 시장 광장에 도착한 다음 그곳을 지나가려고 했다. 그가 광장 가운데쯤 왔을 때 경관의 손을 잡고 헨던은 조용히 말했다 —

　"잠시 만요. 아무도 듣는 사람이 없으니 한마디 하겠습니다."

　"그건 금지되어 있소. 제발 날 방해하지 마시오. 곧 밤이 될 거요."

　"잠깐만요. 경관님께 꼭 드려야 할 말씀이라서. 잠시 등을 돌리고 못 본 척 해주시오. **이 아이가 도망가게 해주시오.**"

　"내게 감히 어떻게 그런 말을! 당신을 체포 하겠소" —

　"아니오. 가만있어 보시오. 어리석은 잘못을 저지르지 않도록 조심하시오." ―그리고는 그는 목소리를 낮추어 그 남자의 귀에다 대고 속삭였다―"돼지를 8펜스에 산 게 알려지면 목이 잘릴 걸!"

불의의 습격을 당한 불쌍한 경관은 처음에는 말문이 막혔다. 그러고 나서 고함을 지르며 협박하기 시작했다. 그러나 헨던은 그가 제풀에 지칠 때까지 조용히 참으며 기다렸다. 그리고 말했다 ―

"난 자네가 좋네. 자네에게 해를 끼치고 싶은 생각은 조금도 없네. 자 나는 자네가 한 말을 다 들었네―한 마디 한 마디 다 들었네. 자네에게 증명하겠네." 그리고 경관과 여자가 홀에서 나눈 대화를 한 마디도 빠뜨리지 않고 그대로 옮겼다. 끝으로 그는 이렇게 말했다 ―

"내가―제대로 옮겼나? 판사님 앞에서 옮겨야 할 경우가 생기면, 내가 제대로 옮길 수 있어야 하지 않겠나?"

경관은 공포와 고통으로 잠시 멍해졌다. 그러고 나서 정신을 수습한 후 억지로 명랑하게 말했다 ―

"농담으로 한 말을 심각하게 받아들이신 거요. 재미삼아 그 여자를 놀린 것뿐이오"

"재미삼아 그 여자의 돼지를 가지고 있단 말인가?"

경관은 강력하게 말했다 ―

"그 뿐이오― 장난일 뿐이라고 말했잖소."

"자네 말이 이제 슬슬 믿기는군," 반은 놀리고 반은 믿는 척하며 헨던이 말했다. "하지만, 잠깐만 여기 있어 보게. 내가 뛰어가서 판사님께 물어 보고 올 테니―판사님은 법이고, 농담이고 뭐든지 훤히 아시니까―"

그는 말을 하며 가고 있었다. 경관은 망설이며 어쩔 줄 모르다 가 한두 마디 욕설을 내뱉으며 소리쳤다―

"멈춰요!―제발 잠깐만!―판사님은 안 돼요!―판사는 농담 이라도 전혀 봐주지 않으시오!―이리 오시오. 더 말을 해봄세. 젠장! 잘못 걸려들었군. 생각 없이 아무 농담이나 하기는 했지만, 난 가정이 있는 사람이오. 아내도 있고 어린 자식들도 있소. 제발 이성적으로 생각해주시오―날 어떡할 셈이오?"

"십만 번을 셀 때까지 눈을 감고 듣지도 말게―천천히 세어 야 하네," 헨던은 합리적인 부탁을 하는, 그것도 아주 작은 일을 부탁하는 사람의 어조로 천천히 말했다.

"난 망했어!" 경관이 절망에 차서 말했다. "아, 제발 좀 생각해 보시오. 여러모로 생각해보면―그게 농담에 지나지 않았다는 걸 알거요. 그건 정말 분명히, 명백하게 농담이었소. 그것이 농담이 아니었다고 해도 너무 사소한 잘못이라 가장 심한 벌이라 봤자 판사님에게 꾸지람과 경고를 듣는 정도요."

헨던은 싸늘한 분위기가 돌 정도로 엄숙하게 말했다―

"그대의 농담은 법에도 이름이 있네―그게 뭔지 아나?"

"몰랐습니다! 제가 어리석었습니다. 그게 법에 있는 건지는 꿈 에도 몰랐습니다―세상에. 저만 그러는지 알았습니다."

"그렇다네. 그건 이름이 있는 범죄네. 법에서는 이런 죄를 라 틴어로 '제정신 아닌 사람의, 복수법, 그렇게 세상의 영광은 지나

가네'라고 하네."

"오, 하느님 맙소사!"

"그에 대한 벌은 사형이네."

"제발 이 죄인에게 자비를 베푸소서."

"잘못하여 심한 위험에 처해 있고 그대 마음대로 할 수 있는 사람을 이용하여 13 펜스 이상의 물건을 그 이하의 값으로 취득한 경우인데, 이건 법의 눈으로 보면, 적극적인 부정행위, 범죄은닉, 부정 배임, 라틴어로 '이 상태로 사람에게 속죄하라'—에 해당하네. 그 벌은 교수형이네. 보석이나 감형도 없고 고해성사도 못하네."

"절 좀 잡아 주세요, 잡아 주세요, 다리가 후들거려서 서 있을 수가 없어요! 제발 자비를 베풀어 주십시오— 등을 돌리고 아무 것도 안 보겠습니다."

"잘 생각했네! 현명하고 이성적인 판단이네. 그리고 돼지는 돌려주겠지?"

"그럼요, 그럼요. 다시는 돼지라면 손도 대지 않겠습니다. 하늘이 내리시고 천사장이 끌고 온다고 해도 말입니다. 가시오. 난 눈을 감았소. 아무것도 안 보이오. 그대가 문을 부수고 들어 와서 강제로 내 손에서 죄수를 빼앗아 갔다고 하겠소. 엉망인 낡은 문 일랑은 내가 자정이 넘으면 부수겠소."

"그렇게 하게나. 아무에게도 해로울 게 없을 걸세. 판사님은 이 불쌍한 소년에게 자비심을 지니고 계시니 이 애가 탈옥했다고 해도 애통해하거나 간수를 흠씬 패지는 않을 걸세."

25 장

헨던 홀

헨던과 왕은 경관의 시야에서 벗어나자, 헨던은 여관에 가서 돈을 치르고 올 테니 왕은 런던 시외의 어느 장소로 가서 거기서 기다리라고 했다. 반시간 후 그 두 친구는 헨던의 불쌍한 말들을 타고 즐겁게 동쪽으로 가고 있었다. 누더기 대신 런던 다리에서 산 중고 옷을 입은 왕은 이제 따뜻하고 편안했다.

헨던은 그 아이가 너무 피곤해지지 않게 신경을 썼다. 험난한 여행과 불규칙한 식사와 수면 부족이, 미친 그 아이에게 정신적으로 나빴으리라고 판단했다. 잘 쉬고, 규칙적인 생활을 하고 적당한 운동을 하면, 분명히 치료가 빨라질 것이다. 그는 그 아이의 고통스러운 머리에서 병든 환상이 모두 빠져나가 빨리 제 정신이 돌아오길 바랐다. 그래서 그는 밤낮을 가리지 않고 고향으로 달려가고 싶었지만, 그 충동을 따르지 않고, 오랫동안 추방되어 있던 고향으로 쉬운 길을 따라 천천히 나아갔다.

왕과 헨던이 10마일 쯤 갔을 때, 그들은 꽤 큰 마을에 도착했고 그날 밤 그곳의 괜찮은 여관에서 머무르기로 했다. 둘 사이에는 예전의 관계가 회복되었다. 왕이 식사하는 동안 헨던은 왕의 의자 뒤에 서서 시중을 들었다. 왕이 잠자리에 들려고 할 때는 옷을 벗겨 주었다. 그는 마루에 누워 담요를 둘둘 말고 문 쪽을 보며 잠들었다.

그다음날과 또 그다음날, 그들은 헤어져 있는 동안 겪은 모험에 대하여 천천히 걸어가면서 이야기했고 서로의 이야기를 즐겼다. 헨던은 자기가 왕을 찾아 얼마나 헤매었는지 자세히 이야기했다. 어떻게 그 천사장이 자신을 끌고 온 숲을 헤매고 다녔는지, 왕을 제거할 수 없음을 깨달은 뒤 그 천사장이, 어떻게 그를 오두막으로 다시 데려왔는지에 대해 이야기했다. 그러고 나서 그 천사장은 침실로 가더니 비틀거리며 돌아왔는데 아주 낙담한 듯했다. 그 아이가 돌아와서 침실에 누워 있을지 알았더니 없다고 말했다. 헨던은 그 오두막에서 하루 종일 왕이 돌아오길 기다렸으나 왕이 돌아올 희망이 사라지자 다시 그를 찾아 떠났다.

"그리고 늙은 성인 중 성인은 폐하가 돌아오지 않는 데 대해 정말 유감으로 **여겼습니다**," 헨던이 말했다, "그의 표정에서 보았습니다."

"맞아 **그건** 전혀 의심하지 않는다!" 라고 말하면서― 왕은 자기에게 일어났던 일을 이야기했다. 그다음에 헨던은 자신이 천사장을 죽이지 못해 유감이라고 했다.

여행의 마지막 날 헨던은 기분이 아주 좋아 쉬지 않고 계속 이야기했다. 그의 아버지와 아서 형에 대해서, 그들이 얼마나 고결하고 관대한 인물인지 보여주는 여러 가지 일화를 이야기했다.

에디스에 관해선 사랑스런 열정을 말했다. 그는 이들을 볼 생각에 너무 기뻐서 동생인 휴에 대해서조차 형제애를 느껴 좋게 평가했다. 헨던 홀에서 곧 있을 만남에 대해 많이 생각했다. 모든 사람들이 얼마나 놀랄까. 얼마나 감사와 기쁨의 말이 터져 나올까.

헨던 홀은 예쁜 동네였다. 여기저기 시골집과 과수원이 흩어져 있었고 길을 따라가면 넓은 목초지가 나타났다. 목초지는 갈수록 넓어졌고 약간 언덕이 나타났다 다시 평지가 되었다 했다. 굽실굽실 파도치는 모습이었다. 오후에 돌아온 탕자는 계속 길에서 벗어나 언덕에 올라가곤 했다. 멀리서 자신의 집을 볼 수 있을까 해서였다. 마침내 그는 자신의 집을 보았고 흥분해서 소리쳤다 —

"왕자님 우리 동네에요. 바로 옆에 헨던 홀이 있어요! 여기서 탑들이 보이시죠. 저 쪽에 나무들이 보이죠 — 아버지의 영지입니다. 자 **이제** 얼마나 당당하고 위엄 있는 동네인지 알게 되실 겁니다! 방이 70개나 되는 집이에요 — 상상해 보십시오! — 하인이 27명이나 됩니다! 그 정도면 멋진 저택이죠, 그렇지 않나요? 자 이제 서두르죠. 이제 당장 달려가시죠 — 더 이상 꾸물거리는 것을 참을 수가 없습니다."

그들은 최대한 서둘렀다. 그래도 마을에 도착하니 이미 세 시가 넘었다. 두 여행자가 마을을 통과해 가는 동안 내내, 헨던은 계속 이야기했다. "여기 교회가 — 그대로 있네. 담쟁이 넝쿨로 덮여 있는 것도 — 똑같고. 없어진 것도 하나도 없고 더 생긴 것도 하나도 없네.""저기에 레드 라이언이라는 여관도 그대로 있네—저기 시장도 그대로 있네.""여기 메이폴도 펌프도 그대로네—아무것도 변한 게 없네. 어쨌든 사람 빼고는 모두 그대로네. 사람들은 10년 사이에 번했어. 몇 사람은 알겠는데 날 알아보는 사람은 아무도 없네." 그렇게 그는 계속 이야기했다. 그들은 곧 마을 끝에 도착했다. 두 여행자는 커다란 산울타리로 둘러싸인 꾸불꾸불한 좁은 길로 접어들었다. 그 길을 경쾌하게 반마일 쯤 서둘러 가다가 위풍당당한 문을 통과해서 커다란 화원으로 들어갔다. 돌로 된 거대한 문의 기둥에는 문장이 조각되어 있었다. 그들 앞에 귀족의 저택이 있었다.

"왕이시여, 헨던 홀에 오신 것을 환영합니다!" 마일즈가 외쳤다. "아, 대단한 날입니다! 제 아버지와 동생과 레이디 에디스는 처음에는 너무 기뻐서 저만 보고 제게만 말을 걸겁니다. 그래서 폐하를 냉대하는 것처럼 보일 수도 있습니다—그러나 괘념치 마십시오. 곧 그와 반대로 곧 따뜻이 맞아 줄 겁니다. 폐하가 제 후견인이시라고 하고 제가 폐하를 얼마나 사랑하는지 말하면 폐하를 끌어안고 영원히 이곳에 모실 겁니다! 그게 마일즈 헨던을 위한 길이니까요."

다음 순간 큰 문 앞에서 헨던은 뛰어 내려 왕이 말에서 내리는 것을 돕고 왕의 손을 잡은 채 집 안으로 달려갔다. 몇 발자국 가지 않아 넓은 방이 나타났다. 그는 방안으로 들어가서 의식을 무시하고 서둘러 왕을 앉힌 다음 한 젊은이에게 달려갔다. 그 젊은이는 불이 활활 타고 있는 난로 앞에 있는 책상에 앉아 있었다.

"날 안아 다오, 휴." 그는 외쳤다. "내가 돌아와 기쁘다고 해다오! 아버지를 불러다오. 다시 아버지의 손을 잡고, 얼굴을 뵙고 목소리를 들을 때까지는 아직 내 집이 아니지!"

그러나 휴는 뒤로 물러서기만 했다. 잠시 깜짝 놀라서 침입자에게 엄숙한 시선을 보냈다—처음에는 무엄하다는 시선이었으나 그다음에는 어떤 생각 혹은 목적이 떠올라서인지, 진짜 혹은 가식적인 동정이 섞인 놀란 호기심으로 변했다. 그는 곧 온유한 목소리로 말했다—

"누군지 모르겠지만 불쌍하게도 정신이 나갔구나. 헐벗고 학대를 받았나 보구나. 옷이나 형색을 보니 알겠다. 내가 누구라고 여기고 이러느냐?"

"누구라고 여기냐고? 너지 너 말고 누구겠니? 널 휴 헨던이라고 여긴다." 마일즈가 날카롭게 말했다.

상대방은 부드러운 어조로 말했다—

"그러면 너는 자신이 누구라고 상상하느냐?"

"상상은 무슨 상상! 너야말로 형인 마일즈 헨던을 모르는 척하느냐?"

깜짝 놀라 기뻐하는 표정이 휴의 얼굴에 스쳤다. 그리고 외쳤다—

"뭐라고! 농담하는 건 아니냐? 죽은 사람이 살아날 수 있느냐? 그럴 수 있다면 신을 찬양하지! 이 험난한 세월 뒤 불쌍하게 죽은 형이 우리 품으로 돌아올 수만 있다면! 그럴 수만 있으면 정말 좋지만 사실일 리 없지. 정말 그럴 수만 **있으면** 좋지만 사실일 리가 없어—네가 명하노니 날 갖고 놀 생각은 말아라!—환한 곳으로 나와라—네 얼굴을 살펴보자꾸나!"

그는 마일즈의 팔을 잡고 창가로 끌고 가 머리끝에서 발끝까지 샅샅이 훑어보았다. 그를 이리저리 돌리기도 하고 그의 주위를 가볍게 돌아다니기도 했다. 어느 모로 보나 마일즈인지 증명하기 위해서였다. 그동안 돌아온 탕아는 너무나 기뻐 환해진 얼굴로 미소 짓고, 웃고, 고개를 계속 끄덕이며 말했다—

"계속해, 계속해. 괜찮아. 아무리 뜯어보아도 네 형인걸. 실컷 살펴보렴, 휴야—난 정말 네 형 마일즈야. 바로 네 형 마일즈야. 그렇지 않니? 아 정말 멋진 날이야—내가 **그랬잖아** 멋진 날이라고! 손을 만져 보자, 네 빰을 대 다오—하느님, 너무 좋아서 죽을 지경입니다!"

그는 동생에게 달려들려고 했다. 그러나 휴는 그러지 말라는 뜻으로 손을 들었다. 그러고는 슬픈 듯이 고개를 떨어뜨리고, 슬퍼하며 말했다—

"오, 신이시여, 이 큰 실망을 견딜 힘을 주소서!"

마일즈는 너무 놀라서 잠시 아무 말도 할 수 없었다. 그리고는 소리쳤다—

"**무슨** 실망이니? 내가 네 형이 아니란 말이야?"

휴는 고개를 슬프게 흔들며, 말했다—

"그러길 빌었는데. 그러면 나는 못 보지만 다른 사람들이 닮은 점을 찾아낼지 모르지. 아, 편지가 정말 사실인가 보군."

"무슨 편지 말이냐?"

"육칠 년 전 해외에서 온 편지 말이다. 형이 전투 중 사망했다고 한."

"거짓말이야! 아버지를 불러 다오—아버지께선 날 아실 거야."

"죽은 사람을 부를 순 없지."

"돌아가셨다고?" 마일즈의 목소리가 가라앉고 그의 입술이 떨렸다. "아버지가 돌아가셨다고!—아 정말 슬프구나. 내 기쁨의 반은 사라졌구나. 아서 형을 오게 해 다오—그는 날 알아보고 위로해 줄 거야."

"그도 죽었어."

"신이여 불쌍한 제게 자비를 베푸소서. 죽다니,—둘 다 죽다니—훌륭한 분들은 죽고 나같이 시원찮은 사람은 살아 있고! 아! 네게 자비를 베풀어주길!—레이디 에디스도 그렇다고는 하지 마라." —

"죽었냐고? 아니, 그녀는 살아 있다."

"그렇다면, 하느님 감사합니다. 다시 내 기쁨이 완전해졌어! 서둘러—그녀를 불러 줘! **그녀가** 내가, 내가 아니라고 할 거라고—그녀는 그러지 않을 거야. 아니, 아니 **그녀는** 날 알거야. 그걸 의심하면 내가 바보지—그녀를 데려 오거라. 늙은 하인들을 데려

오너라 그들도 날 알아볼 거야."

"다섯 명만 남고 모두 나가 버렸다—피터, 할시, 데이비드, 마가렛만 남았다."

그렇게 말하고 휴는 방을 떠났다. 마일즈는 잠시 생각을 했다. 그러고 나서 "악당인 다섯 명만 남고, 22명의 진짜 정직한 하인은 나갔다니—이상한 일이네." 라며 중얼거렸다.

그는 혼자 중얼거리며 왔다 갔다 했다. 그는 완전히 왕을 잊고 있었다. 이윽고 왕이 엄숙하게 진정으로 동정심을 보이며, 비록 정반대의 뜻으로 해석될 수도 있었지만, 말했다—

"그대의 불행에 너무 심려하지 말거라. 이 세상에는 자신임을 부인당하고, 그런 주장을 조롱당하는 다른 사람들도 많다. 너만 그런 게 아니다."

"아, 왕이시군요." 헨던이 약간 얼굴을 붉히며 소리쳤다. "나를 비난하지 마십시오—기다려 보십시오. 그럼 알게 될 겁니다. 난 사기꾼이 아닙니다—에디스가 말해 줄 겁니다. 영국에서 가장 다정한 사람이 그걸 입증해 줄 겁니다. 내가 사기꾼입니까? 난 이 오랜 홀, 조상의 초상화, 우리 주변의 이런 것들을 어린애가 자기 유아실에 대해 알듯이 훤히 알고 있습니다. 폐하, 전 여기서 낳아서 여기서 자랐습니다. 전 진실을 말하는 겁니다. 전 폐하를 속이지 않습니다. 모두가 절 믿지 않더라도, 제발 **폐하께서는** 절 의심하지 말아 주십시오—그건 견딜 수가 없습니다."

"그대를 의심하지 않는다." 왕이 아이같이 믿으며 단순하게 대답했다.

"진정으로 폐하께 감사드립니다!" 헨던은 열렬히 말했다. 그가 감명 받았음을 알 수 있었다. 왕은 똑같이 단순하게 덧붙였다 —

"너는 **나를** 의심하느냐?"

헨던은 죄책감을 느끼며 혼란스러워졌다. 다행히 그 순간 휴가 들어오느라 문이 열려서 대답을 하지 않아도 되었다. 비싼 옷을 입은 아름다운 숙녀가 휴의 뒤를 따라왔다. 그녀 뒤에 하인 복장을 한 사람들도 몇 명 따라왔다. 그 숙녀는 고개를 숙이고 눈을 마루에 고정시킨 채 천천히 걸어왔다. 그녀의 얼굴은 말할 수 없이 슬펐다. 마일즈는 앞으로 뛰쳐나오며 말했다 —

"오, 나의 에디스, 나의 사랑" —

그러나 휴는 그를 물리치고 그 숙녀에게 물었다 —

"그를 살펴보시오. 알겠소?"

마일즈의 목소리에 그 여자는 약간 놀랐다. 그리고 뺨이 붉어졌다. 그녀는 이제 떨고 있었다. 그녀는 가만히 서 있었다. 잠시 모든 것이 멈춘 인상적인 순간이었다. 그리고 그녀는 천천히 머리를 들고 헨던의 눈을 들여다보았다. 공포에 질린 굳은 시선이었다. 그녀의 얼굴에서 핏기가 한 방울 한 방울 사라져 나중에는 죽은 사람처럼 회백색이 되었다. 그러고 나서 그녀는 얼굴 못지않게 목소리도 죽은 사람의 소리였다 "난 저 사람을 모릅니다!" 그리고 흐느끼며 돌아서 방을 비틀거리며 나갔다.

마일즈 헨던은 의자에 주저앉아 손으로 얼굴을 가렸다. 잠시 후 그의 동생이 하인들에게 말했다 —

"잘 보았지. 아는 사람이냐?"

그들은 고개를 흔들었다. 그러자 주인이 말했다 —

"하인들도 모른다는구나. 뭔가 잘못 안거다 내 아내도 모른다고 하잖냐."

"아내라니!" 순식간에 휴를 벽으로 몰아붙이고 목을 조르며 마일즈가 말했다.

"이 여우 같은 노예새끼야. 이제 다 알겠어! 바로 네가 거짓 편지를 썼고 그 덕분에 내 신부와 내 재산을 훔친 거지. 자—꺼져 버려. 너 같은 하찮은 똥개를 죽이느라고 군인의 명예를 더럽히지는 않겠다!"

휴는 숨이 막혀 얼굴이 벌건 상태에서 휘청대며 바로 곁에 있는 의자로 가 앉더니 하인들에게 사람을 죽이려는 저놈을 잡아 묶으라고 명령했다. 그들은 망설였고 그중 한명이 말했다 —

"저 사람은 검이 있지만, 저희는 없어서."

"검이 있어 덤비지 못하겠단 말이냐? 너희는 숫자가 이렇게 많은데 무슨 소리냐? 그에게 덤벼라, 내가 말한다!"

그러나 마일즈는 그들에게 조심하라고 겁을 줬고 이렇게 덧붙였다 —

"옛날부터 날 잘 알지 않느냐?—난 하나도 안 변했다. 자 덤벼라. 피하는 건 너희답지 않지."

이런 말을 들어도 하인들은 겁먹은 기색이 크게 줄지 않았다. 그들은 여전히 뒤로 물러섰다.

휴가 나서서 말했다. "그럼 꺼져라. 이 비겁한 머저리들 같으니. 내가 경비대를 부르러 보낼 테니, 그동안 검을 가지고 와서 문을 지켜." 휴는 문지방에서 돌아서서 마일즈에게 말했다. "도망치려고 해봐야 소용없으니 잠자코 있는 게 좋을걸."

"도망이라고? 걱정마라. 내가 있으면 그게 큰 골칫거리일걸. 마일즈 헨던은 헨던 홀과 그 재산의 임자니까. 물론 가만히 있지 —걱정마라."

26 장

부인당하다

잠시 동안 생각에 잠겨 있던 왕이 그를 올려다보며 말했다—

"이건 이상하군—정말 이상하군. 도무지 이해가 안 가는군."

"이상할 거 없으십니다. 폐하. 제가 저 놈을 잘 압니다. 능히 이런 짓을 할 놈입니다. 원래 나쁜 놈이었습니다."

"아, **그놈** 이야기가 아니네, 마일즈경."

"그놈 이야기가 아니라고요? 그러면 무슨 이야기신가요? 그럼 뭐가 이상하단 말씀이십니까?"

"왕을 찾지 않으니 말이다."

"어떻다고요? 무슨 말씀이십니까? 제가 이해를 못한 것 같습니다."

"정말이냐? 온 나라 구석구석 신하들이 날 찾아다니고 내가 어떻게 생겼는지 묘사한 방이 붙어 있지 않은 게 이상하단 생각이 들지 않느냐? 국왕이 없어진 일이, 사라진 일이—내가 멀리 사라져 없어진 일이 난리 법석을 떨 사안이 아니란 말이냐?"

"지당하신 말씀이십니다. 제가 깜빡했습니다." 그러고 나서 헨던은 한숨을 쉬고 혼자 중얼댔다. "불쌍한 것 같으니, 완전히 미쳤구나—딱하게 아직도 그 꿈에서 벗어나지 못하고 있구나."

"우리 두 사람 모두의 일을 해결할 수 있는 계획이 내게 있다. 내가—라틴 어, 그리스 어, 영어—세 가지 언어로 문서를 쓰겠노라. 그러면 네가 아침에 그것을 가지고 서둘러 런던으로 가거라. 그 문서를 다른 사람 말고 꼭 허트포드 경에게 전해라. 그걸 보면 그는 알아보고 내가 쓴 거라고 할 거다. 그리고 나서 날 부르러 사람을 보낼 거다."

"왕자님, 제가 저임을 증명하고 제 영토를 찾을 때까지는 여기서 기다리는 게 최선이 아닐까요? 그다음에 분부하신 일을 좀 더 잘할 수 있을 것 같습니다."—

왕이 위엄 있게 그의 말을 막았다—

"가만히 있거라! 국가의 운명과 왕위가 걸린 문제에 비하면 네 하찮은 영토나, 보잘 것 없는 이해관계가 뭐 중요하단 말이냐?" 그러고 나서 그는 너무 심한 말을 해 미안하다는 듯이 부드럽게 덧붙였다. "내 말대로 해라. 두려워 말거라. 내가 네 문제를 해결해 주마. 원래대로 다 되찾아 주마—그래, 더 많은 것을 하사하마. 내가 기억하겠노라. 그리고 복수해주마."

그렇게 말하면서 그는 펜을 들고 쓰기 시작했다. 헨던은 사랑스러운 눈길로 그를 바라보며, 혼잣말을 했다—

"어두운데서였다면, 정말 왕이 말한 걸로 생각하겠는 걸. 기분이 내키면 진짜 왕처럼 호령하겠는걸—그런데 어디서 저런 재주를 배운 거야? 만족스러운 표정으로 저 말도 안 되는 꼬부랑글씨를 그리스 어와 라틴 어라고 생각하고 갈겨써 대는 걸 좀 봐—
그의 뜻을 꺾을 만한 기발한 생각이 떠오르지 않으면, 내일 할 수
없이 내가 해야 한다고 생각해 낸 편지 심부름을 하러 가야겠
군."

    다음 순간 마일즈는 다시 조금 전에 일어난 사건을 생각했다.
골똘히 생각에 잠겨 마일즈는 왕이 다 쓴 종이를 주었을 때 무심
히 그것을 호주머니에 넣었다. 그는 중얼댔다. "그녀는 정말 이상
해. 나를 알아본 것 같은데—나를 **모르는 것** 같기도 해. 이건 분
명히 앞뒤가 안 맞는데. 이걸 어떤 식으로든 화해시킬 수가 없네.
어느 한쪽을 버릴 수도 없고 어느 한쪽이 더 옳다고 할 수도 없
네. 문제는 단순히 이건데. 그녀는 내 얼굴, 내 모습, 내 목소리를
알아본 게 **분명해.** 어떻게 알아보지 못할 수가 있겠어? 그런데 그
녀는 날 모른다고 **말했어.** 거짓말을 못하는 그녀가 분명히 그렇
게 말했어. 가만—아, 이제야 알겠다. 그놈이 미리 그녀에게 뭐라
고 한거야. 그녀에게 거짓말을 하라고 명령하고—강요한 거야. 그
게 답이야. 이제야 수수께끼가 풀렸군. 그녀는 겁에 질려 사색이
되어 있었어—그래, 그의 강요 때문에 그런 거야. 내가 그녀를 찾
아 가야지. 그녀를 찾아보자. 이제 그가 멀리 갔으니까, 그녀는 본
심을 말할 거야. 우리의 소꿉동무 시절을 기억하고 마음이 풀릴
거야. 더 이상 날 배신하지 않고 내게 고백할 거야. 그녀는 누굴
속일 사람이 아니야—아니, 늘 정직하고 진실했어. 옛날에는 날
사랑했어. 사랑했으니까—절대로 날 속이지 않을 거야, 사랑했던

사람을 배신할 수는 없으니까."

그는 열심히 문 쪽으로 걸어갔다. 그 순간 문이 열리고 레이디 에디스가 들어왔다. 그녀는 아주 창백했지만 또박또박 걸어왔다. 그녀는 우아하고 부드러운 자태에 위엄이 있었다. 아까와 마찬가지로 얼굴은 슬픔에 차있었다.

마일즈는 확신에 차서 즐겁게 그녀를 맞으러 달려갔다. 그러나 그녀는 보일 듯 말 듯한 손짓으로 그를 말렸다. 그는 있는 자리에서 멈췄다. 그녀는 앉으면서 그에게도 앉으라고 했다. 이렇게 하자 간단히 옛 친구의 감정은 사라지고 그가 낯선 사람이, 손님이 되어 버렸다. 예기치 못한 이런 상황에 놀라고 당황해서 그는 잠깐 동안 자신이 결국 가짜**인가** 하는 의문마저 들었다. 레이디 에디스는 말했다 —

"경고를 해 드리려고 왔어요. 미친 사람의 망상을 없앨 수는 없겠지만, 물론 위험을 피하라고 설득할 순 있을 거예요. 그대의 망상이 그대에게는 정직한 진실로 보이니까 범죄는 아니에요. 그래도 여기선 그러지 마세요. 여긴 위험하니까요." 그녀는 잠시 동안 마일즈의 얼굴을 가만히 들여다보더니, 이런 인상적인 말을 덧붙였다. "돌아가신 이곳 주인이 살아 계셨다면 당신과 꼭 닮**았을** 것 같아서 더 위험해요."

"세상에, 하지만 내가 바로 그 사람**이요**!"

"그대가 정말 그렇게 생각하는 건 알아요. 그대가 정직하지 않다고 따지는 건 아니에요—난 단지 경고할 뿐이에요. 나의 남편은 이 지역의 주인이에요. 그는 무한한 권력을 가졌어요. 그가 원하는 대로 사람들을 잘살게 할 수도 있고, 굶어 죽게 할 수도 있어요. 그대가 주장하는 그 사람과 닮지 않았으면, 남편은 그대가 망상에 사로잡혀 있게 가만둘 거예요. 하지만 제 말을 믿으세요. 난 그를 잘 알아요. 그가 무슨 짓을 하려는지 알아요. 남편은 당신이 미친 사기꾼이라고 할 거고, 모두가 남편 말을 따라 할 거예요." 그녀는 다시 한 번 가만히 마일즈를 들여다보고, 더 붙였다. "설마 그대가 **마일즈 헨던이고**, 그도 그 사실을 알고 이 동네 사람들도 그 사실을 안다고 해도—제가 하는 말을 잘 고려해 보세요—똑같이 위험에 처하고 똑같이 벌을 받을 거예요. 그는 당신을 부인하고 저버릴 거고, 그러면 감히, 다른 사람들도 나서서 당신을 옹호하진 못할 거예요."

"그 말이 맞는다는 것을 진짜로 믿소." 마일즈가 쓸쓸하게 말했다. "오래된 친구가 배신하고 부인하게 만들 수 있는 힘이 있다면, 먹고 사는 문제가 걸려 있고 충성이나 명예는 문제가 안될 때는 그 힘 있는 사람을 따르는 게 당연하죠."

순간적으로 레이디의 뺨이 살짝 붉어졌다. 그녀는 바닥으로 눈길을 떨어뜨렸다. 그러나 아무런 감정을 드러내지 않고 계속 말했다—

"그대더러 가라고 경고했고, 또 경고해야만 해요. 안 그러면 이 사람이 당신을 죽일 거예요. 동정심이라고는 없는 독재자예요. 그에게 사슬 묶인 노예인 나도 그 사실을 알아요. 불쌍한 마일즈,

아서, 나의 후견인 리처드 경 모두 그에게서 벗어나 안식을 취하고 있어요—그대도 여기서 이런 사악한 사람의 손아귀에 있는 것보다는 영원히 그들과 안식을 취하는 게 나을 거예요. 당신이 마일즈인 척하는 것은 그의 작위와 명성을 위협하고 그의 집에서 그를 공격하는 게 돼요—계속 있으면 죽임을 당할 거예요. 가세요—망설이지 말고 빨리. 제발 부탁이니 돈이 없으면 이 지갑을 가지고 가세요. 하인들에게 뇌물을 주고 통과하세요. 오, 조심하세요. 불쌍한 분. 도망갈 수 있을 때 도망가세요."

마일즈는 지갑을 거부하는 몸짓을 하고 일어나서 그녀 앞에서서 말했다.

"한 가지만 허락해 주시오. 당신 눈동자가 흔들리는지 보게, 내 눈을 똑바로 보시오. 자—이제 대답해보시오. 내가 마일즈요?"

"아니에요. 난 그대를 몰라요."

"맹세하오!"

그녀는 조용히 그러나 또렷하게 대답했다 —

"맹세해요."

"오, 믿을 수 없소!"

"도망치세요! 왜 귀중한 시간을 낭비하세요? 도망쳐 목숨을 구하세요."

그 순간 관리들이 덮쳤다. 격렬한 싸움이 시작되었다. 그러나 헨던은 곧 진압당해 끌려 나갔다. 왕도 체포되었고 두 사람 모두 묶인 채 감옥으로 보내졌다.

27 장

감옥에서

감옥은 감방마다 붐볐다. 그래서 우리의 두 친구는 주로 잡범을 가두는 큰 방에 족쇄를 차고 감금되었다. 수갑을 차거나 족쇄를 찬 스무 명이나 되는 각종 남녀노소와 섞이게 되었다—그 사람들은 아주 시끄럽고 음란했다. 왕은 감히 말도 안 되는 이따위 모욕을 받는 데 대해 진노했다. 하지만 헨던은 침울해 하며 아무 말도 하지 않았다. 그는 아주 난감했다. 고향에 돌아올 때는 즐거운 탕자의 기분으로 왔고 모든 사람이 자신의 귀향에 대해 뛸 듯이 기뻐하리라고 예상했는데 그 대신 냉대를 당하고 감옥에 갇힌 것이다. 예상과 현실이 격심한 차이를 보이자 헨던은 정신이 멍해졌다. 그는 이것을 비극으로 보아야 할지 기괴한 희극으로 보아야 할지 판단이 서지 않았다. 그는 마치 무지개를 맞이하러 즐겁게 춤추며 다가갔다가 번개를 맞은 꼴이었다.

하지만 차츰 그의 고통스럽고 혼란된 생각이 어느 정도 정리되었다. 그러고 나자 주로 에디스가 떠올랐다. 그녀의 행동을 곰곰이 생각하고 모든 각도에서 검토해 보았으나 만족스러운 해답을 찾을 수 없었다. 그녀는 그를 알아본 것인가?—아니면 알아

보지 못한 것인가? 도저히 풀리지 않는 수수께끼가 오랫동안 머릿속을 맴돌았다. 하지만 마침내 그녀가 자기를 알아보았으며 이해관계가 걸려 있어 모른 척한 게 틀림없다는 확신에 도달했다. 이제 그녀에게 욕하고 싶은 심정이었다. 하지만 그녀의 이름은 너무나 오랫동안 신성한 것이어서 도저히 그 이름을 더럽힐 수가 없었다.

다 떨어진 지저분한 감옥 담요를 덮고 헨던과 왕은 괴로운 하룻밤을 보냈다. 뇌물에 넘어간 간수가 죄수들 몇에게 술을 줬다. 그 결과 당연히 죄수들은 상스러운 노래를 부르고 싸우고 고함을 지르고 술에 취해 떠들었다. 자정이 조금 지났을 때 마침내 한 남자가 한 여자를 공격했다. 수갑으로 그 여자의 머리를 쳐 그 여자가 거의 죽게 된 다음에야 간수가 달려 왔다. 간수는 그 남자의 머리와 어깨를 곤봉으로 흠씬 팼고—그때서야 질서가 회복되었다. 그것으로 술잔치는 끝났다. 그 후 모두 잠들었다. 다친 두 남녀가 끙끙대며 신음 소리를 내도 아무도 개의치 않고서 모두 푹 잠이 들었다.

그 주 내내 똑같은 단조로운 밤과 낮이 이어졌다. 낮이면 헨던이 기억하는 사람들이 "사기꾼"을 보러 와서 그가 헨던이 아니라고 하면서 모욕을 주었고, 밤이면 술잔치와 싸움질이 계속되었다. 밤낮으로 같은 사건이 반복되었다. 하지만 마침내 변화가 생겼다. 간수가 어떤 노인을 한 명 데리고 와 말했다—

"이 방에 악당이 한 명 있다—둘러보고 누가 그 악당인지 맞춰 보아라."

위로 쳐든 헨던의 얼굴에 감옥에 온 이래 처음으로 즐거운 빛이 스쳤다. 그는 혼자 중얼거렸다. "평생 우리 집 하인이던 블레이크 앤드루구나 — 선량하고 정직한 하인이고 정의감이 있지. 하지만 그건 옛날 일이고 지금은 아무도 못 믿겠어. 모두 거짓말쟁이가 되었어. 날 알아보겠지만 — 다른 사람들과 마찬 가지로 모른다고 할 거야."

그 노인은 한 사람씩 차례로 살펴보며 방 안을 빙둘러 보더니 마침내 말했다 —

"시시한 깡패나 길거리의 건달들밖엔 없는데요. 누가 악당입니까?"

간수가 웃었다.

"여기 있다," 간수가 말했다. "이 대단한 놈을 보고 의견을 말해다오."

그 노인은 다가와서 한참 열심히 헨던을 살펴본 후 머리를 흔들고서 말했다 —

"**이놈은** 헨던이 아닌데요 — 아니고말고요!"

"맞소! 늙어도 아직 눈은 멀쩡하구려. 내가 휴 경이라면 저놈을 당장" —

간수는 발끝으로 서서 매달린 척 하며 동시에 숨이 막힐 때 나는 그르렁 소리를 냈다. 그 노인이 악랄하게 말했다 —

"하느님 맙소사. 이건 해도 너무하군. **나더러** 알아서 하라면 화형 시켜 버릴 거야. 그러지 않으면 내가 사내새끼가 아니지!"

간수는 기분이 좋아져 하이에나처럼 웃고 나서 말했다 —

"마음껏 욕하시오, 노인 양반 — 모두 그렇게 하고 있소. 기분 전환이 될 거요."

그러고서 간수는 천천히 대기실로 사라졌다. 그러자 노인이 무릎을 꿇고 속삭였다 —

"하느님 감사합니다. 돌아오셨군요. 주인님! 칠년 동안이나 돌아가신지 알고 있었는데, 여기 이렇게 살아 계시는군요! 주인님을 보자마자 알아보았습니다. 모른 척 하면서 길거리의 건달이나 좀팽이 취급하기도 무척 힘들었습니다. 전 늙고 가난합니다, 마일즈 경. 하지만 할 말은 합니다. 교수형에 처해진다 하더라도 가서 진실을 알리겠습니다.

"안되오." 헨던이 말했다. "그러지 마시오. 그대가 죽음을 당할 거요. 그래 봐야 그게 내게 도움도 되지 않소. 하지만 고맙소. 그대 덕분에 잃었던 신뢰감이 다소 회복되었소."

그 늙은 하인은 헨던과 왕에게 아주 소중한 사람이 되었다. 그는 하루에도 몇 번씩 헨던에게 "욕을 해주러" 들러서는 늘 감옥 음식을 보충할 만한 맛있는 음식을 슬쩍 넣어 주고 갔다. 그리고 또 최근 소식을 알려주기도 했다. 헨던은 맛있는 음식은 남겼다가 왕에게 주었다. 만일 그 음식이 아니었으면 개밥 같은 감옥 음식에 입도 대지 못하는 왕은 아마 굶어 죽었을 것이다. 앤드루는 의심을 사지 않기 위해 잠깐씩만 있었다. 그러나 올 때마다 —

많은 정보를 전해 주었다. 헨던에게 조용히 정보를 전해 주는 한편 틈틈이 다른 사람들에게는 들리게 큰소리로 욕설을 퍼부었다.

그러자 차츰차츰 집안 사정의 전모가 드러났다. 육년 전에 아서 형이 죽고 헨던에게서 연락이 없자 그 여파로 아버지의 건강이 악화되었다. 아버지는 곧 자신이 죽을 것이라고 믿었고 죽기 전에 휴와 에디쓰가 결혼해 사는 것을 보고 싶어 했다. 하지만 에디스는 마일즈가 돌아오기를 바라면서 제발 결혼을 연기해달라고 사정했다. 그때 마일즈가 죽었다는 편지가 왔다. 리처드 경은 충격을 받아 몸져누웠고 자신의 죽음이 임박했다고 생각했다. 경과 휴는 결혼식을 서둘렀고 에디스는 한 달만 연기해달라고 사정했다. 그리고 한 달이 지난 후 또 한 달을 연기해달라고 했고 마지막으로 다시 한 달만 더 연기해달라고 했다. 그러고 나서 리처드 경의 임종자리에서 결혼식을 올렸다. 그 결혼은 행복하지 않았다. 마을에 퍼진 소문에 의하면 결혼식 직후 신부는 남편의 서류 더미 속에서 그 치명적인 편지의 초고를 발견했다. 그녀는 이런 악랄한 위조로 결혼식을 재촉하고—리처드 경의 죽음 역시 재촉했다며—신랑을 비난했다고 했다. 휴가 레이디 에디스와 하인들을 잔인하게 학대한 이야기가 사방에 퍼졌다. 아버지가 돌아가시자 휴 경은 착한 척하던 가식을 모두 벗어던지고 그에게 밥줄이 달린 사람들을 모두 무자비하게 대했다.

앤드루의 잡담 중에 왕의 흥미를 끈 이야기가 하나 있었다—"왕이 미쳤다는 소문이 있습니다. 그렇지만 **제가** 그 말을 했다는 말씀은 절대로 하지 마십시오. 그런 말을 하면 사형이랍니다."

왕은 노인을 노려보며 말했다 —

"왕은 미치지 **않았다** —그러니 그런 유언비어는 상관 말고 네 일이나 열심히 하는 게 좋을 거다."

"저 아이가 무슨 말을 하는 겁니까?" 전혀 예기치 못한 곳에서 이런 심한 공격적인 말을 듣고 놀란 앤드루가 말했다. 헨던이 손짓을 하자 앤드루는 왕의 이야기를 무시하고 헨던에게 이야기를 계속했다 —

"고인이 되신 왕께서는 하루 이틀 내로 윈저 궁에 묻히신답니다—이 달 16일이랍니다,—그리고 20일 날 웨스트민스터에서 새 왕의 대관식이 있답니다."

"먼저 왕을 찾아야 할 걸." 하고 왕이 중얼거렸다. 그리고는 확신에 차서 덧붙였다. "하지만 예정대로 거행되긴 할 것이다— 그렇게 되도록 나도 노력할 테니까."

"도대체"—

하지만 그 노인은 계속 말을 잇지 못했다—헨던이 손짓으로 가만있으라고 했다. 그는 계속 잡담을 했다 —

"휴 경은 대관식에 간다고 합니다—대단히 희망에 부풀어 있답니다. 호민관이 호의적이니까 귀족이 되어 귀향할 걸로 확신하고 있습니다."

"호민관이라니?" 왕이 물었다.

"서머셋 공작 말이다."

"서머셋 공작이라니?"

"서머셋 공작이야 한 분밖에 없지—허트포드 백작이셨던 세이머 경이지."

왕이 날카롭게 물었다—

"언제부터 **그가** 공작에다 호민관이 되었지?"

"1월 말일부터 그렇게 되었어."

"도대체 누가 그렇게 임명한 거냐?"

"자기 자신과 장례위원회에서 결정을 했고—왕이 인가를 했지."

왕은 대경실색을 했다. "**왕이라고!**" 그가 소리를 쳤다, "**무슨 왕 말이냐?**"

"무슨 왕이라니, 참 내! (불쌍해라, 앤 어디가 아픈가 보지?)우리 왕이라곤 한 분밖에 없으니 대답하기 어려울 건 없지!—신성하신 에드워드 6세말이다—왕께 신의 가호가 있길! 아주 사랑스럽고 귀여운 어린 꼬마지. 매일 병세가 호전되고 있다고는 하는데, 미쳤든 제 정신이든—어쨌든 왕에 대한 칭찬이 자자해—모두 그를 축복하고 오랫동안 통치하게 해달라그 기도를 드리고 있어. 새 왕은 노포크 공작의 목숨을 살려주는 선정으로 시작했고 지금은 백성들을 괴롭히고 억압해온 법률들을 철폐하는데 열중하고 있단다."

이 소식을 듣고 왕은 놀라서 할 말을 잃었다. 그는 골똘히 생각하느라고 그 노인의 잡담이 더 이상 귀에 들어오지 않았다. 그는 그 "어린 꼬마"가 자기와 옷을 바꿔 입고 궁전에 남은 그 거지 소년인지 궁금했다. 하지만 그가 웨일즈 왕자인 척하더라도 태도나 말투 때문에 탄로 날 텐데 이럴 순 없었다—그렇다면 걔는 쫓겨났을 것이고 진짜 왕자를 찾으러 다녀야 할 텐데. 조정에서 어떤 귀족 자제를 대신 옹립한 것일까? 아니야, 그런 일은 숙부께서 허락하지 않으실 텐데—숙부는 권력이 막강하니까 그런 움직임을 막을 수 있으셨을 거야. 아니 틀림없이 막았을 거야. 아무리 생각해보아도 소용이 없었다. 이 수수께끼를 풀려고 하면 할수록 더 혼란스러웠다. 더 머리만 아프고 잠은 더 안 왔다. 그는 점점 더 런던으로 달려가고 싶어졌고 그러자 갇혀 있는 것이 더욱더 견딜 수가 없었다.

헨던이 아무리 왕을 달래 보려고 했으나 소용이 없었다—그는 왕을 위로할 수가 없었다. 하지만 옆에 사슬 묶인 여자 죄수 둘은 그 보다는 더 왕을 잘 달랬다. 그 여자 죄수들이 부드럽게 달래주면 왕은 차분해졌고 어느 정도 인내심을 갖는 것을 배웠다. 왕은 아주 감사했고 그들을 아주 사랑하게 되었다. 그 여자 죄수들이 곁에서 달래주고 다정하게 대해 주는 게 좋았다. 그는 그 여자들에게 왜 감옥에 있냐고 물었고 그들은 침례교도라서 갇혔다고 대답했다. 왕은 미소를 지으며 물었다—

"그게 감옥에 갇힐 만한 죄냐? 곧 풀려날 거다. 나로서야 헤어지는 게 섭섭하지만—그런 사소한 일로 오랫동안 가두진 않을 거다."

그들은 아무 대답도 하지 않았다. 그들의 표정에 어쩐지 왕이 불편해졌다. 그는 열을 내며 말했다—

"왜 아무 말도 안하는 거냐—제발 말해 다오—설마 다른 벌을 받는 건 아니지? 그렇지 않다고 빨리 말해라."

그들은 화제를 바꾸려고 했으나 왕은 그들이 다른 벌을 받을까 봐 걱정이 되어 계속 물었다—

"그들이 태형을 시행하려는 거냐? 아니, 아니, 그렇게 무지막지 하진 않겠지! 그렇지 않을 거라고 해라. 자, 안 **그러겠지**? 설마 그러진 않겠지?"

그 여자들은 난처해졌다. 하지만 대답을 할 수밖에 없었다. 그래서 그중 한 여인이 울음이 복받쳐 대답했다—

"오 네 말을 들으니 가슴이 아프구나, 정말 착한 아이구나!— 신이여, 저희에게 견딜 힘을 주시옵소서!"—

"드디어 고백을 하는군!" 왕이 끼어들었다. "그러면 태형이란 말이군. 몰인정한 놈들! 하지만 울어서는 안 된다. 우는 모습을 보는 건 견딜 수가 없다. 용기를 내거라—때가 되면 내가 다시 왕위에 올라 더 이상 이런 심한 대접을 받지 않도록 하겠다. 꼭 그렇게 하겠다!"

아침에 왕이 깨 있을 때 그 여자들이 없었다.

"아, 석방되었구나!" 그가 즐겁게 말한 다음 서운해서 말했다. "하지만 서운하군!—내게 늘 위안이 되었는데."

그 여자들은 추억의 표시로 그의 옷에 작은 리본을 하나씩 꽂아 놓고 갔다. 그는 "이 리본들을 늘 간직하고 곧 이 착한 여인들을 찾아내 보호해 주어야지"라고 말했다.

바로 그때 간수가 부하들과 같이 들어와서 죄수들은 감옥 마당으로 가라고 명령했다. 왕은 너무나 기뻤다—다시 푸른 하늘을 보고 신선한 공기를 마시는 것이 이젠 축복이 되었다. 간수들이 죄수들을 천천히 내보내는 게 짜증스럽기는 했지만, 마침내 그의 차례가 와 족쇄가 풀렸다. 다른 죄수들 다음에 헨던과 함께 오라는 명령이 떨어졌다.

감옥 마당 혹은 안뜰에는 자갈이 깔려 있었고 하늘이 보였다. 죄수들은 육중한 아치 통로를 통과하여 들어와 벽에 등을 기댄 채 일렬로 섰다. 죄수들 앞에는 줄이 쳐져 있었고 간수들이 지키고 있었다. 쌀쌀하고 찌푸린 아침이었다. 지난밤에 약간 눈이 내려 마당 전체가 하얀 색이어서 전체적으로 더 음울해 보였다. 가끔씩 바람이 불어 여기저기 눈이 날렸다.

마당 중간에 두 여자가 기둥에 묶여 있었다. 왕은 한눈에 자기의 착한 친구들인 걸 알았다. 그는 몸서리를 치며 혼잣말을 했다. "저런, 내가 생각했던 대로 석방되었던 게 아니잖아. 저렇게 착한 사람들이 태형을 당해야 하다니!—그것도 영국에서! 아 얼마나 수치스러운 일인가—이교도의 나라도 아니고 기독교국인 영국에서! 그들의 친절한 보살핌과 위로를 받았던 내가 저 여자들이 태형을 당하는, 이렇게 엄청나게 부당한 일이 이루어지는 것을 그냥 보고만 있어야 하다니! 이상하군, 정말 이상하군! 이 넓은 영토의 권력의 원천인데도 내가 저 여자들을 보호하지 못하는구나. 하지만 이 극악무도한 놈들아, 조심해라. 톡톡히 앙갚음을 당할 날이 올 테니까. 지금 한 대를 때리견 그때 가서 백대를 맞게 될 것이다."

감옥 대문이 활짝 열리고 사람들이 쏟아져 들어왔다. 그들이 두 여인을 둘러싸는 바람에 더 이상 두 사람의 모습이 보이지 않았다. 신부가 들어와 군중을 뚫고 들어갔고 그의 모습도 더 이상 보이지 않았다. 왕에겐 이제 이야기 소리만 들렸다. 마치 질문과 대답이 오가는 것 같았으나 무슨 소리인지 정확하게 알아들을 수가 없었다. 이어서 준비를 하느라고 야단법석이었다. 빙 둘러 서 있는 사람들 사이로 간수들이 오갔다. 이런 일이 진행되는 동안 사람들은 점점 더 조용해졌다.

이제 물러서라는 명령에 사람들이 흩어지더니 한쪽으로 물러섰다. 그러자 등골이 오싹해지는 광경이 옹의 눈앞에 펼쳐졌다. 두 여자 주위에 장작이 쌓여 있고 한 남자가 무릎을 꿇고 불을 붙이고 있는 게 아닌가!

두 여자는 머리를 숙이고 손으로 얼굴을 감쌌다. 장작에서 탁탁하는 소리가 나고 노란 불길이 높이 치솟더니, 짙푸른 소용돌이 연기가 바람을 타고 멀리 퍼졌다. 손을 쳐들고 신부가 기도를 하기 시작했다—바로 그때 어린 여자 아이 둘이 찢어지는 비명을 지르며 큰 문을 통과해 달려왔다. 그 애들은 기둥에 매달려 있는 두 여자에게 달려들었다. 간수들이 곧 그 아이들을 떼어 놓았다. 한 아이는 간수에게 꽉 붙들려 있었으나 나머지 한 아이는 손을 뿌리치고 달려 나갔다. 그 아이는 차라리 어머니와 함께 죽겠다고 했다. 사람들이 말리기도 전에 어느새 그 아이는 다시 어머니의 목을 끌어안았다. 다시 한 번 그 아이를 어머니에게서 떼어 놓았으나 이미 그 아이의 옷에 불이 붙었다. 남자 두세 명이 달려들어 아이를 붙잡은 후 불타는 부분은 뜯어내 멀리 던져 버렸다. 그동안 내내 그 아이는 풀려나려고 애쓰면서 이제 세상에 자기 혼자 남게 되었으니 엄마와 함께 죽게 해달라고 했다. 두 여자 아이는 계속 비명을 지르며 발버둥을 쳤다. 그러는데 극심한 고통에 찬 비명소리가 났다. 가슴을 에는 이 소리가 이 모든 소동을 압도했다―왕은 날뛰는 여자 아이들에게서 눈길을 돌려 화형대를 보았다. 왕은 고개를 돌려 창백한 얼굴을 벽에 박고는 더 이상 보지 않았다. 그는 말했다. "이 짧은 순간에 본 것을 영원히 기억하리라. 내가 죽을 때까지 낮이면 머릿속을 떠나지 않을 것이고, 밤이면 꿈속에 나타날 것이다. 아! 숫제 눈이 멀었으면 좋았을 걸!"

헨던은 왕을 지켜보고 있었다. 그는 만족스럽게 혼잣말을 했다. "이 아이가 정신이 드나 보구나. 변했어. 더 온순해졌어. 전이라면 간수들에게 호령을 하고 자기는 왕이니 이 여자들을 풀어 주라고 했을 텐데. 망상이 사라지고 곧 제 정신으로 돌아오겠구나. 제발 빨리 나아라!"

바로 그날 죄수들이 몇 명 더 들어왔다. 그들은 그날 밤을 여기서 지내고 지은 죄에 따라 처벌을 받기위해 전국 각지로 호송될 사람들이었다. 왕은 이들과 대화를 나누었다―처음부터 그는 스스로 왕도를 배우겠다고 생각하고 기회가 생길 때마다 죄수들에게 질문을 던졌다―그들의 쓰라린 이야기를 들으면 너무나 가슴이 아팠다. 그중 죄수 한 명은 정신이 반쯤 나간 불쌍한 여자였다. 직조공에게서 옷감을 한두 야드 훔친 죄로―사형을 언도 받은 여자였다. 또 한 남자는 말 도둑으로 고발되었으나 증거가 불충분해서 안심하고 있었는데―그게 아니었다. 그는 석방되자마자 왕의 사냥터에서 사슴을 죽인 죄로 고발되었다. 이번에는 그에게 불리한 증언이 나와 지금 교수대로 가는 중이었다. 상인의 도제도 있었는데 왕에겐 그 판례가 특히 괴로웠다. 이 젊은이는 어느 날 저녁 길 잃은 매 한 마리를 발견하고 자기가 가져도 된다고 생각해서 가져왔다. 하지만 법정에서는 그를 매 도둑으로 사형을 선고했다.

왕은 이런 비인간적인 판결에 분노했다. 그는 한시 바삐 헨던의 감옥을 탈출해 웨스트민스터로 가서 왕좌에 오른 후 자비를 베풀어 이 불쌍한 사람들의 목숨을 구해야겠다고 결심했다. "불쌍한 것 같으니," 헨던은 한숨을 쉬었다, "이 불쌍한 사람들의 이야기를 듣더니 다시 이상해졌구나―아 이런 재수 없는 일만 없었으면 곧 나았을 텐데."

이 죄수들 중에는 나이 든 변호사도 있었다―강인한 인상의 당당한 사람이었다. 그는 삼년 전에 대법원장의 비리를 고발하는 소책자를 썼는데 그 죄로 두 귀가 잘리고 변호사직을 박탈당했으며 게다가 8,000 파운드의 벌금에 종신형을 선고받은 적이 있었다. 최근에 그는 다시 그 죄를 지었다. 그 결과 이제 **남아 있는 귀의 능력마저** 잃게하는 선고를 받고, 5000 파운드의 벌금을 물고 양쪽 볼에 낙인이 찍힌 채 무기징역을 받았다.

"이건 영광의 상처다," 라고 말하면서 그는 희끗희끗한 머리를 들춰 한때 귀가 있었던 자리를 보여주었다.

왕의 눈이 분노로 이글거렸다. 왕이 입을 열었다 ―

"아무도 나를 믿지 않으니―그대도 나를 믿지 않겠지. 하지만 상관없다―한 달 안에 너를 석방시켜 주마. 그뿐 아니라 그대를 모욕하고 영국의 명예를 부끄럽게 했던 법률들을 아예 법전에서 없애 버리겠다. 세상이 잘못되어 있어. 때로는 왕도 세상의 법률을 배우고, 그에 따라 자비를 베푸는 것도 배워야 해."

28 장

희생

　마일즈는 갇혀서 꼼짝 못하는 게 지긋자긋해지고 있었다. 이제 재판 날짜가 다가오는 게 너무 기뻤다. 더 이상 갇혀 있지만 않으면 어떤 판결도 기꺼이 받아들일 수 있을 것 같았다. 하지만 잘못된 생각이었다. 자신이 "구제불능인 부랑자"로 헨던 홀의 주인을 사칭하고 공격한 죄로 두 시간 동안 사람들에게 모욕을 받으며 앉아 있어야 하는 벌을 받아야 했다. 그 사실을 알았을 때 화가 머리끝까지 치밀었다. 마일즈는 자기를 고발한 헨던 홀의 주인인 휴의 형이고 헨던 가의 작위와 영지의 합법적인 상속자라고 했지만 그 주장은 조사할 가치도 없는 엉터리 소리로 치부되었다.

　처벌을 받으러 가는 중에 헨던은 화를 내고 협박을 하기도 했으나 아무 소용이 없었다. 간수들은 거칠게 잡아당기거나 무례하다며 한 대씩 쥐어박기까지 했다.

　왕은 몰려든 군중을 뚫고 들어갈 수가 없었다. 그래서 자신의 친구이자 하인인 마일즈와 멀리 떨어진 채 따라가는 수밖에 없었다. 왕 자신도 그런 사람과 어울린 죄로 처벌을 받을 뻔했으나 어린 게 고려되어 훈계를 듣고 경고를 받은 후 석방되었다. 뚫고 들어갈 곳이 있나 하고 빙 둘러싸고 있는 사람들 사이를 한참동안 이리저리 안절부절 하며 뛰어다니던 왕은 군중이 멈추자 드디어 들어갈 만한 틈을 발견했다. 그의 불쌍한 부하는 굴욕스럽게 칼을 차고 앉아 있었다 ─ 영국 왕의 몸종인 마일즈가 조롱감이 되다니! 마일즈가 어떤 형을 받게 될지 들었지만 에드워드에게는 전혀 이해가 가지 않았다. 어떤 새로운 불경이 더해질지 알게 되자, 참았던 왕의 분노가 다시 치솟았다. 그리고 다음 순간 달걀이 날아와 헨던의 뺨에 부딪쳐 부서졌다. 사람들이 즐겁게 웃는 모습을 보자 열이 뻗쳤다. 그는 사람들 틈새로 뚫고 들어가서 담당 간수에게 대들었다.

"부끄러운지 아시오! 이 사람은 내 하인이오 ─ 그를 풀어 주시오! 나는" ─

"오, 제발, 가만히 계십시오!" 헨던이 크게 당황해하며 말했다. "그러다 큰일 나십니다. 간수님, 신경 쓰지 마십시오, 저 아이는 미쳤습니다."

"신경 쓰지 않을 테니 그건 걱정마라. 하지만 본때는 보여주어야겠다." 그가 부하에게 몸을 돌리고 말했다. "저 꼬마를 한두 대 갈겨 주거라. 그럼 버릇이 고쳐질 거다."

"대여섯 대 갈겨 주면 버릇이 더 잘 고쳐질 거네." 어떻게 일이 진행되는지 한번 쓱 보려고 금방 말에서 내린 휴 경이 말했다. 왕은 꼼짝 달싹 못하게 되었다. 자신의 신성한 몸에 그런 무지막지한 모욕을 가한다는 생각만 해도 온 몸이 얼어붙었다. 영국 역사는 이미 매 맞은 다른 왕의 이야기로 더럽혀져 있었다—그런데 자신이 다시 한 번 수치스럽게 그런 식으로 역사의 장을 장식해야 한다는 생각이 들자 견딜 수가 없었다. 그는 올가미에 걸렸고 아무도 그를 도와줄 사람이 없었다. 그는 이런 처벌을 받아들이든지 용서를 빌든지 양자택일을 해야 했다. 난감한 일이었다. 그는 차라리 매를 맞기로 결심했다—왕이 매를 맞을 수야 있지만 왕이 애원을 할 수는 없는 일이었다.

하지만 그동안 마일즈 헨던이 이 난관의 타개책을 마련하고 있었다. "그 아이는 그냥 두어라," 그가 말했다. "이 인정도 없는 개새끼들아, 걔가 얼마나 어리고 연약한지 보이지 않느냐? 걔를 놔주어라—내가 대신 맞겠다."

"음, 그것도 좋은 생각이군—잘됐군." 하고 휴 경이 가학적인 만족감에 얼굴을 빛내며 말했다. "그럼 그 꼬마 거지는 그냥 두고 대신 이 놈을 열두 대 때려라—힘껏 열두 대를 다 채워 때려야 한다." 왕이 격렬하게 항의했으나 휴 경이 지독한 말로 그의 말을 제대로 막았다. "그래, 자 말해 봐라. 마음대로 말해 봐라—다만 네가 한 마디 할 때 마다 그를 여섯 대씩 더 때리겠다."

간수는 헨던의 칼을 풀고 등을 벗겼다. 그를 채찍으로 때리는 동안 불쌍한 어린 왕은 얼굴을 돌리고 왕답지 않게 하염없이 눈물을 흘렸다. "아 용감하고 선량하도다." 그는 혼잣말을 했다. "이 충직한 행동을 영원히 잊지 않겠노라. 이 일도 잊지 않겠노라—그리고 **네놈들도** 꼭 기억하겠노라!" 화가 머리끝까지 난 왕은 이 말을 덧붙였다. 생각하면 할수록 헨던의 고결한 행동이 더 의미 있어졌고 헨던에 대한 감사의 마음 또한 커졌다. 곧 그는 혼자 중얼거렸다. "왕자가 상처를 입고 목숨을 잃을 수도 있었을 때 그가 구했지—날 위해 그랬었지!—정말 고귀한 일을 해냈구나. 하지만 지금 왕자를 **수치**에서 구한 것에 비하면 그때 목숨을 구했던 것은—아무것도 아니도다!—오 정말 아무것도 아니도다!"

헨던은 채찍을 맞으면서 비명도 지르지 않고 군인답게 꿋꿋하게 그 심한 채찍질을 견디었다. 어린아이 대신 매를 맞고 또 이러한 꿋꿋한 태도를 보이자 거기 모인 그 비천하고 한심한 군중들도 헨던을 존경할 수밖에 없었다. 조롱과 야유는 사라지고 때리는 채찍 소리만 들렸다. 다시 헨던에게 칼이 채워지자 침묵이 흘렀다. 조금 전 그곳을 가득 메웠던 시끄러운 욕설과는 대조적이었다. 왕은 조용히 헨던 곁으로 가서 속삭였다—

"그대는 너무나 선량하고 위대한 영혼이도다. 감히 그대에게 작위를 내릴 수 없다. 그 일은 왕보다 더 높으신 분이 하실 일이시다. 하지만 왕은 사람들에게 그대가 귀족임을 확인시켜 줄 수는 있다." 왕은 땅에 떨어진 채찍을 주워서 피가 흐르고 있는 헨던의 어깨에 가볍게 갖다 대고는 속삭였다. "영국의 왕 에드워드는 그대를 백작으로 임명하노라"

헨던은 감동해서 눈물이 솟아 나왔다. 하지만 동시에 이 우습고도 암울한 상황 때문에 그 감동이 곧 사라지고 웃음이 터져 나오려고 했다. 그는 웃음이 밖으로 새어나오지 않도록 최선을 다했다. 벌거벗고 피가 흐르는 상태에서, 갑자기 평민에서 아주 높은 백작으로 격상되자 아주 우습기도 하고 슬프기도 했다. 그는 혼자 중얼댔다. "이젠 정말로 화려한 작위를 갖게 되었군! 꿈과 그림자 왕국의 유령 기사에서 유령 백작이 되었어!—연약한 깃털로 갑자기 높이 날아다니니까 어지럽군! 이렇게 계속 되면 곧 5월 기둥처럼 환상적이고 화려한 직함과 가짜 작위를 주렁주렁 달게 되겠군. 이 작위가 아무리 소용없어도 그가 베푼 사랑을 기억하며 소중히 간직하리라. 인색하고 자기 이익만 챙기는 권력자에게 굽실거려 산 진짜 작위보다 청탁도 하지 않았는데 깨끗한 손과 정의로운 사람에게 얻은 이 하찮은 가짜 작위가 더 낫군."

모두가 두려워하는 휴 경이 말의 방향을 돌리고 박차를 가하자, 그가 지나가도록 사람들의 장막이 조용히 열렸다가 다시 조용히 닫혔다. 그리고 그대로 있었다. 누구도 감히 나서서 그 죄수에게 호감을 표시하거나 칭찬을 하지는 않았지만 어쨌거나 욕설을 퍼붓지 않는 것만으로도 충분히 호의의 표시였다. 어떤 사내가 무슨 일이 벌어졌는지도 모르고 나중에 와서 "사기꾼"을 조롱하자 사람들은 곧 아무 말 없이 오히려 그 사람을 때려눕히고 차버렸다. 곧 다시 한 번 깊은 정적이 감돌았다.

29 장

런던으로

헨던은 형기가 끝나 풀려났다. 그곳을 떠나고 다시는 오지 말라는 명령을 받았다. 말과 노새와 당나귀를 다시 돌려받았다. 그는 노새에 타고 말을 몰았으며 왕이 그 뒤를 따랐다. 모인 사람들은 조용히 존경심을 보이며 그들이 지나갈 수 있게 길을 열어 주고 그들은 흩어졌다.

헨던은 곧 깊이 생각에 잠겼다. 아주 중요한 문제에 직면했다. "뭘 해야 하지? 어디로 가야하지? 어디선가 힘 있는 사람의 도움을 얻어야 하는데. 그렇지 않으면 유산을 포기하고 게다가 사기꾼이라는 누명을 뒤집어쓰게 돼. 어딜 가야 힘 있는 사람의 도움을 얻을 수 있지? 정말 어딜 가야되지!" 아주 난감한 문제였다. 잠시 후 어쩌면 도움이 될지 모를 생각이 떠올랐다 — 물론 실낱같이 아주 가느다란 희망이기는 했으나 다른 대안이 전혀 없었으므로 고려해볼 만했다. 늙은 하인 앤드루가 새 왕이 부당한 일을 당한 사람들이나 불쌍한 사람들에게 관대하게 선정을 베푼다고 한 게 기억이 났다. "왕을 뵙고 부탁을 드리는 게 안 될 것도 없잖아? 아, 그래, 하지만 이런 형편없는 거지꼴로 어떻게 지존하신 전하를 뵙지? 걱정 말자. 그거야 그때 가면 어떻게 되겠지. 나도 애송이는 아니고 또 임시방편으로 살아난 게 한두 번이 아니니, 무슨 묘안이 떠오를 거야. 그래, 런던으로 가자. 어쩌면 아버님의 오랜 친구 분이신 험프리 말로우 경이 도와주실 지도 몰라." 마일즈는 험프리 경이 —"선왕의 부엌인지 마구간인지의 수석 경호원인 게 생각났다. 어딘지 무슨 직책인지는"—정확히 기억할 수 없었다. 이제 기운을 쏟을 일, 즉 뚜렷이 할 일이 생겨서, 그의 정신을 덮고 있던 굴욕과 우울의 안개가 걷히고 사라졌다. 그는 머리를 들고 주위를 살펴보았다. 그는 자신이 한참 온 데 놀랐다. 마을은 저 뒤에 있었다. 고개를 숙인 채 왕이 그의 뒤를 따라오고 있었다. 왕 또한 여러 가지 계획과 생각으로 머리가 복잡했다. 이제 막 좋아졌던 헨던의 기분은 슬픈 의심으로 흐려졌다. 짧지만 일생 내내 굶주림과 학대에 시달리기만 했던 아이가 런던으로 가려고 할까? 하지만 왕에게 어쩐지 물어야만 할 것 같았고 물을 수밖에 없었다. 그래서 헨던은 고삐를 잡고 소리쳤다 —

"제가 어디로 가야 하는지 여쭙는 것을 잊었습니다. 명해 주십시오. 전하!"

"런던으로 가자!"

헨던은 그 대답에 흡족해져서 계속 갔지만—한편으로는 그런 대답이 놀라웠다.

런던까지 가는 동안 별로 중요한 사건은 없었다. 하지만 마지막에 사건이 하나 발생했다. 2월 19일 밤 열시 경 그들은 런던 다리를 밟았다. 다리에는 환호성을 지르고 고함을 쳐 대며 서로 부딪치고 몸부림치는 사람들로 인산인해였다. 그들은 그 안으로 들어갔다. 술에 취해 기분 좋은 얼굴들이 수많은 횃불의 빛을 받아 뚜렷이 드러났다―그리고 그 순간 예전의 공작인지 다른 위대한 인물인지, 낡은 조각의 머리 부분이 그들 사이로 굴러 떨어져 헨던의 팔꿈치에 부딪친 후 정신없이 달려가는 사람들 사이로 떨어졌다. 이 세상에서 인간의 일은 이다지도 덧없는가!―왕이 죽은 지 삼 주밖에 안되었고 묻힌 지 사흘 밖에 안 되었는데, 이 다리를 장식할 목적으로 왕이 그렇게 공을 들여 훌륭한 사람들 중에서 뽑고 뽑아 조각한 사람의 두상이 떨어지고 있었다. 그 두상에 발이 걸린 한 사람이 앞에 가던 사람의 등에 머리를 박자, 등을 맞은 사람이 자기 옆에 가까이 있는 사람을 두들겨 팼다. 그러자 곧 얻어맞은 사람의 친구들이 달려들어 그를 두들겨 패 쓰러뜨렸다. 마구 싸우기 좋은 때이기도 했다. 내일의 축제―대관식의 축제는―이미 시작되고 있었다. 애국심에 충만한데다 모두 거나하게 술을 마신 후라 채 5분도 안 돼서 여기저기서 싸우는 사람들이 늘어났다. 10분도 안 되어 싸우는 사람들의 숫자가 1 에이커를 채울 정도로 늘어나 곧 폭동이 되었다. 이때쯤 헨던과 왕은 도저히 다시 만날 수 없을 만큼 갈라져서 고함을 지르는 인산인해의 소용돌이 속에 파묻혀 버렸다. 이제 여기서 그들을 떠나자.

30 장

톰의 행로

진짜 왕이 헐벗고, 제대로 먹지도 못하고 거지들에게 맞고, 조롱당하기도 하고, 도둑과 살인자와 함께 감옥에 갇히기도 하고, 모두에게 사기꾼에 바보라는 소리를 듣기도 하는 동안, 가짜 왕인 톰 캔티 역시 똑같이 전혀 다른 세계를 경험하고 있었다.

우리가 마지막으로 그를 보았을 때 톰은 왕 노릇의 장점을 막 깨닫기 시작했었다. 이 장점이 나날이 불어나 얼마 안 되어 왕 노릇이 좋아지고 즐겁기만 하였다. 두려움은 사라지고 완전히 걱정이 없어졌다. 이제 당황할 일 대신 자연스럽고 자신감 있는 태도를 갖게 되었다. 그는 매 맞는 아이라는 광산의 덕을 보고 있었다.

한없이 놀거나 이야기를 하고 싶어지면 엘리자베스 공주나 제인 그레이 양을 대령시키라고 명령했고 놀다가 지겨우면 그런 일에 아주 익숙한 몸짓으로 그들에게 물러나라고 했다. 이 높은 분들이 물러나면서 자신의 손에 입을 맞추어도 그는 이제 더 이상 당황하지 않았다.

밤이면 격식을 갖추어 잠자리에 들었고 아침이면 복잡하고 엄숙한 의식을 거쳐 옷 입는 것을 오히려 즐기기에 이르렀다. 번쩍이는 대신들과 경호원들의 호위를 받으며 저녁 식사를 하러 가는 것이 자랑스럽고 즐거운 일이 되었다. 그래서 그는 경호원을 두 배인 백 명으로 늘렸다. 긴 복도에 나팔 소리가 울려 퍼지고 멀리서 "마마 납시오!"하고 외치는 소리가 듣기 좋았다.

그는 옥좌에 앉아 회의하는 게 즐거워졌고 호민관의 꼭두각시 이상으로 보이기도 했다. 어마어마한 수행원을 거느린 대사들을 접견하고, 그를 "형제"라고 칭하는 뛰어난 군주들이 보낸 다정한 말들을 듣는 게 재미있었다. 오, 행복한 톰 캔티! 얼마 전만해도 찌꺼기 궁전에 있었는데!

그는 자신의 화려한 옷이 좋아서 옷을 더 주문했다. 시종 400명도 자신의 위엄에 걸맞지 않게 너무 적다는 생각이 들어 그 수를 세배로 늘렸다. 굽실거리는 신하들의 아부의 말이 그의 귀엔 달콤한 음악이었다. 그는 다정하고 온유했으며 억압받는 사람들 모두를 완강하고 단호하게 수호했다. 지칠 줄 모르고 부당한 법을 고쳤으며 경우에 따라서는 백작이나 아니 공작이라도 거슬리면 눈살을 찌푸려 떨게 만들 수 있었다. 한 번은 그의 왕실 "누이"인 엄숙하고 성스러운 메리 공주가 감옥에 갇히거나 교수형이나 화형을 당해야 할 사람들을 그렇게 많이 사면해주는 것은 현명하지 못하다고 설득하면서, 지존하신 그들의 아버님께서는 때로는 한 번에 육만 명까지 감옥에 가두기도 하셨고 그 훌륭한 통치기간에 칠만 이천 명의 도둑을 사형에 처했음을 일깨웠다. 그러자 그 소년은 공주에게 마구 화를 내면서 방으로 돌아가 하느님께 가슴 속의 돌은 가져가시고 인간의 심장을 주십사는 기도를 간절히 하라고 명령했다.

톰 캔티는 그다지도 자신에게 친절하고 무례한 궁전 문의 경비병에게 그토록 화를 내어 복수해준 그 어리고 불쌍한 진짜 왕자에 대해선 잊었는가? 사실 그랬다. 왕이 된지 얼마 안 되어서는 그 사라진 왕자에 대한 생각으로 자주 괴로워했고, 그가 돌아와서 원래의 권리와 영광을 되찾기를 간절히 바랬다. 하지만 시간이 흐르고 왕자가 돌아오지 않자, 톰은 점점 더 이 새롭고 매혹적인 경험에 빠졌고 얼마 후에는 사라진 군주는 거의 잊다시피 했다. 마침내 그의 생각이 가끔 날 때면 죄책감과 수치감이 들어 반갑지 않은 유령이 찾아오는 것 같았다.

불쌍한 어머니와 누나들에 대한 기억도 같은 식으로 희미해졌다. 처음에는 그들을 그리워하고, 슬퍼하고, 몹시 보고 싶었다. 하지만 나중에 그들이 더러운 누더기를 걸치고 언젠가 나타나 입맞춤을 해 그의 정체를 폭로하고 그를 왕위에 끌어내려 이전의 가난하고 비참한 빈민굴로 다시 끌고 갈 것을 생각하면 온 몸이 떨렸다. 마침내 그들 생각으로 괴로워하는 일도 거의 없어졌다. 그리고 만족스럽고 즐겁기까지 했다. 그들의 비난하고 고통스러워하는 얼굴이 떠오르면 이제 기어 다니는 벌레 보다 더 징그럽게 여겨졌다.

2월 19일 자정에, 톰 캔티는 그의 충실한 하인들의 경호를 받으며 호화스러운 왕실 침대에서 깊이 잠들어 있었다. 내일 대관식이 거행되어 그가 영국의 왕이 되는 날이었다. 같은 시간에 진짜 왕 에드워드는 이리저리 끌려 다녀 몸은 더러워지고 옷은 누더기가 되었다 —그 폭동 결과 —그에게 돌아 온 몫이었다. 여행으로 지친 그는 배고프고 목마른 채, 웨스트민스터 사원으로 바삐 들어갔다 나왔다 하며 개미처럼 바삐 움직이는 일꾼들을 흥미진진하게 지켜보고 있는 사람들 사이에 끼여 있었다. 일꾼들은 대관식 준비를 마무리하고 있는 중이었다.

31 장

승인 행렬

　그다음날 아침 톰 캔티가 일어났을 때 웅성대는 소리가 천둥처럼 울려 퍼지고 있었다. 그런 소리는 온 누리에 멀리 퍼졌다. 그것이 그에게는 음악이었다. 영국인 전체가 밖으로 뛰쳐나와 이 위대한 날을 힘껏 축하하고 있었다.

　곧 톰은 테임즈 강 위로 흘러가는 이 멋진 행렬의 중심인물이 한 번 더 되었다. 옛날 런던을 통과하는 이 "승인 행렬"은 관습 상 런던탑에서 시작되므로 그는 그곳을 향해 가고 있었다.

　그가 그곳에 도착했을 때는 그 장엄한 요새의 양면 벽이 갑자기 수천 개로 갈라지는 것 같았다. 모든 갈라진 틈 사이에서 하얀 연기와 함께 붉은 불길이 넘실대며 솟았다. 이어서 귀가 멍멍한 폭발음이 났다. 그 소리에 군중의 외침은 잠겨 버렸고 땅이 흔들렸다. 불길과 연기와 폭발음은 놀라울 정도로 빨리 되풀이되어서 얼마 후에는 오래된 런던탑이 그 연기 속으로 사라지고 하얀 탑이라고 불리는 윗부분만 남아 있었다. 깃발이 휘날리며 짙은 연기 위로 솟은 런던탑은 마치 구름 위로 산꼭대기가 솟아나 있는 것과 흡사했다.

톰 캔티가 휘황찬란한 옷을 입고 장신구가 거의 땅바닥에 닿을 정도로 장식한 전투말에 올라탔다. 그의 "숙부"인 호민관 서머셋도 유사하게 말에 올라탄 후 그의 뒤를 따라갔다. 왕실 경비병들이 번쩍이는 갑옷과 투구를 쓰고 양쪽에 일렬로 섰다. 호민관의 뒤에는 화려한 차림의 귀족들이 시종을 거느리고 끝없이 이어졌고, 그 뒤로 가슴에 금줄이 달린 진홍색 벨벳옷의 시장과 주지사가 따라왔다. 그 뒤에는 런던의 모든 길드의 회원들과 간부들이 값비싼 옷을 입고서 법인의 깃발을 들고 따라왔다. 그리고 이 행렬 중에는 특별한 명예 경호원인 고대 명예 포병대가 끼어 있었다. 이 포병대는,—그 당시에 이미 3백년이나 되었고 의회의 명령을 따르지 않아도 되는 특권(아직도 그 특권을 지니고 있음)을 지닌 유일한 군대였다. 눈부신 광경이었다. 빽빽이 늘어선 시민들 사이로 이들이 당당히 지나가자 환호성이 점점 커졌다. 역사가는 이 장면을 이렇게 기록하고 있다. "왕이 시내에 들어서자 백성들은 열렬한 군주 사랑을 기원, 환영, 고함, 다정한 말 등 온갖 방법으로 표현하였다. 왕은 멀리 있는 사람에게는 반가운 표정을 지었고 가까이 있는 사람에게는 다정한 말을 건넸다. 백성들의 열렬한 환영 못지않게 자신도 열렬히 감사하고 있음을 표시했다. 왕은 자신을 축복하는 모든 사람들에게 감사했다. 백성들이 '신이여 왕을 보살피소서.'라고 하면 왕은 '신이여 이 모두를 돌보소서.'란 말로 답했다. 그리고는 '백성들에게 진심으로 감사하노라' 라고 했다. 백성들은 왕의 사랑에 찬 대답과 몸짓에 대해 경외감에 차 황

홀해 했다.

펜처치 가에서는 "사치스러운 옷을 입은 아이"가 무대 위에서 런던에 왕이 오신 것을 환영했다. 그 아이의 환영사의 마지막 부분은 이런 말이었다 —

"오 임금님! 온 마음 바쳐서 환영합니다.
 말로 다 표현하지 못할 만큼 환영합니다 —
전하를 영원히 칭송하고 사랑할 백성들에게 오신 것을 환영합니다.
 신께서 전하를 보살피길 기도하고 영원히 만수무강하시길 기원합니다."

그 아이의 말을 모두가 따라 했으며, 즐거운 함성이 터졌다. 톰 캔티가 열렬히 환영하는 얼굴들이 밀물처럼 밀어닥치는 것을 내려다보며 둘러보았을 때, 그의 가슴은 기쁨으로 부풀어 올랐다. 그는 왕, 즉 한 국가의 우상이 되는 일이 해볼 만한 일이라고 느꼈다. 곧 멀리 쓰레기 궁전의 친구 둘이 보였다. —그중 한 사람은 그의 가짜 궁전의 제독이었고 또 한 사람은 침실 시종장이었다. 톰의 자부심은 그 어느 때보다 부풀어 올랐다. "오, 만일 그들이 지금 날 단지 알아볼 수만 있다면! 그들이 나를 알아볼 수 있다면! 조롱받던 빈민가의 가짜 왕이 유명한 공작들과 왕자들을 거느린 진짜 왕이 된 것을, 그리고 영국 전체가 자기 발아래에 있다는 것을, 그들이 깨달을 수 있다면, 얼마나 말할 수 없는 영광일까!" 하지만 그는 자제하고 욕망을 눌러야 했다. 그들이 알아본

다면 그 영광 이상의 대가를 치러야 할 것이기 때문이었다. 그래서 그는 고개를 돌리고 그 지저분한 소년들이 계속 소리를 지르며 찬사를 늘어놓도록 내버려 두었다.

가끔씩 이런 소리가 드높았다. "하사금! 하사금!" 톰이 빛나는 새 동전을 한 움큼씩 뿌려 주면 서로 그것을 차지하려고 다투었다.

역사가의 기록에 따르면 이러했다. "그레이스 처치 가의 꼭대기에 있는 독수리상 앞에 으리으리한 아치가 있었는데 그 아래 무대가 설치되었다. 그 무대는 길의 한쪽 끝에서 다른 쪽 끝까지 이어진 것이었다. 이것이 왕의 가까운 조상의 역사를 재연한 무대였다. 커다란 흰 장미 가운데 요크의 엘리자베스가 앉아 있었다. 그 장미의 꽃잎 하나하나가 그녀의 현란한 옷 장식이었다. 그녀 옆에는 거대한 붉은 장미에서 나온 헨리 7세가 있었다. 여기서도 장미 꽃잎이 그의 옷이었다. 왕과 왕비는 손을 꼭 잡고 있었는데 결혼반지가 두드러져 보였다. 그 흰 장미와 붉은 장미에서 가지가 하나 나와 두 번째 무대로 뻗어 나갔다. 헨리 8세가 붉은 색과 흰색이 섞인 장미에서 나왔고 그 옆에는 왕의 어머니인 제인 세이머의 초상화가 있었다. 이 한 쌍으로부터 가지가 나와 세 번째 무대로 올라갔는데 거기에는 옥좌에 앉아 있는 에드워드 6세의 초상화가 있었다. 이 야외무대의 테두리는 붉은 장미와 흰 장미 꽃다발로 둘러져 있었다."

이 이상하고 화려한 광경에 백성들은 열광했다. 백성들의 함성에 찬양 시를 낭송하던 어린아이의 작은 목소리는 완전히 잠겨 버렸다. 그러나 톰 캔티는 유감스럽지 않았다. 톰의 귀에는 이 충직한 함성이 질과 상관없이 어떤 시보다 달콤한 음악이었다. 톰이 행복한 얼굴로 어디를 둘러보아도 초상화와 꼭 같은 그의 얼굴에, 즉 살아 있는 초상에 다시 한 번 박수가 터져 나왔다.

거대한 행렬은 계속 움직였다. 하나의 아치를 지나면 또 하나의 아치가 나타났고, 왕의 미덕과 재능, 장점을 칭송하여 그린 웅장하고 상징적인 그림들이 눈이 어지러울 정도로 이어졌다. "칩사이드 옥상마다, 창문마다 깃발과 장식 리본이 나부꼈고 길거리에는 비싼 카페트와 모직, 금사로 짠 사틴이 깔려 있었다. 이 천들은 양 옆 가게들이 얼마나 재산을 지니고 있는지 보여주는—표본이었다. 이런 식으로 휘황찬란하게 장식된 점에서는 다른 거리도 마찬가지였고 이 보다 더 장관인 곳도 더러 있었다."

"이 놀라운 광경이 다 나를 환영하는 것이구나—나를!" 톰 캔티가 중얼거렸다.

가짜 왕의 얼굴은 흥분으로 벌개졌고 눈은 빛나고 있었으며 기분 좋게 모든 감각이 들떴다. 바로 이때 그가 다시 관대하게 하사금을 내리려는 찰나 군중의 두 번째 줄에 있다가 앞으로 뚫고 나와 깜짝 놀라 그를 뚫어져라 바라보는 창백한 얼굴이 보였다. 그는 대경실색했다. 바로 자신의 어머니였다! 그는 자기도 모르게 손바닥을 겉으로 해서 눈앞으로,—손을 쳐들었다. 이제는 잊은 사건에서 생겨나고 습관에 의해 지속되었던 그 옛날의 손짓이 나왔다. 다음 순간 그녀는 사람들을 뚫고 나와 경호원들을 지나 바로 그의 옆으로 달려들었다. 그녀는 그의 다리를 끌어안고 마구 다리에 입을 맞추며 소리쳤다. "오, 내 새끼, 내 사랑스런 새끼야!" 그를 향해 쳐든 얼굴은 기쁨과 사랑에 차 신성해 보였다. 즉시 왕실 경호원 중 하나가 욕을 퍼부으며 그녀를 떼어냈다 그녀가 그의 팔을 뿌리치고 다시 앞으로 나오자 이번에는 나동그라질 정도로 그녀를 밀어내 버렸다. 이 처참한 일이 벌어졌을 때 캔티의 입에서 나온 말은 "난 널 모른다!"였다. 하지만 그녀가 그런 대접을 받는 것을 보자 그는 가슴이 찢어지는 것 같았다. 그리고 그녀가 마지막으로 그를 한 번 더 보려고 돌아섰다가 군중 속으로 휩싸여 사라지는 순간 그녀는 깊은 상처로 가슴 아픈 표정을 지었다. 그는 수치심에 싸였다. 너무나 부끄러워서 그의 자부심은 다 사라졌고 훔친 왕위의 매력은 시들어 버렸다. 왕의 위엄이란 것이 한 푼의 가치도 없는 것 같았고 다 헤어진 누더기처럼 떨어져 나가는 것 같았다.

행렬은 점차 화려함을 더해 가고 점차 환영의 소리를 높여가는 거리를 통과하며 계속되었다. 하지만 톰 캔티에게는 이 모든 것이 예전 같지 않았다 그는 보지도 듣지도 않았다 왕위의 우아함도 사랑스러움도 모두 사라졌으며 그것의 화려함이 비난이 되어 버렸다. 후회가 그의 가슴을 좀먹고 있었다. 그는 말했다. "신이여 절 풀어 주십시오!"

그는 자기도 모르게 억지로 처음 왕이 되어 고통스러웠던 때의 말을 반복하고 있었다.

빛나는 행렬은 이상하고 낡은 시내의 구불구불한 길을 따라 환호하는 수많은 사람들을 통과해 갔다. 마치 기다란 뱀이 끝없이 가는 것 같았다. 하지만 왕은 여전히 머리를 숙인 채 멍한 눈길로 행진해 갔다. 그의 눈에는 그의 어머니의 얼굴과 어머니의 상처 입은 표정만 아른거렸다.

"하사금을. 하사금을!"하고 백성들이 외쳤으나 그의 귀에는 아무 말도 들리지 않았다.

"영국의 에드워드 왕이시여 만수무강하소서!" 이 폭발적인 소리에 땅이 흔들리는 듯 했으나 왕은 아무런 반응을 보이지 않았다. 그에게는 그것이 먼 곳의 파도소리처럼 들렸다. 그 소리는 또 다른 소리 아래 잠겨 버렸기 때문이다. 또 다른 소리는 좀 더 가까운 그의 가슴 속에, 즉 자책하는 양심 속에 있었다—"난 널 모른다!"하는 부끄러운 소리가 뇌리를 떠나지 않고 계속 반복되었다.

죽은 친구를 몰래 속인 일이 있는 사람에게 장례식 종소리가 그 거짓말을 일깨워 주는 것처럼 이 단어들은 왕의 영혼을 울렸다.

길을 돌 때마다 새로운 영광, 새로운 경이, 새로운 놀람이 펼쳐졌다. 기다리고 있던 대포에서 큰 굉음이 터졌고, 기다리던 군중의 목에서는 새로운 환호가 터져 나왔다. 하지만 왕은 아무런 표시도 하지 않았다. 그의 귀에는 불편한 가슴속에서 신음하는 비난의 소리만 들렸다.

　잠시 후에 모인 사람들의 얼굴에서도 기쁨이 약간 가라앉고 걱정과 불안의 기미가 보였다. 환호의 소리 또한 눈에 띄게 줄어들었다. 눈치 빠른 호민관이 이런 변화를 눈치 챘고 그 원인도 알아냈다. 그는 박차를 가해 왕에게 다가가서 덮개를 깔지 않은 안장에서 약간 내려와 말했다, ─

　"전하, 지금 몽상에 잠기실 때가 아닙니다. 전하께서 고개를 숙이시고 인상을 찌푸리신 모습을 백성들이 보고 있습니다. 백성들은 이를 불길한 조짐으로 여깁니다. 제발 태양이신 왕께서 나타나셔서 이 모여든 먹구름을 비추어 흩어지게 하소서. 얼굴을 드시고 백성들을 향해 미소를 지으십시오."

　그렇게 말하면서 공작은 동전 한 움큼을 좌우로 던지고는 자기 자리로 물러났다. 가짜 왕은 기계적으로 시킨 대로 했다. 그는 건성으로 미소를 지었다. 하지만 그것을 알아 볼만큼 가까이 있거나 예리한 사람은 거의 없었다. 그가 백성들에게 인사를 할 때 깃털 장식을 한 그의 머리가 아주 우아하고 자연스럽게 흔들렸다. 그가 하사하는 돈은 왕답게 관대했고 그래서 백성의 불안은 사라지고 전처럼 우렁찬 환호가 터져 나왔다.

　하지만 행렬이 끝나기 직전에 공작은 다시 한 번 말을 타고 와서 왕에게 경고를 해야 했다. 그는 속삭였다 ─

　"오 마마 조심하십시오! 우울한 기분을 떨쳐 버리십시오. 세상 사람들이 모두 전하를 보고 있습니다." 그리고는 신경질을 내며 덧붙였다. "빌어먹을 미친 거지같으니! 그 거지 여자 때문에 정신이 혼란스러워지신 겁니다."

왕은 흐리멍덩하게 공작을 보더니 다 죽어 가는 목소리로 말했다 ―

"그 여자가 내 어머니요!"

"이런!" 자기 자리로 말의 고삐를 돌리면서 호민관이 신음을 했다. "불길한 징조로구나. 왕이 다시 미치셨구나!"

32 장

대관식 날

다시 몇 시간 전으로 돌아가, 기념할 만한 대관식 날 새벽 네 시의 웨스트민스터 사원으로 가 보자. 우리 곁에 사람들이 없는 것은 아니다. 아직 밤이긴 했지만, 횃불이 밝혀진 회랑에는 일생에 한 번 있을 일―즉 왕의 대관식을 보려고 기꺼이 꼬박 예닐곱 시간을 앉아서 기꺼이 기다릴 사람들로 이미 꽉 차 있었다. 세 시의 축포가 터진 이래 런던과 웨스트민스터는 술렁이고, 관람석의 특권을 산, 작위는 없지만 부자인 사람들은 벌써 그들만의 출구를 통해 떼 지어 들어오고 있었다.

시간은 질질 끌며 느릿느릿 갔다. 잠시 동안 잠잠해졌다. 관람석마다 오래 전에 꽉 찼기 때문이었다. 이제 앉아서 한가하게 둘러보도록 합시다. 여기저기 저 너머까지 보니, 관람석과 발코니가 사람들로 차 있는가 하면, 기둥과 돌출 부분에 가리어 보이지 않는 관람석과 발코니도 있었다. 거대한 북쪽의 익부 전체도 보인다―그곳은 영국 특권층의 사람들을 위해 비어 있다. 또한 넓은 곳 혹은 빈 연단이 보이는데 그 위에는 비싼 천이 깔려 있고 옥좌가 놓여 있었다. 옥좌는 연단 중앙에 놓여 있었고 네 계단 더 올라가 높은 곳에 놓여있다. 옥좌 안에는 거칠고 평평한 돌—즉 스콘의 돌이—놓여 있었다. 수세대 전 스코틀랜드의 왕들이 대관식 때 그 돌 위에 앉았었는데 세월이 흐른 후 그 돌은 영국의 왕을 위해서도 같은 목적으로 사용되었다. 하지만 옥좌와 발판은 금 사천으로 덮혀 있었다.

정적이 감돌았고 횃불은 활기 없게 깜박거렸으며 시간은 무겁게 흘러갔다. 하지만 마침내 동이 터 오르고 횃불은 꺼졌다. 부드러운 빛이 그 거대한 공간 곳곳에 퍼졌다. 이젠 품격 높은 건물의 윤곽이 보이긴 했으나 해가 구름에 살짝 가려 뚜렷하지 않고 어렴풋하였다.

일곱 시가 되자 비로소 단조로운 졸리운 분위기가 깨졌다. 일곱 시를 치자 처음으로 귀부인이 북쪽 익부로 들어왔다. 그녀는 솔로몬처럼 호사스럽게 차리고 왔다. 사틴과 벨벳의 옷을 입은 관리가 그녀를 지정된 장소로 안내했다. 이때 그와 똑같은 차림의 관료가 그 귀부인의 늘어진 옷자락을 모아들고 따라왔다. 그는 그 귀부인이 앉자 그 옷자락을 잘 정돈해 무릎 위에 놓아주고는 적당한 위치에 발판을 놓아주었다. 그리고는 관을 써야 할 때 편리하게 쓸 수 있도록 가까이 관을 놓아 주었다.

이때쯤에는 귀부인들이 강물처럼 번쩍이며 흘러 들어오고 있었다. 사틴 옷의 관리들이 이리저리 뛰어다니며 부인들을 안내하고 앉히고 편안한지 살폈다. 그 장면은 아주 활기를 띠었다. 사방에 형형색색이 빛나는 설레고 역동적인 분위기였다. 잠시 후 다시 정적이 감돌았다. 귀부인들이 모두 제 자리에 앉아서였다―그 자리는 갖가지 색깔로 번쩍이는 꽃과 같은 사람들이 있고, 다이아몬드가 은하수처럼 하얗게 보이는 견고한 자리 혹은 그와 같은 거였다. 모든 연령의 귀부인들이 여기에 모여 있었다. 갈색 피부에 주름살이 진 백발의 노부인들이 있었다. 이들은 시간의 흐름을 타고 점점 아래로 내려가 리처드 3세의 대관식과 이제는 잊어버린 그 옛날의 격동기를 기억할 수 있었다. 그리고 아름다운 중년 부인들과 사랑스럽고 우아한 젊은 부인들도 있었다. 그리고 온순하고 아름다운 아가씨들도 있었다. 중요한 찰나에 보석이 박힌 관을 서툴게 쓰기도 할 것이다. 그들에게는 아주 새로운 일인데다 흥분해서 제대로 보석관을 못써서 속상할 수도 있겠지만, 그런 일은 아마 안 일어날 것이다. 이 아가씨들은 신호에 따라 재빨리 보석관을 잘 쓸 수 있게 머리모양을 매만지고 왔기 때문이다.

우리는 이 수많은 귀부인들 위로 다이아몬드가 빽빽하게 뿌려진 것을 보았다. 얼마나 멋진 장관인가―하지만 이제 정말 놀라운 일이 펼쳐질 것이다. 아홉시 경에 갑자기 구름이 개이고 한 줄기 햇살이 부드러운 대기를 뚫고 들어와 천천히 귀부인들이 앉은 열을 비추었다. 그러자 햇빛이 닿는 곳마다 현란하게 오색 불꽃이 일어났다. 너무나 아름답고 놀라운 광경이어서 전기가 통한 듯 온 몸이 떨린다! 곧 동양의 먼 나라에서 온 특사가 여러 외국 대사들과 함께 이 햇빛이 번쩍이는 곳으로 다가온다. 우리는 거의 숨이 막힌다. 그의 주변에 찰랑이며 번쩍이는 햇살은 너무나 압도적이다. 그는 머리끝에서 발끝까지 보석으로 치장을 했고 조금만 움직여도 그의 주변에는 온통 빛이 난무한다.

편의를 위해 시제를 바꿔 보자. 시간은 흘러갔다─한 시간─두 시간─그리고 두 시간 반이 흘렀다. 그러고 나서 멀리 울리는 축포 소리가 드디어 왕과 거대한 행렬이 도착했다는 것을 알렸다. 그래서 기다리던 군중들은 즐거워했다. 우리 모두 약간 더 기다려야 한다는 것을 알고 있었다. 이 엄숙한 예식에 대비해 왕이 준비해야 했기 때문이다. 하지만 그 기다리는 시간은 품위 있게 차려입고 모여드는 귀족을 보는 것으로 즐겁게 메워졌다. 귀족들은 엄숙하게 그들의 자리로 안내되었고 그들의 관은 편리한 곳에 가까이에 놓였다. 그동안에 관람석에 모인 사람들은 흥미진진했다. 공작, 백작, 남작이란 이름은 500년 동안 있었지만 모인 사람들 중 대부분이 처음으로 귀족을 보았기 때문이다. 마침내 모두가 자리에 앉았다. 관람석에서 보든, 아니 어디서 보든 멋진 장관이었다. 영원히 기억할 만한 어마어마한 장관이었다.

이제 신부복을 입고 사제관을 쓴 교회의 우두머리들과 그의 시종들이 줄지어 들어와 연단에 올라가 각자 지정된 자리에 앉았다. 그 뒤에 호민관과 다른 높은 관리들이 따라왔다. 이어서 갑옷을 입은 경호원들이 왔다.

그리고 잠시 기다려야 했다. 그러고 나서 신호를 보내자 당당하게 음악이 터져 나왔고 금사로 지은 옷을 입은 톰 캔티가 문에 나타나 연단으로 올라갔다. 수많은 사람들이 일제히 일어났고 대관식이 이어졌다. 찬송가가 낭랑하게 웨스트민스터 사원에 울려 퍼져 환영을 알렸다. 톰은 왕관으로 인도되었다. 관중이 지켜보고 있는 가운데 고대 의식이 아주 엄숙하게 진행되었다. 그 의식이 끝나가는 시간이 다가 올수록 톰 캔티는 더 창백해졌다. 그의 영혼과 후회하는 마음은 점점 더 슬퍼지고 절망적이 되었다.

마침내 최후의 행동이 다가왔다. 켄터베리의 대주교가 왕관 받침대에서 왕관을 들어서 떨고 있는 가짜 왕의 머리 위로 쳐들었다. 바로 그 순간 드넓은 좌우익부를 따라 무지갯빛이 번쩍였다. 왜냐하면 중앙 홀에 모인 수많은 귀족들 하나하나가 일제히 관을 들어 각자의 머리 위로 치켜든 자세에서,—잠시 멈추었기 때문이다.

사원에 깊은 적막이 감돌았다. 이 인상적인 순간에 놀랍게도 뜻밖의 인물이 뛰어들었다. 열중해 있던 수많은 사람들이 이 장면에 열중해—아무도 못 본 사이 갑자기 나타나 중앙 통로로 걸어왔다. 어린 남자 아이로 머리에는 아무것도 쓰지 않고 남루한 신발을 신고 있었으며 초라한 누더기를 걸치고 있었다. 그 아이는 더럽고 초라한 행색에 어울리지 않게 엄숙하게 손을 들고는 이렇게 경고했다.

"영국왕의 왕관을 그 가짜 왕의 머리에 놓지 말라. **내가** 왕이다!"

순식간에 성난 손길이 그 아이를 잡았다. 그러나 바로 그 순간 왕의 옷을 입고 있던 톰 캔티가 재빨리 앞으로 나서서 외쳤다—

"그를 풀어 주어라! 왕**이시다**!"

모인 사람들은 모두 놀라고 당황했다. 일부는 벌떡 일어나서 곤혹스러운 눈길로 서로 바라보다가 주인공들을 바라보다 했다. 그들은 자신들이 제 정신으로 깨어 있는 것인지 잠이 들어 꿈을 꾸고 있는지 알 수 없어 하는 것 같았다. 호민관도 다른 사람들과 마찬 가지로 놀랐으나 재빨리 정신을 차려 권위 있는 목소리로 외쳤다 —

"전하의 말씀은 상관하지 말라. 다시 병이 도지셨다 — 저 거지를 잡아라!"

그의 명령을 따르려는 순간 가짜 왕이 발을 구르며 소리쳤다 —

"조심해라! 그를 만지지 말라, 그는 왕이시다!"

그를 잡으려던 사람들이 모두 멈칫했고 온 사원이 얼어붙었다. 아무도 움직이지 않았고 아무도 아무 말도 하지 않았다. 정말이지 아무도 무슨 말을 해야 할지 어떤 행동을 해야 할지 알 수가 없었다. 너무나 이상하고 놀라운 비상사태였다. 모든 사람들이 정신을 수습하려고 애쓰는 동안 그 아이는 고고한 태도와 자신감 있는 표정으로 침착하게 앞으로 나아갔다. 그는 처음부터 조금도 머뭇거리지 않고, 혼란된 사람들이 여전히 어쩔 줄 모르며 쩔쩔매는 동안 연단 위로 올라갔다. 가짜 왕은 반가운 얼굴로 그를 맞이하러 달려와서 그 아이 앞에서 무릎을 꿇고 말했다 —

"오, 상감마마, 불쌍한 톰 캔티가 제일 먼저 마마께 충성을 다짐하면서 '이 왕관을 쓰시고 다시 왕위에 오르소서!'라고 아뢰는 바입니다."

호민관은 준엄한 눈길로 새로 나타난 아이의 얼굴을 바라보았다. 그러나 곧 준엄한 표정이 사라지고 그 대신 의아해하며 놀라는 표정을 지었다. 다른 고관들 역시 마찬가지였다. 서로 바라보더니 모두 자기도 모르게 한 발짝씩 뒤로 물러났다. 모두 같은 생각을 하고 있었다. "이상하게도 정말 닮았구나!"

호민관은 당황해서 잠시 생각하더니 엄숙하고 정중하게 말했다—

"제가 질문을 좀 하겠습니다"—

"대답하겠소."

공작이 조정과 선왕, 왕자, 공주들에 대해 여러 가지를 묻자—그 아이는 주저하지 않고 정확하게 그 질문들에 대답했다. 그는 궁전에 있는 여러 방과 선왕의 방을, 웨일즈 왕자의 방을 묘사했다.

정말 이상하고 신기한 일이었다. 그랬다. 도저히 이해가 가지 않았다—그래서 그 대답을 들은 사람은 모두 그렇게 말했다. 대세가 기울기 시작했고 톰은 희망에 부풀었다. 그때 호민관이 고개를 저으며 말했다.

"아주 놀라운 일인 것은 사실이지만—그것은 현재의 왕께서도 대답하실 수 있는 일입니다." 자기를 아직도 왕이라고 부르며 이런 말을 하자 톰 캔티는 낙담했다. 그는 희망이 부서져 내리는 소리를 들었다. "이건 **증거가** 아니오." 호민관이 덧붙였다.

이제 대세가 빨리, 아주 빨리 기울기 시작했다—하지만 이번에는 잘못된 방향이었다. 불쌍한 톰 캔티를 왕위에 오르게 하고 그 아이를 쫓아내는 방향이었다. 호민관은 혼자 곰곰이 생각을 하다가—고개를 저었다—그는 결심을 굳혔다. "이런 치명적인 의문을 품게 하는 것은 국가나 우리 모두에게 손해야. 국가를 분열시키고 왕위를 약화시킬 수도 있는 일이야." 그는 돌아서서 말했다—

"토마스 경, 이 아이를 체포하시오—아니, 잠깐만!" 호민관의 얼굴이 환해지더니 그 누더기를 입은 아이에게 이런 질문을 했다—

"옥쇄가 어디에 있느냐? 이 질문에 제대로 대답하면 수수께끼는 풀린다. 이 질문에 대답**할 수 있는** 사람은 웨일즈 왕자 한 분밖에 없기 때문이다! 이런 사소한 문제에 왕위와 왕조의 운명이 달리게 되다니!"

이런 생각을 해낸 것은 정말 행운이었다. 고관들도 동감이었다. 서로 끄덕이며 주고받는 눈길 속에 나타난 말없는 박수로 알 수 있었다. 그렇긴 했다. 왕자만이 그 사라진 옥쇄의 비밀을 풀 수 있었다—이 꼬마 사기꾼이 아무리 주어들은 게 많아도 그것까지는 알 수 없는 일이었다. 왜냐하면 왕자 자신도 대답을 못한 **그** 문제였기 때문이다—아, 아주 좋은, 정말로 아주 좋은 생각이었다. 이제 곧 이 골치 아프고 위험한 문제를 처리할 수 있겠구나! 그래서 그들은 내심 웃으며 보이지 않게 고개를 끄덕였다. 그리고 이 멍청이가 죄책감에 싸여 어쩔 줄 모르는 꼴을 지켜보려고 했다. 그런데 그런 일은 일어나지 않는다. 그들이 얼마나 놀랐겠는가!

—더구나 그 아이가 자신감 있는 침착한 목소리로 재빨리 대답하자 얼마나 감탄했겠는가!

"어려울 게 없는 문제다." 그리고는 누구에게 허락을 받지도 않고 그런 일에 익숙한 사람답게 편안한 태도로 몸을 돌리고 명령했다. "슨트 존 경 내실로 가시오—그곳에 대해선 어떤 사람보다도 경이 잘 알 테니—그리고 쭉 걸어 들어가면 대기실로 통하는 문에서 가장 멀리 떨어진 왼쪽 구석 벽에 청동 못이 있소. 그것을 누르시오. 그러면 작은 보석함이 나올 것이요. 거기에 보석함이 있는 사실은 경도 몰랐을 것이오—아니, 나와 그것을 만들어준 내가 신임하는 기술자 말고는 아무도 모르오. 눈앞에 보이는 것이 바로 옥쇄요—그것을 이리로 가져오시오."

이 말에 모두 놀랐지만, 꼬마 거지가 망설이거나 실수할까 봐 걱정하는 기색 없이 슨트 존 경을 지목하고 그를 평생 알아 온 사람처럼 침착하고 자신감 있는 태도로 부른데 대해 더욱 놀랐다. 경은 놀라서 거의 그 명령을 따르려고 했다. 그는 가려는 동작을 취하기까지 했으나 곧 침착한 태도를 되찾고 그런 실수에 대해 얼굴을 붉혔다. 톰 캔티는 그를 보고 꾸짖듯이 말했다—

"뭘 꾸물거리느냐? 왕의 명령을 듣지 못했느냐? 가라!"

슨트 경은 큰 절을 했다. 전하는 바에 따르면 아주 조심스럽고 중립적인 절이었다고 한다. 두 왕 중 어느 한쪽에다 절을 한 것이 아니라 두 사람의 중간쯤에 대고 절을 했다—그리고는 떠났다.

이제 그 으리으리한 차림의 고관들이 움직이기 시작했다. 아주 천천히 움직여서 거의 눈에 띠지 않을 정도였으나 끊임없이 계속 움직였다—만화경을 천천히 돌리면, 한 무더기의 입자들이 흩어졌다가 다른 곳에 가 모이는 것과 비슷한 움직임이었다—톰 캔티 주위에 있던 휘황찬란한 군중들이 흩어지더니 새로 온 왕의 주위에 다시 모여들었다. 톰 캔티는 거의 혼자 서 있다시피 했다. 깊은 긴장감이 감돌았다—그동안 여전히 톰 캔티 주변에 모여 있던 마음 약한 사람들도 차츰 용기를 내 한 사람씩 여러 사람들 쪽으로 미끄러져 갔다. 마침내 왕의 옷을 입고 보석을 걸친 톰 캔티는 이 세상과 동떨어진 채 휑한 빈 공간에 혼자 우뚝 서 있었다.

이제 세인트 존 경이 돌아오는 게 보였다. 그가 통로에 들어서자 모든 사람의 관심이 집중되었다. 수많은 군중들이 나지막이 속삭이던 소리마저 사라지고 숨소리 하나 들리지 않는 깊은 정적이 감돌았다. 그 적막을 뚫고 그의 발소리가 멀리서 둔탁하게 들렸다. 그가 다가오고 있는 동안 모두 뚫어져라 그를 바라보았다. 그는 연단까지 와서 잠시 멈추더니 톰 캔티를 보고 큰 절을 하고 말했다—

"전하, 옥새는 거기에 없습니다!"

새하얗게 겁에 질린 대신들은 흑사병 환자를 피하는 사람들 보다 더 황급하게 왕이라고 주장하는 꼬마 거지에게서 물러났다. 잠시 후에 그 아이는 친구나 지지자 하나 없이 홀로 서 있었고 이글거리는 경멸과 분노의 표적이 되었다. 호민관은 사납게 외쳤다—

"저 거지를 길에 내다 버리고 온 시내를 끌고 다니며 모욕을 주어라—더 이상 생각할 가치도 없는 쓰레기 같은 놈이다!"

경호원들이 그의 명령에 따라 앞으로 뛰쳐나왔으나 톰 캔티는 그들을 물리치고 말했다—

"물러나거라! 그의 몸에 손대는 놈은 살려 두지 않겠다!"

호민관은 몹시 당황해서 슨트 존 경에게 말했다—

"잘 찾아 보셨소?—하지만 물을 필요도 없는 말을 했구려. 의심할 여지도 없으니 말이오. 작은 물건들이야 있던 자리에서 사라지기도 하지만 어떻게 옥쇄같이 그렇게 큰 물건이 사라지고 아무도 보지 못할 수가 있겠소?—그렇게 큰 금덩어리 원반이—"

톰 캔티가 눈을 빛내며 앞으로 뛰쳐나오더니 큰 소리로 말했다—

"그만, 이제 알았소! 그게 둥글다고 했소?—두껍다고 했소? —글씨와 문양이 새겨져 있소?—아, **이제야** 그렇게들 안달하며 법석을 떨던 옥쇄란 게 뭔지 알겠소! 어떻게 생겼는지 내게 말해주었으면 삼주일 전에 찾았을 거요. 그게 어디 있는지 잘 알고 있소. 하지만 그것을 거기에—처음 넣은 것은 내가 아니고"

"그럼 누굽니까, 전하?"

"저기 서 계신 분—영국 왕이시오. 그리고 몸소 그것이 어디에 있는지 말씀해주실 거요—그렇게 되면 원래 그가 알고 있었다는 것을 믿을 거요. 전하, 생각해보십시오—기억을 되살리십시오 —절 해친 경비병에게 벌을 주시기위해서 제 누더기를 걸치시고 궁전에서 뛰쳐나가시기 직전에 마지막으로, ㅂ로 **마지막에 하신 일입니다.**"

침묵이 이어졌다. 아무도 움직이거나 속삭이지 않았다. 모두 다 새로 온 왕에게서 눈을 떼지 못했다. 왕은 이마를 찌푸린 채 고개를 숙이고 서 있었다. 그는 수많은 쓸데없는 기억 속에서 생각날 듯 말 듯한 한 가지 기억을 더듬고 있었다. 그것을 기억해내면—그는 다시 왕이 되는 것이고 기억해내지 못하면—영원히 지금처럼 거지로 남을 것이다. 시간이 흘러서—어느덧 몇 분이 지났다—여전히 그 아이는 조용히 기억을 해내려고 애썼으나 아무런 기미가 보이지 않았다. 하지만 마침내 그가 한숨을 쉬고 천천히 고개를 젓더니 낙담한 목소리로 입술을 떨며 말했다—

"그 장면은 생각이 나—모두 생각이 나는데—그 옥쇄만 기억이 안나." 그는 멈추고 위를 바라보더니, 점잖은 목소리로 위엄 있게 말했다. "경들이여, 그대들이 이런 증거를 댈 수 없다고 해서 진짜 왕을 왕으로 받아들일 수 없다면 난 아무 힘이 없으니 어쩔 수가 없소. 하지만"—

"오, 말도 안 됩니다. 오, 미친 짓입니다, 전하!" 하고 톰 캔티가 당황해서 말했다, "기다리십시오!—생각해보십시오! 포기하지 마십시오!—왕위에 오르셔야 합니다! 제ㄱ 가만있지 **않겠습니다!** 제 말씀을 잘 들어보십시오!—한 마디 한 마디 잘 들으십시오—그날 아침으로 돌아가 일어난 일을 그대로 말씀드리겠습니다. 우리는 이야기를 했습니다—제가 전하게 제 누나인 낸과 베트에 대해 말씀 드렸습니다—아, 그랬죠. 이제 기억이 나시죠—
그리고 제 할머니와 쓰레기 궁전 아이들이 하는 거친 놀이에 대
해 말씀드렸습니다—아, 그것도 기억하시는 군요. 아주 잘 하셨
습니다. 제 말씀을 계속 들어보십시오. 모든 게 기억이 날 겁니다.
제게 음식과 마실 것을 주셨습니다. 그리고 초라한 제가 하인들
앞에서 식사하는 것을 부끄러워할까 봐, 하인들을 물리쳐 주셨습
니다—아, 예, 그것도 기억하시는군요."

　톰이 자세히 하나하나 이야기를 하고 거지가 맞다 하고 고개
를 끄덕이는 동안 수많은 관중과 대신들은 놀라서 어쩔 줄 모르
며 멍하니 바라보고 있었다. 그 이야기는 진짜처럼 들렸지만 어떻
게 거지가 왕자가 될 수 있단 말인가? 여기 모인 사람들은 그 누
구보다도 당황했지만 충격을 받기에 앞서 그 이야기가 흥미진진
하기도 했다.

　"장난으로, 왕자님, 우리가 옷을 바꿔 입었습니다. 그러고 나
서 거울 앞에 섰는데 너무 비슷하게 생겨서 마치 옷을 바꿔 입지
않은 것처럼 보인다고 서로 말했습니다—그것도 기억하시는군요.
그러고 나서 경비병이 제 손에 상처를 낸 것을 보셨습니다—보
십시오! 아직도 상처가 있습니다! 손가락이 굳어져서 이 손으로
는 아직도 글씨를 쓸 수 없습니다. 이걸 보시고 왕자님께서 펄쩍
뛰시더니 경비병을 가만두지 않겠다고 하시면서 문으로 달려 나
가셨습니다—탁자를 지나가시는데—옥새라고 하는 그 물건이
탁자 위에 있었습니다—그것을 낚아채고—숨길 곳을 찾으시는

것처럼 주위를 둘러보셨습니다. 그러더니"—

"그래, 됐다!—하느님, 감사합니다!" 누더기를 걸친 왕이 아주 흥분해서 말했다. "가시오, 존 경—벽에 걸려 있는 밀라노 갑옷의 팔 부분을 보시오. 거기에 옥쇄가 있을 거요!"

"맞습니다, 마마! 맞습니다!" 톰 캔티가 소리쳤다. "**이제** 영국 왕의 홀은 전하의 손에 쥐어졌습니다. 이래도 왈가왈부하는 사람이 있으면 벙어리만도 못한 사람입니다! 가시오, 슨트 존경, 빨리 가시오!"

이제 모두들 자리에서 일어섰다. 불안과 걱정과 속이 타는 흥분으로 거의 제 정신이 아니었다. 관중석에서 그리고 연단에서 귀가 멍멍할 정도로 미친 듯이 떠들었다. 잠시 동안 모두 옆 사람이 자기 귀에 대고 외치는 소리나 자기가 옆 사람의 귀에 대고 외치는 소리 말고는 아무 소리도 들리지 않았고 또 관심도 없었다. 시간이 흘렀다. 시간은—누구도 얼마나 흘렀는지 알지 못했고—관심을 두지도 않았다. 마침내 갑자기 사원 전체가 조용해졌고 동시에 슨트 존 경이 연단에 나타나 옥쇄를 높이 쳐들었다. 그러고 나자 환호성이 터져 나왔다!

"진정한 왕이시여, 만수무강하소서!"

5분 동안 환호성과 악기 소리로 대기가 흔들리고 사람들이 흔드는 손수건으로 온통 주위가 하얗게 되었다. 그 가운데 누더기를 걸친 소년, 영국 최고의 인물이 넓은 연단 가운데 서 있었다. 그는 얼굴이 발그레해진 채 행복한 표정으로 자부심에 찬 태도였다. 그의 주변에는 고관들이 무릎을 꿇고 있었다.

그러고 나서 모두 일어났고 톰 캔티가 외쳤다 ―

"오, 전하, 이제 이 어의를 도로 가져가시고 당신의 종인 불쌍한 톰에게 그 누더기 옷을 다시 주십시오."

호민관은 말했다.

"저 꼬마 녀석을 옷을 벗겨서 런던탑에 집어넣어라?"

그러나 진짜 왕인 새 왕이 말했다 ―

"나는 그렇게 하지 않겠소. 그가 아니었으면 ― 나는 왕위를 되찾지 못했을 거요. 아무도 이 아이에게 손대지 마시오. 그리고 숙부님께선 이렇게 행동하시면 이 불쌍한 아이에게 배은망덕한 행동입니다. 내가 들은 바로는 이 아이 덕분에 숙부님께서 공작이 되셨다더군요." ― 호민관의 얼굴이 벌게졌다 ― "하지만 그는 왕이 아니었으므로 숙부님의 공작 작위가 무슨 가치가 있겠습니까? 내일 **이 아이를 통해** 내게 청원을 하십시오. 그가 확인을 해주어야지 그렇지 않으면 숙부님께선 공작이 아니고 백작으로 남으실 겁니다."

이런 비난을 받자 서머셋 공작은 잠시 뒤로 물러났다. 왕은 톰을 보면서 친절하게 말을 했다 ―

"얘야, 나도 그 옥쇄를 감춘 것을 기억하지 못하는데 네가 어떻게 기억해 냈느냐?"

"아, 전하 그건 간단합니다. 제가 그것을 쭉 사용했거든요."

"사용했다고, ― 그런데도 어디 있다고 설명하지 못했단 말이냐?"

"**그게** 원하는 것인 줄을 몰랐습니다. 그들은 설명을 해주지 않았습니다, 전하."

"그러면 어디다 사용했느냐?"

톰의 뺨이 빨개졌다. 그는 눈길을 떨어뜨리고 가만히 있었다.

"솔직히 말해보아라, 얘야. 겁낼 것 없다," 왕이 말했다. "영국의 옥쇄를 어떻게 사용했느냐?"

톰은 애처로울 정도로 어쩔 줄 모르며 잠시 더듬거리다가 이렇게 말을 꺼냈다 —

"호두를 까먹었습니다!"

이 소리를 듣고 모두 마구 웃자 이 불쌍한 아이는 거의 실신할 뻔했다. 하지만 톰 캔티가 영국 왕도 아니고 왕실의 여러 부속물을 잘 알지도 못한다는 사실을 조금이라도 의심하는 사람이 있었다면, 이 대답으로 그 의심은 완전히 사라졌을 것이다.

그러는 동안 화려한 왕의 옷은 톰의 어깨에서 진짜 왕의 어깨로 옮겨져 효과적으로 누더기를 덮었다. 그러고 나서 대관식이 다시 시작되었다. 진짜 왕에게 기름이 뿌려지고 그의 머리에 왕관이 씌워졌다. 대포 소리가 이 소식을 런던 시내에 알렸고 런던 전체가 환호성으로 뒤흔들렸다.

33 장

왕이 된 에드워드

마일즈 헨던이 런던 다리 위 혼란에 들어섰을 때—그의 행색은 이미 볼만 했지만, 그가 다리에서 빠져 나올 때는 더 볼만했다. 들어갈 때는 그의 수중에 돈이 조금밖에 없었지만, 런던 다리를 빠져 나왔을 때는 한 푼도 없었다. 소매치기가 그의 돈을 모조리 훔쳐 가서였다.

하지만 어쨌든 이 아이만 찾으면, 문제될 게 없다. 그는 아무렇게나 일을 시작하지 않고 군인답게 계획을 세운 다음 일에 착수했다.

그 아이가 당연히 뭘 했을까? 당연히 어디로 갔을까? 제대로—마일즈는 논증했다—당연히 옛날 집으로 갔을 거야. 집이 없고 갈 데가 없을 때는 제 정신이 아니라도 본능적으로 전에 살던 집으로 갔을 거야. 전의 집이 어디지? 누더기 같은 옷이나 그 아이를 알아보고 아버지라고까지 주장하는 그 초라한 불한당으로 미루어 런던의 가장 심한 빈민가 중의 하나일거야. 그를 찾기 힘들거나 찾는 데 시간이 많이 걸릴까? 아니야. 간단히 쉽게 찾을 수 있을 거야. 걜 찾으러 다닐 게 아니라 사람들이 모여 있는 곳을 찾아다녀야지. 사람들이 많이 모여 있거나 아니면 조금 모여 있는 곳에서 곧 그 어린 친구를 찾을 수 있을 거야. 그리고 그 아이가 보통 때처럼 왕이라고 주장을 하면 사람들이 모여서 걔를 놀리고 괴롭히면서 재미있어 할 거야. 그러면 그 사람들을 때려눕힌 후 그 아이를 데리고 달아나야지. 그리고 친절한 말로 위로해주고 즐겁게 해주어야지. 다시는 더 이상 떨어지지 말아야지.

그래서 마일즈는 친구를 찾아 나섰다. 몇 시간을 뒷골목과 더러운 길거리를 헤매고 사람들이 모여 있는 곳을 기웃거렸다. 끝없이 그러고 다녔으나 그 아이의 어떤 흔적도 없었다. 그는 몹시 놀랐으나 실망하지는 않았다. 그의 계획자체는 아무 문제도 없고 금방 찾으리라고 생각했으나 시간이 길어진 것뿐이었다.

마침내 동이 틀 때까지 한참을 가면서 사람들이 모인 곳을 여러 군데 기웃댔으나 몸만 지칠 뿐이었다. 그는 약간 배가 고프고 아주 졸렸다. 아침을 먹고 싶었으나 먹을 길이 없었다. 구걸을 할 생각은 떠오르지도 않았고 칼을 저당 잡히는 것은 명예를 저버리는 일이나 마찬가지였고 옷은 좀 여분이 있긴 했으나—그런 옷을 살 사람을 찾는 것은 병에 걸리겠다고 나서는 사람을 찾기만큼이나 어려운 일이었다.

정오가 되도록 그는 왕의 행렬을 따라가는 군중 틈에 끼여—계속 걸었다. 그 미친 꼬마가 이 행진에 상당히 끌리리라는 생각이 들었다. 그는 그 행렬이 런던을 구비 구비 돌아 웨스트민스터 사원까지 가는 동안 내내 따라갔다. 지친 몸으로 오랫동안 부근에 사람들이 모인 곳은 모두 기웃거려 보았으나 난감하게도 그 아이는 아무 곳에도 없었다. 그는 다시 생각을 가다듬어 그 아이를 찾아낼 더 괜찮은 묘안을 생각해내보기로 했다. 잠시 후에 골똘한 생각에서 깨어나 보니 런던을 벗어난 지는 오래고 날은 저물어 있었다. 근처에 강이 흐르는 교외였다. 저택이 들어서 있는 곳으로—헨던처럼 행색이 초라한 사람이 환영받을 곳은 아니었다.

날씨는 전혀 춥지 않았다. 그래서 그는 울타리 그늘 아래 땅바닥에 누워 쉬면서 생각을 가다듬어 볼 작정이었다. 곧 졸음이 몰려 왔다. 멀리서 희미한 대포소리가 들려왔다. 그 소릴 듣고 그는 혼자 중얼거렸다. "새 왕의 대관식이 행해지고 있구나." 그리고 곧 잠이 들었다. 서른 시간 이상이나 잠을 못자다 잠이 들어, 깨어나니 이미 그다음날 오전이었다.

발이 저리고 뻣뻣했다. 너무나 배가 고파 강에서 세수를 한 다음 물을 두어 통쯤 마시고 쓸데없이 시간을 너무 낭비했다고 자책하면서 웨스트민스터 사원을 향해 터벅터벅 걸어갔다. 배가 고프니 새로운 계획이 떠올랐다. 험프리 말로우 경께 가서 도움이 될 만한 곳을 좀 알아본 후에 그리고—하지만 당장은 그것으로 족했다. 이 첫 단계가 성사되고 나면 그다음 일을 생각할 시간은 충분히 있을 것이다.

열한 시쯤 그는 궁전으로 다가갔다. 그리고 그의 주위의 화려한 사람들이 같은 방향으로 움직이고 있었으므로—그의 몰골이 초라한 점이 더 두드러졌다. 그는 사람들의 얼굴을 자세히 뜯어보았다. 그 늙은 경호 대장에게—자신이 왔음을 알려줄 만한 인정 많은 사람이 있는지 보기 위해서였다. 자기가 직접 궁전으로 들어가는 것은 말도 안 되는 소리였다.

곧 우리의 매 맞는 소년이 그의 곁을 지나갔다. 그러더니 다시 돌아서서 그의 모습을 훑어보고는 혼자 중얼댔다. "아니, 저 사람은 전하께서 그다지 찾으시려고 하는 바로 그 떠돌이인데. 그걸 못 알아보면 내가 바보지—물론 전에 그런 멍청이 짓을 하긴 했지만. 그와 꼭 닮았는걸—신이 저렇게 똑같이 만드셨다면 쓸데없이 같은 짓을 두 번해서 기적을 낭비하신 셈일 거야. 저 사람에게 어떻게 말을 좀 걸어 보아야겠는 걸."

마일즈 헨던은 그 아이의 수고를 덜어 주었다. 누군가 뒤에서 열심히 바라보면 흔히 뒤를 돌아보기 마련이듯이 헨던이 바로 돌아보았기 때문이다. 그는 그 소년이 아주 관심 있게 자기를 본다는 것을 알고서 그에게 다가가 말을 걸었다—

"이제 막 궁전에서 나왔지. 거기에서 일하니?"

"예, 그렇습니다."

"험프리 말로우 경을 아느냐?"

그 소년은 깜짝 놀라 혼잣말로 중얼댔다. "이런! 돌아가신 우리 아버님을 아냐고 묻네!" 그러고 나서 큰 소리로 대답했다. "아주 잘 압니다."

"잘 되었구나—궁전 안에 계시냐?"

"예." 그 소년이 말했다. 그리고 혼자 중얼거렸다. "무덤 안에 계시긴 하지만."

"그분께 가 내 이름을 전하고 드릴 말씀이 있다고 전해 주겠니?"

"기꺼이 곧 해 드리겠습니다."

"그러면 리처드 경의 아들인 마일즈 헨던이—여기 궁 밖에 있다고 해라. 그러면 아주 고맙겠다."

그 아이는 실망한 것처럼 보였다—"전하께서 말씀하신 이름은 그게 아니었는데," 그는 혼자 중얼댔다—"하지만 그건 문제가 안 돼. 이 사람은 그 사람과 쌍둥이이고 전하께 형의 소식을 전해 줄 수 있을 거야." 그래서 그는 마일즈에게 말했다. "잠깐 이리로 오세요. 제가 전갈을 가지고 올 때까지 기다리세요."

헨던은 그 소년이 가리킨 곳으로 가 있었다—그곳은 궁전 벽의 약간 들어간 곳으로 그 안에 돌 벤치가 있었다—날씨가 나쁠 때 경비병들이 보초를 서는 곳이었다. 그가 앉자마자 창을 든 병사들이 어떤 대신을 호위하며 지나갔다. 그 고관은 그를 보더니 병사들을 세우고 앞으로 나오라고 했다. 그는 떠났고, 궁궐 안을 기웃거리는 수상한 인물로, 신속하게 체포되었다. 일이 이상하게 꼬이기 시작했다. 불쌍한 마일즈는 어떻게 된 일인지 설명하려고 했으나 그 대신은 단호하게 그의 말을 막더니 병사들에게 그의 무기를 빼앗고 몸을 수색하라고 했다.

"자비로우신 신께서 뭘 좀 찾아내게 해주시면 좋겠군." 불쌍한 마일즈가 말했다. "내 스스로가 샅샅이 뒤졌지만 아무것도 없다네. 뭘 찾는 것으로 말하자면 내가 더 급하다오."

헨던에겐 어떤 문서 하나 말고는 아무것도 없었다. 그 대신은 그것을 뜯어보았다. 헨던은 찾아낸 것이 자신의 꼬마 친구가 그 재수 없는 날 헨던 홀에서 쓴 "꼬부랑글씨"라는 것을 깨닫고는 미소를 지었다. 그 고관은 그 문서를 읽으면서 얼굴이 어두워졌고 마일즈는 이 소리를 듣자 얼굴이 새하얘졌다.

"왕이라고 주장하는 사람이 또 한 사람 나타났군!" 대신이 소리쳤다. "이제 토끼 새끼 늘어나듯이 왕이 불어나는군. 이 악당을 잡아라. 그리고 내가 이 소중한 문서를 궁전으로 가져가서 전하께 보여드릴 테니 그동안 잘 붙잡고 있어라."

그는 창을 든 병사들에게 헨던을 맡기고 서둘러 사라졌다.

"이젠 더 이상 재수 없을 일도 없겠군." 헨던이 중얼거렸다. "저런 문서를 가지고 있었으니 틀림없이 교수형일거야. 그러면 그 불쌍한 아이는 어떡하지! ― 아, 아무도 알 수 없는 일이군."

잠시 후 그 대신이 황급히 돌아오는 게 보였다. 헨던은 다시 용기를 내 남자답게 씩씩하게 이 시련을 이기려고 결심했다. 그 대신은 병사들에게 그 죄수를 풀어 주라고 명령을 하고는 그의 칼을 되돌려 주었다. 그리고는 정중하게 절을 한 후 말했다 ―

"저, 절 따라오십시오."

헨던은 혼잣말을 하며 따라갔다. "내가 사형선고는 받을 거야. 죄를 감면받아야만 하는 처지만 아니면 이렇게 공손한 척하는 이 얄미운 놈의 목을 조를 텐데."

그 두 사람은 사람들이 북적대는 마당을 지나 궁전의 대문에 도착했다. 거기서 그 대신은 다시 인사를 하면서 헨던을 다른 대신의 손에 넘겨주었다. 아주 정중하게 그를 맞이한 두 번째 대신이 그를 안내했다. 화려한 제복을 입은 시종들이(이 시종들은 이 두 사람이 지나갈 때는 공손하게 절을 했으나 헨던이 등을 돌리자마자 그의 말라비틀어진 꼴에 소리를 죽이고 킥킥댔다) 서 있는 커다란 홀을 통과해 귀족들이 있는 넓은 계단을 올라가 마침내 커다란 방으로 갔다. 그곳에 있던 영국 귀족들이 그에게 길을 터 주었다. 그러자 그를 안내한 대신은 절을 하더니 헨던에게 모자를 벗으라고 일깨워 주고는 그를 방 한가운데 세워 놓았다. 모든 사람이 그를 바라보았고 많은 사람들이 눈살을 찌푸렸으며 여기저기서 비웃으며 조롱하는 미소가 번졌다.

마일즈 헨던은 아주 당황했다. 거기에는 다섯 발자국쯤 떨어진 곳에 어린 왕이 화려한 차양 아래 앉아 있었다. 왕은 고개를 숙이고 새에 비유하면 극락조인—어떤 공작에게 이야기를 하고 있었다. 헨던은 이렇게 특별하게 공공연한 모욕을 당하지 않더라도 자기처럼 젊은 나이에 사형에 처해지는 것만으로도 충분히 견디기 힘든 일이라는 생각을 하고 서 있었다. 그는 왕이 빨리 이 일을 처리해주기를 바랐다—왕의 곁에 있는 화려한 사람들 중의 몇은 헨던을 아주 무시하는 표정을 짓기 시작했다. 그 순간에 왕이 머리를 약간 드는 바람에 헨던은 그 얼굴을 잘 볼 수 있었다.

헨던은 거의 기절할 뻔했다!—그는 꼼짝도 안하고 왕의 어린 예쁘장한 얼굴을 보았다. 그리고 곧 감탄했다—

"이런, 꿈과 그림자 왕국의 왕이 옥좌에 앉아 있네!"

그는 여전히 놀라서 바라보며 더듬거렸다. 그리고는 여기저기 둘러보면서 으리으리한 대신들과 화려한 방들을 둘러보았다. "하지만 이건 **현실인데**, 정말 **현실이야**—분명히 꿈이 아니야."

그는 다시 왕을 바라보고—생각했다. "꿈이란 **말인가**?……아니면 그가 정말 영국 왕인데 내가 불쌍한 톰으로 잘못 보았단 **말인가**?—누가 이 수수께끼를 풀어 줄까?"

갑자기 한 가지 생각이 떠올랐다. 그는 벽으로 가서 의자를 하나 들고 와서 마루에 놓고는 그 의자에 앉았다!

화가 난 고관들이 버럭 고함을 질렀다. 어떤 사람은 거칠게 그를 잡았고 어떤 사람은 큰 소리로 호령했다,—

"당장 일어나거라. 이런 무례한 놈 같으니!—감히 상감마마 앞에 앉는단 말이냐?"

이 소란이 왕의 주의를 끌었다. 왕은 손을 내밀고 외쳤다—

"그에게 손대지 말라. 이건 그의 권리이다!"

놀라서 사람들이 뒤로 물러났고 왕은 계속 말했다—

"경들, 모두 알아두시오. 이 사람은 내가 신임하고 사랑하는 종복 마일즈 헨던이오. 그는 훌륭한 무술 솜씨로 짐이 다치고 또 목숨을 잃을 수 있는 상황에서 짐을 구해 주었소. 그 공으로 그는 기사요. 그리고 모두 알아두시오. 그는 더 큰 공을 세웠소. 왕이 감금당하고 모욕을 당할 처지일 때 그는 왕을 대신하며 벌을 받았소—그 공으로 영국의 귀족 켄트 백작이요. 이제 백작의 격에 맞게 금과 토지를 그에게 하사하겠소. 또 한 가지 더 알아 두시오—이제 막 그가 내 앞에서 앉는 것은 짐이 허락한 특권이요. 그의 가문의 장손은 이 왕실이 지속되는 한 앞으로 몇 세기가 지나도 왕 앞에서 앉을 수 있는 특권이 있소."

뒤늦게 오늘 아침에야 시골서 도착해 5분도 안 지난 두 사람이 있었다. 그들은 이 말을 듣고 왕을 바라보다 그 행색이 초란한 사람을 바라보다 다시 왕을 바라보다 하더니 어쩔 줄 모르며 거의 기절하려고 했다. 휴경과 에디스였다. 하지만 이 새 백작은 그들을 보지 못했다. 그는 아직도 어리둥절해 왕을 바라보다가 중얼거렸다 —

"오, 세상에 이럴 수가! **이 분이** 바로 그 거지란 말이야! 바로 그 미친 아이란 말이야! **내가** 방이 70개 있고 하인이 20명 있는 내 집을 보여 주며 얼마나 장관이냐고 했던 그 아이란 말이야! 옷이라곤 누더기만 걸치고 귀여움 받는 것이라곤 발로 걷어차이는 것이고 음식이라곤 찌꺼기만 먹던 아이란 말이야! **내가** 양자로 삼아 신사로 만들어 주려고 했던 그 아이란 말이야! 제발 쥐구멍이라도 있어 숨었으면!"

그러고 나서 그는 갑자기 예의를 갖추었다. 그는 무릎을 꿇고서 왕의 손을 쥐고 하사해주신 토지와 작위에 감사하며 충성을 맹세했다. 그러고 나서는 일어서서 점잖게 옆으로 섰다. 여전히 모두의 눈길이 집중되었으나―모두 시샘하는 눈길이었다.

이제 왕은 휴 경을 발견하고는 분노에 떨리는 목소리와 이글거리는 눈길로 소리쳤다―

"이 도둑놈에게서 훔친 영지와 가짜 작위를 빼앗고 내가 명할 때까지 감옥에 가두어라."

휴 경이었던 휴는 끌려 나갔다.

그 방 맞은편에서 웅성거리는 소리가 났다. 모인 사람들이 길을 터주고 화려하게 특이한 차림을 한 톰 캔티가 의전관을 따라 사람들의 장벽을 뚫고 걸어 나왔다. 그가 왕 앞에 무릎을 꿇자 왕이 말했다―

"지난 몇 주간 있었던 일에 대해서 들었소. 그리고 그대가 한 일에 대해 아주 흡족하게 생각하고 있소. 그대는 아주 온순하고 자비로운 왕이었고 이 나라를 아주 잘 다스렸소. 다시 어머니와 누나를 찾았소? 좋소. 그들을 돌보아주겠소―그리고 그대가 원하고 법이 허락한다면 그대의 아버지는 사형에 처하겠소. 모두 들으시오. 오늘부터 예수원에 있으면서 왕의 하사금을 받는 사람 모두 육체뿐 아니라 마음과 정신도 살찌우게 될 것이다. 그리고 이 소년은 거기 머물 것이고 평생 책임자가 될 것이다. 그는 한 때 왕이었으므로 다른 사람과는 다른 대접을 받아야 마땅하다. 그러므로 그가 입은 이 공복은 그의 표지가 될 것이므로 다른 사람은 아무도 입을 수 없다. 그럼으로써 그가 어디에 가든 한 때는 왕이었다는 것을 사람들이 기억할 수 있게 될 거다. 아무도 그에게 정중하지 않게 대하거나 그에게 절을 하지 않는 우를 범해선 안 된다. 그는 왕의 보호와 지지를 받을 것이고 왕의 피후견인이라는 명예로운 이름으로 불릴 것이다."

자랑스럽고 행복해진 톰 캔티는 일어나서 왕의 손에 입을 맞추고 물러났다. 그는 시간을 낭비하지 않고 바로 어머니와 낸과 베트에게 달려가서 그 모든 걸 이야기하고 이 대단한 소식을 그들과 함께 즐겼다.

맺는 말

정의와 보상

모든 수수께끼가 풀렸을 때 휴의 자백으로 그의 아내가 헨던 홀에서—헨던을 모른다고 한 것은 그의 명령을 따른 것임이 밝혀졌다. 만일 휴는 그녀가 그를 마일즈라고 계속 우긴다면 그녀를 죽이겠다고 협박했다. 그녀는 자기를 죽이라고 하면서 마일즈를 모른다고 할 순 없다고 했다—그러자 그가 그렇다면 그녀의 목숨은 살려주겠지만 마일즈를 죽이겠다고 했다! 그건 문제가 달랐다. 그래서 모른다고 하겠다는 약속을 했고 그 약속을 지켰다.

휴는 아내를 협박하고 형의 영지를 빼앗은 데 대해 처벌받지는 않았다. 아내나 형이 그에게 불리한 증언을 하려 들지 않았기 때문이다—아내는 그러고 싶었더라도 그럴 자격이 없었다. 휴는 아내를 버리고 외국으로 가서 곧 죽었다. 그리고 잠시 후에 켄트 백작은 그 미망인과 결혼을 했다. 그 한 쌍이 처음으로 헨던 홀을 방문했을 때 마을 사람들은 큰 잔치를 벌였다.

톰 캔티의 아버지의 이야기는 더 이상 들리지 않았다.

왕은 낙인이 찍혀 노예로 팔렸던 농부를 찾아내 거지 떼에게서 구해 준 다음 편안하게 살게 해주었다.

그는 나이 든 법률가를 감옥에서 석방시키고 벌금도 취소시켰다. 그는 화형당한 두 침례교도 여인의 딸들에게도 훌륭한 집을 마련해 주었다. 그리고 마일즈 헨던의 등에 채찍질을 한 경찰에게도 벌을 내렸다.

그는 길 잃은 매를 잡았던 죄로 교수형에 처해졌던 소년을 구해 주었고 직조공에게서 자투리 천을 훔쳤던 여자도 구해 주었다. 그러나 왕의 숲에서 사슴을 죽인 죄로 유죄판결을 받았던 사람을 구하려 했으나 이미 너무 늦었다.

왕이 돼지를 훔친 것으로 되었을 때 그를 구해 준 판사에게는 호의를 베풀었고, 그 판사는 사람들의 존경을 받는 아주 훌륭하고 명예로운 판사가 되었다.

왕은 살아 있는 동안 자신이 겪은 모험담을 이야기하길 즐겼다. 그는 경비병이 그를 성문 밖으로 쫓아낸 순간부터 일하느라고 바쁜 일꾼들 사이에 몰래 섞여 사원으로 들어 온 다음 사원 위로 올라가 고백자의 무덤에 숨고 그다음날 너무 늦잠을 자는 바람에 대관식을 놓칠 뻔했던 이야기까지 모조리 했다. 그는 이 소중한 교훈을 자주 되뇌임으로써 그 교훈을 잊지 않고 백성들에게 선정을 베풀겠다는 결심을 더욱 굳히게 된다고 했다. 그래서 목숨이 붙어 있는 동안 그 이야기를 계속해서 그때의 슬픈 광경을 새롭게 기억하고 동정심이 넘쳐흐르게 해야 한다고 했다.

마일즈 헨던과 톰 캔티는 왕의 짧은 통치기간 동안에 가장 총

애하는 신하였고 그가 죽었을 때는 진정으로 슬퍼했다. 선한 켄트 백작은 지각 있는 사람이어서 그의 특권을 남용하지는 않았으나 세상을 뜨기 전에 두 번 더 그 특권을 사용했다. 한 번은 메리 여왕 즉위식에서, 또 한 번은 엘리자베스 여왕 즉위식에서였다. 그의 아들 제임스 1세의 대관식에 그 특권을 사용한 후 거의 4반세기가 지나도록 이 특권을 사용하지 않았다. 그래서 이 "켄트 가문의 특권"은 거의 잊혀졌다. 그래서 켄트 가문의 장손이 찰스 1세 앞에 나타나서 가문의 특권을 주장하며 왕 앞에 앉았을 때는 정말이지 대소동이 벌어졌다! 하지만 그 문제는 곧 설명이 되었고 다시 그 권리를 인정받았다. 이 가문의 마지막 자손은 공화정 전쟁 때 왕의 편에서 싸우다 쓰러졌다. 이로서 이 이상한 특권 역시 그와 함께 사라졌다.

톰 캔티는 잘 생기고 엄숙하면서도 인자한 백발의 노인이 될 때까지 아주 오래 오래 살았다. 그는 살아 있는 동안 존경을 받았다. 그가 존경을 받은 또 하나의 이유는 그의 특이한 옷 때문이었다. 이 옷을 보면서 사람들은 "그가 한 때는 왕이었다."는 사실을 기억했다. 그가 나타나면 사람들은 양쪽으로 물러나면서 길을 만들어 주었다. 그리고는 서로 "모자를 벗게. 왕이 후견하시는 분이라네!"라며―인사를 했고 그러면 그도 친절하게 미소로 답했다―그러면 그들 역시 그것을 소중히 여겼다 그의 이야기는 명예로운 이야기이기 때문이었다.

에드워드 6세는 몇 년 후에 돌아가셨다. 하지만 가치 있는 인생을 살았다. 고관들이나 귀족들이 왕의 관대함에 이의를 제기한 게 한두 번이 아니었다. 그들은 왕이 고치고자 하는 법률이 이미 너무 관대해서 아무도 억압하거나 괴롭힐 수 없다고 하면 어린 왕은 사연이 많은 동정심에 가득 찬 얼굴로 그들을 바라보며 대답했다 —

"**그대들이** 괴로움과 억압에 대해 무엇을 아시오? 나와 백성들은 알지만 그대들은 모르오."

에드워드 6세의 통치는 그 험난한 시절에 특이하게 자비로운 것이었다. 이제 그와 작별을 해야 할 시간이다. 그가 선정을 베풀었다는 사실을 마음속 깊이 간직하며 그를 떠나자.

왕자와 거지

초판 1쇄 인쇄 2010년 6월 1일
초판 1쇄 발행 2010년 6월 5일

지은이 마크 트웨인
옮긴이 조애리
발행인 모지희
편집인 신현부
발행처 부북스

주소 100-835 서울시 중구 신당2동 432-1628
전화 02-2235-6041
팩스 02-2253-6042
이메일 boobooks@naver.com

ISBN   978-89-93785-11-1   04840